Laurent Gaudé
Hund 51

Laurent Gaudé

Hund 51

Roman

Aus dem Französischen
von Christian Kolb

dtv

Deutsche Erstausgabe 2023
Die Originalausgabe erschien 2022 unter dem Titel
Chien 51 bei Actes Sud in Arles.
© Actes Sud 2022
© der deutschsprachigen Ausgabe:
2023 dtv Verlagsgesellschaft mbH & Co. KG, München
Satz: Greiner & Reichel, Köln
Gesetzt aus der Life LT Std
Druck und Bindung: CPI books GmbH, Leck
Printed in Germany · ISBN 978-3-423-28354-0

Für diejenigen,
die Delphi nicht vergessen haben.

Denn was einmal war,
liegt für immer in unzerstörbaren Archiven.

Paul Claudel, *Der seidene Schuh,*
Zweiter Tag, Szene 8.

1

LETZTE BILDER VOM HAFEN

Die Stadt war auf einmal verrückt geworden. Als das GoldTex-Management verkündete, die Übernahme Griechenlands sei abgeschlossen, gerieten die Bürger Athens in Panik. Sie hatten sich gegen den Aufkauf massiv gewehrt, hatten monatelang demonstriert, die jungen Leute beim Errichten von Barrikaden unterstützt und geschworen, bis zum Äußersten zu gehen, und nun lieferten sie sich alle dem Unterdrücker aus und wollten fliehen. Selbst die Zögerlichsten waren von dem Gedanken besessen: die Stadt zu verlassen, nicht in dieser Falle auszuharren, so schnell wie möglich bei GoldTex anzuheuern und anderswo weiterzuleben. Sie spürten, dass ihre Welt verschwinden würde, und hatten Angst. Gerüchte kursierten: Es hieß, man müsse sich beeilen, nur die Ersten würden genommen, den anderen blühe ein düsteres Schicksal. Griechenland würde in seine Einzelteile zerlegt und verkauft, wer sich nicht aufmachte, würde bald versklavt und vergessen werden.

Man musste flüchten. Daran zweifelte niemand. Auf den Straßen regierte der Wahnsinn. In der Tsaldaris-Straße zog eine Frau zwei Koffer und ihre drei kleinen Kinder hinter sich her, blieb abrupt stehen, knöpfte ihre Bluse auf, entblößte ihre Brüste und schrie: »Nehmt uns doch auch gleich noch! Ihr kauft doch sowieso alles!« Auf der Thiseos-Straße bedrängten einige Männer einen Taxifahrer, sie zum Hafen zu fahren. Als der Chauffeur sich weigerte und sich in seinem Fahrzeug einschloss, demolierten sie es, übergossen es mit Benzin und tanzten um den Wagen herum, in einer Rage, die sie sich Tage später selbst nicht mehr erklären konnten. Die Niederlage war endgültig, die ganze Stadt suchte das Weite. Doch die Aufgeregtheit hielt nur wenige Tage an. Sehr rasch wichen wilde Ausbrüche einer stillen Resignation. Die Panik der Menschen trat auf andere Weise zutage. Niedergeschlagen schlichen sie umher, als hätten sie sich damit abgefunden, dass sie nur noch Vieh waren, als hätten sie eingesehen, dass sie gegen das, was kommen würde, nichts mehr ausrichten konnten. Athen senkte sein Haupt. Familien schoben sich mit versteinerten Mienen wortlos voran. Sämtliche Wege zum Hafen, zum Bahnhof und zum Flughafen waren verstopft. In einem absurden Reflex beschlossen viele, mit dem Auto zu fahren, wodurch das Chaos noch größer wurde, weil sie die Wagen mitten auf der Straße stehen ließen und ihren Weg zu Fuß fortsetzen, als sie in gigantischen Staus steckten und feststellten, dass es nicht mehr weiterging und sie nicht umkehren konnten. Die lange Schlange verwaister Autos nötigte die Leute zu allerlei furchtbaren Verrenkungen: Bauch einziehen, Koffer über den Kopf heben, sich zwischen den in der Sonne glitzernden Karosserien hindurchzwängen, von denen eine unerträgliche Hitze ausging. Auf dem Flughafenzubringer bot sich ein unerhörtes Schauspiel: Tausende Männer und Frauen harrten in geduldiger Selbstaufgabe aus. Trotz der regelmäßig wiederholten Hinweise, dass ohnehin keinerlei Flüge verfügbar und die Terminals unerreichbar seien, da bereits so viele Menschen dort waren, strömten die Massen weiter herbei, in der aussichtslosen Hoffnung, ein Pilot werde all den Anordnungen zuwiderhandeln. Die ganze Stadt wollte aufbrechen, aber die Vielzahl ihrer Einwohner legte sie lahm. Die Straßen hallten vom Getrappel der Menge, darunter Tausende von Kindern, man hatte sie bei der Hand genommen und ihnen gesagt, sie sollen aufhören zu weinen. Wer auf diese Flut von Menschen stieß, machte seltsamerweise nicht kehrt, sondern gesellte sich im Glauben, am rechten Ort zu sein, dazu, erstickte die innere Stimme der Vernunft und selbst den eigenen Überlebensinstinkt, nahm hin, einer von vielen zu sein, als wäre es ein Trost, sich zusammenzuquetschen, nicht allein zu sein und Schrecken und Unglück mit anderen zu teilen. Es ging nur schleppend und mühselig voran. Die Menschenmassen verzweifelten ob ihrer Ohnmacht. Man ertrug eine Warterei, bei der man sich bestenfalls darüber freuen konnte, wenige Meter gewonnen zu haben und die einem schlimmstenfalls den letzten Nerv kostete.

Er war wie die anderen ausgezogen, doch im Unterschied zu den verängstigten Familien besaß er einen Badge und eine Armbinde, die es ihm erlaubten, die Straßensperren zu passieren und die Warteschlangen zu überholen. Das weckte Neid. Er las ihn in den erschöpften Blicken der Frauen.

Am Hafen von Piräus waren zwei große Schiffe klar zum Auslaufen. Zwei Kolosse, doch angesichts der Zahllosen, die hofften, noch an Bord zu gelangen, wirkten sie eher klein. Das Einschiffen hatte begonnen. Alles bewegte sich quälend langsam auf die Gangway zu. Es waren Papiere vorzuzeigen, sperrige Gepäckstücke, die man hatte mitnehmen wollen, mussten zurückgelassen werden. Es gab viel Geschrei, Proteste und vergebliche Überredungsversuche.

Er betrachtete die Not der Menschen und schämte sich, weil er sie hinter sich lassen konnte. Am Kai lag ein kleineres Militärboot, das anscheinend auf ihn wartete. Niemand näherte sich ihm an. Soldaten hielten die Flüchtenden von ihm fern und bewachten es. Er lief schnellen Schrittes auf das Boot zu. Zwei Tage zuvor hatte er seinen persönlichen Evakuierungsbefehl erhalten. Er hatte versucht, sämtliche Dinge des täglichen Bedarfs in seinen kleinen Koffer zu stopfen. Er hatte sich von niemandem verabschiedet. Seine Eltern waren vor ein paar Jahren gestorben, und zum ersten Mal war er bei dem Gedanken daran, wie traurig sie gewesen wären, hätten sie diesen Untergang mitansehen müssen, froh darüber.

Das Boot war gerade fertig aufgetankt worden. Er ging an Bord, und von der Brücke aus beobachtete er so lange wie möglich das Land, das er verließ.

Bis die Besatzung die letzten Kontrollen abgeschlossen hatte, würde es noch Stunden dauern, aber plötzlich gab es einen ohrenbetäubenden Knall. Ein heißer Luftschwall traf ihn im Gesicht, er klammerte sich an die Reling, um nicht umzufallen. Es war eine Explosion, die im Bruchteil einer Sekunde Leben, Koffer und dicht gedrängte Familien weggepustet hatte. Sie hatte sogar den Rumpf des benachbarten großen Schiffes zerstört. Er sah, dass die Massen zu den Hangars zurückrannten. In Panik. Keine Spur mehr von der langsamen Ruhe, die noch einen Moment zuvor geherrscht hatte. Wer stürzte, wurde von anderen überrannt, die sich dessen nicht einmal bewusst waren. Kinderhände wurden losgelassen. Familien auseinandergerissen. Und dann, einige Minuten später, detonierte bei den Hangars, wo alle hingeeilt waren, um sich möglichst weit vom Ort des Grauens zu entfernen, eine zweite Bombe und vernichtete die, die sich gerettet geglaubt hatten. Unabwendbar, monströs. Überall Blut. Überall Gewimmer. Niemand wusste mehr, wohin. Er stand wie gelähmt da und konnte den Blick nicht von dem schrecklichen Schauspiel abwenden. Ihm war klar, dass es Stunden dauern würde, die Opfer zu bergen und zu zählen. Man musste das Gebiet räumen und Hilfe für die Verletzten holen. Die zerstückelten Leichen einsammeln. Das Gemetzel machte ihn fassungslos, er fühlte sich ohnmächtig, die verschwommene Menge vor Augen, die gerade jeglichen Mut verloren hatte. Er dachte sofort an die Gruppe Tigimas*. Wahrscheinlich hatte sie den Anschlag verübt. Seit Wochen drohte sie damit, Zivilisten anzugreifen. Sie hatte angekündigt, Bahnhöfe und Häfen zu attackieren. Griechenland würde grässlich werden. Zermalmt und verbrannt. Das Land würde sich selbst auffressen. Überwältigt von diesem Horrorszenario, kam er sich völlig nutzlos vor, denn er war bereits weg, ganz weit weg, durch die Reling des hohen Schiffs von allem getrennt, zudem hatte der Kapitän befohlen, schleunigst die Leinen loszumachen und rasch auszulaufen. Die gemächliche Abfahrt des Bootes bildete einen Kontrast zu dem wilden Treiben an Land. Er blieb auf der Brücke stehen, den Blick auf die rauchende, leidende, schreiende Stadt geheftet. Die Familien im Hafen begriffen, dass ihr Schiff nicht ablegen würde, dass sie in der Falle saßen, von allen Seiten getroffen. Er sah ihnen noch eine ganze Weile zu. Er konnte ihnen nicht helfen, er gehörte schon nicht mehr dazu. Er wusste, er würde nicht zurückkehren. Es war das letzte Bild von Athen, das er mitnahm: das einer Stadt mit weit aufgerissenem Mund, aus dem es nach Bomben und Blut roch. Es war vorbei. Er war ab jetzt kein Grieche mehr.

* τη γη μας (ti gi mas), zu Deutsch: »unsere Erde«.

2

DER SCHWUR

Er vernimmt ein dumpfes Geräusch, beim Lieferkasten neben der Wohnungstür ist ein Gegenstand gegen die Wand geknallt. Normalerweise schreckt er bei so etwas aus dem Schlaf auf, aber heute, wie in letzter Zeit öfter, fragt er sich nur, wie sich die Dinge um ihn herum genau nennen. Bei trübem Bewusstsein denkt er an die Straßen von Athen, den Hafen von Piräus, den er vor dreißig Jahren verlassen hat, den Weltuntergang, den er hat mitansehen müssen, all die Geschichten, die er miterlebt hat und von denen nichts mehr übrig ist als die Erinnerung. Er braucht ein paar Minuten, bis er seinen Körper wieder spürt. Durch die Erschöpfung fällt ihm sein Name wieder ein, ja, durch die Erschöpfung, die auf seinen Brustkorb drückt. Nun besteht kein Zweifel mehr, er weiß, er ist Zem Sparak, einer von den »Hunden«, wie sie im Lager genannt werden, der seit zwanzig Jahren im Auftrag des Managements in Zone 3 herumschnüffelt, genau, so einer ist er, und er muss sich jetzt aufraffen, den neuen Tag bis zur Neige leben, der so lang sein wird wie alle anderen und nach gebrochenen Versprechen schmecken wird wie alle anderen, so viel steht fest.

Er hat kapiert, was das für ein Geräusch war, das ihn geweckt hat. Sein mit dem Internet verbundener Kühlschrank hat anscheinend wieder ein paar Ladungen Frischmilch bestellt, so wie er es seit zehn Tagen jeden Morgen tut, weil Zem das Ding immer noch nicht hat reparieren lassen, und so werden zweimal pro Woche sechs oder auch zwölf Flaschen geliefert, je nach Lust und Laune des kaputten Prozessors, die Flaschen türmen sich, er weiß nicht mehr, wohin damit, die Küche ist schon randvoll. Die Sache macht ihn traurig und belastet ihn sehr, während er sich aus seinem Bett schält, und trotzdem wird er auch heute nichts dagegen unternehmen, denn das Letzte, worauf er Lust hat, ist, einen Großteil des Vormittags mit der Meldung dieser Fehlfunktion zu verbringen und die Fragen einer Operatorin zu beantworten, die ihn mit metallischer Stimme auffordern wird, seine Aussage dreimal zu wiederholen. Also zieht er sich an, wie gestern, wie vorgestern, wie jeden Tag, steigt über die Flaschen, in einigen ist die Milch bestimmt schon sauer geworden, und tritt erleichtert auf den einzigen Ort hinaus, der ihn vor dem Überdruss rettet: die Straße.

»Wie viele Autos waren da?«

»Mindestens vier …«

»Und haben Sie den Gewinner gesehen?«

»So wie ich Sie gerade vor mir sehe.«

An der Kreuzung 36 ist etwas anders als sonst. Das erkennt er sofort. An der Ecke, wo früher einmal Safirs kleiner Lebensmittelladen war (aber die Leute aus dem Viertel kaufen schon lange nicht mehr in Lebensmittelläden ein – und wer weiß, was mittlerweile aus Safir geworden ist, in welchem Slum er lebt, was für Geschäfte er treibt, in welcher Notunterkunft an der Avenue III er schläft?), an den jetzt nur noch ein rostiges Rollgitter erinnert, ist ein Menschenauflauf. Das »Fieber der Straße« ergreift ihn, wie der alte Tobo zu sagen pflegt, der in den südlichen Bezirken betteln geht, die Dosen mit den Zähnen öffnet und immer ein bisschen Bier auf den Boden schüttet, bevor er den ersten Schluck nimmt, »damit die Götter es uns nicht verübeln, dass wir trinken, obwohl wir lieber diese Welt, die nichts mehr taugt, in die Luft sprengen sollten ...« Dem von der Neugier zusammengetriebenen Pulk steht die Aufregung ins Gesicht geschrieben. Er tritt näher. Alle wirken völlig hingerissen, haben ein berauschtes Leuchten im Blick. »Dass ich das noch erleben darf«, ruft ein alter Mann mit Kinderaugen aus. »Destiny war da.« Die Nachricht wandert von Mund zu Mund, mit ungläubiger Begeisterung. Die Zeit der Losziehungen hat begonnen. Die Bevölkerung hält allwöchentlich den Atem an und träumt davon, von einem Ruf der Vorsehung aus dem Bett geholt zu werden. In der Dämmerung heute Morgen ist eine Kolonne schwarzer Autos, wie man sie in der Gegend sonst nicht zu Gesicht bekommt, vor dem Gebäude vorgefahren. Ein Mann wurde abgeholt. Der Vorgang wurde von

Kameras gefilmt und von Moderatoren kommentiert, es gab Bodyguards, Attribute jener fernen Welt, die man nur von den Bildern des TV-Senders Destiny kennt. Und jetzt reden alle davon. Destiny war da. Das bedeutet, es kann sein, dass man morgen vielleicht selbst abgeholt wird. Dieses Stück Gehweg hat plötzlich etwas Heiliges an sich, denn es trägt die Spuren des Wunders. Destiny hat einen Mann mitgenommen, dessen Leben der Kanal nun verändern wird, genau so, wie es in den Spots, die an den großen Kreuzungen auf riesigen Bildschirmen in Endlosschleife laufen, immer gezeigt wird. *»You think you deserve a better life? Thanks to* Destiny*, you'll get the best life ever!«* Und schon werden Bilder jenes Augenblicks eingespielt, in dem jemand von dem neuen Leben überrascht wurde. Diesmal hat das Glück diese absolut unscheinbare Straßenecke getroffen. Das Schicksal hat flinke Finger, die Licht sogar in die finstersten Löcher bringen. Wochenlang wird das ganze Viertel enthusiastisch und unermüdlich über das Ereignis sprechen. Sparak teilt den Überschwang der Leute nicht. Seitdem er sich der Menschenmenge genähert hat, spukt ihm eine Szene durch den Kopf. Vor einigen Jahren hat er einen der »Gewinner«, so werden sie genannt, gesehen. Warum muss er ständig an diesen Vorfall denken? Warum ist er nicht so leichtgläubig wie die anderen? Es war auf der Avenue VII. Er hat das Geschehen noch genau vor Augen. Nur wenige Stunden, nachdem ein Mann abgeholt worden war, wurde er wieder zurückgebracht, man erklärte, das Ganze sei ein Irrtum gewesen. Ein Systemfehler. Der Kerl hatte zwei Stunden in Zone 2 verbracht und sich in dem Glauben gewähnt, dass er von nun an ein privilegiertes Leben führen würde, dann war er in seine Bruchbude zurückgekehrt. *Best life ever.* Er konnte es nicht ertragen. Ein paar Minuten später, als die schwarze Autokolonne verschwunden war, stieg er in den zweiunddreißigsten Stock hinauf und sprang. Destiny hat davon wahrscheinlich nichts mitbekommen, jedenfalls hat der Sender keine Bilder seines zerschmetterten Körpers auf dem Asphalt ausgestrahlt, aber er, Zem Sparak, hat diese Bilder noch gut vor Augen, denn er hat den Toten aufgelesen. Und jetzt kann er an nichts anderes denken. Er steckt in dieser Erinnerung fest.

In dem Moment vibriert sein Armband. Er schaut auf das Display. Man ruft ihn zur Pflicht, was für eine Erleichterung. Schlagartig löst sich alles auf: Destiny, die entzückten Schaulustigen, die Erinnerung an das klebrige Blut …

Er lässt diese Dinge hinter sich und wird wieder: ein Hund. Irgendwo ist eine Rauferei, hat man eine Frau verprügelt oder soll ein armer Schlucker geschnappt werden. Er kehrt also dem Gewühl der Glückseligen den Rücken, die sich nach wie vor im Schein des Wunders sonnen, und macht sich auf Richtung Citizens' Dump, genervt von der Naivität der Massen.

»Oh nein …« Er stößt einen angewiderten Seufzer aus, als sein Armband anzeigt, wo er genau hin muss. »Ort: Citizens' Dump, Avenue VIII. Die Steppe.« Er stöhnt.

Die Avenue VIII ist eine vierspurige Hochstraße südöstlich von Magnapolis, auf der kein Fahrzeug mehr fährt, weil die Brücken an ihrem südlichen und nördlichen Ende unpassierbar sind. Die im Süden ist bei einem besonders heftigen Regen teilweise eingestürzt. Die im Norden wurde bei den Schweren Unruhen vor zwanzig Jahren zerstört. Die Avenue VIII ist eine nutzlose, abgetrennte Verkehrsader, die nur noch von Fußgängern betreten werden kann. Unter der Hochstraße erstreckt sich eine große Brachfläche, von den Einheimischen »Steppe« genannt, eine vom Wind gepeitschte Ebene, wo merkwürdigerweise seit Jahren nichts gebaut wird. Doch nicht deswegen flucht er gerade. Er flucht, weil er den gelben, fast orangefarbenen Regen bemerkt, und weiß, dass sein Einsatz außerhalb der überdachten Zone liegt. Er hat seinen Smart Rain nicht dabei. Ohne dieses intelligente Kleidungsstück ist er in den nicht überdachten Vierteln in zwei Minuten patschnass. Er wird mit dem sauren Regen das Vergnügen haben, mit Hagel, mit Windstößen, die von einem Moment zum anderen über die Stadt fegen und Augenblicke später von so etwas wie Sonnenstrahlen abgelöst werden, und das zermürbt ihn. Die Arbeiten an der Vergrößerung der Klimakuppel laufen seit zwanzig Jahren, aber es gibt immer noch heruntergekommene Gegenden, in denen die Lachen auf den Straßen gelb schimmern und die Ladengitter von Hagelstürmen zerbeult sind, die wütend gegen das Metall getrommelt haben. Aber alles Fluchen hilft nicht. Er muss los. Also macht er sich auf zur Avenue VIII, was kümmern ihn schon Regengüsse, die schmutzige Ölspuren im Gesicht hinterlassen.

Da, in dieser traurigen Steppe unter der ehemaligen Schnellstraße, mitten im Nirgendwo, liegt in rechter Seitenlage ein regloser Körper. Er hatte mit allem Möglichen gerechnet, einem Diebstahl, einem Unfall, einer Auseinandersetzung zwischen zwei Dealern, aber mit einer Leiche nicht. Wortlos neigt er den Kopf und studiert ihr Gesicht, den Mund, die weit aufgerissenen Augen. Ein Weißer, Anfang fünfzig. Ein eigenartiges Gefühl steigt in ihm auf. Das könnte genauso gut ich sein. Er fragt sich, warum er das denkt. Einfach lächerlich. Dennoch mustert er aufmerksam das Gesicht des Toten und zögert, sich zu ihm hinunterzubeugen. Wovor hat er Angst? Er weiß es nicht. Aber ihm ist, als hätte der Leichnam nach ihm gerufen, als würde er ihn bitten näherzukommen, und als wollte er ihn dazu bringen, den Schwur abzulegen, so machen sie es nämlich alle, den alten Schwur, mit dem man verspricht, die Wahrheit herauszufinden und den Mörder zu fassen. Er zögert. Irgendetwas in ihm sträubt sich. Als wäre dieser Kerl vor ihm im Dreck ein Führer, der die Absicht hat, ihm den Weg zu weisen, der ihn ins Verderben treibt. Und so kniet er nicht nieder, sondern betrachtet noch eine Weile den Schauplatz des Verbrechens. Neben ihm steht der »Whistleblower«, der die Leiche entdeckt und die Polizei benachrichtigt hat: Bareïm. Man kennt sich. Der fette Bareïm hätte Sportler werden können, hat aber durch das zwanghafte In-sich-Hineinstopfen von Donuts seine Gesundheit ruiniert.

»Kein schöner Anblick, hm?«, meint er.

»Nein«, antwortet Sparak lakonisch.

»Sie müssen zu mehreren über ihn hergefallen sein …«

Sparak schweigt. Er mag es nicht, wenn man nur so daherredet. Und vor allem geht ihm Bareïm mit seinen Theorien auf die Nerven. Wie alle »Whistleblower« möchte er beweisen, dass auch er das Zeug zum Ermittler hat, und kann es nicht lassen, Vermutungen anzustellen, als gehörte das zu dem, was von ihm erwartet wird.

»Ich glaube«, fährt er munter fort, »sie wollten ihm zwei armselige Dosen TQX oder so klauen, und er hat sich gewehrt. Die Leute können einfach nicht mehr ihre Klappe halten, wenn ihnen das Messer auf die Brust gesetzt wird.«

Er lacht über seine eigene Bemerkung, sein ganzer Rumpf wackelt mit. In dem Moment meldet sich eine elektronische Stimme zu Wort, anscheinend hat er einen Curasix dabei:

»BMI 39,7 … Arterien zu 67 Prozent verstopft. Blutdruck um 16 Millimeter Quecksilbersäule gestiegen. Sie haben noch sechs Jahre, acht Monate und zweiundzwanzig Tage zu leben …«

Der Dicke kramt leicht beschämt in den Taschen seines Parkas und schaltet das Gerät aus.

»Verflucht … dieses Scheißding geht schon an, wenn ich bloß lache oder huste.«

Sparak lächelt etwas spöttisch und schaut ihn an. Der fette Bareïm folgt also dem Trend und hat sich so ein sinnloses kleines Spielzeug zugelegt, wie es gerade beliebt ist. Es sammelt einige Daten und verkündet seinem Besitzer dann stolz, wie viele Lebensstunden er gewinnt, wenn er besser isst, Sport treibt und die Treppen zu Fuß hochläuft. Er hätte nie gedacht, dass Bareïm auf die Idee verfallen würde, auf sein körperliches Wohl zu achten. Er muss lachen. Die unausgesprochene Frage beantwortend, erklärt Bareïm:

»Meine Frau hat das …«

Nun könnte sich Zem Sparak erkundigen, warum Bareïm weiter Donuts in sich hineinschlingt, wenn er doch lange leben möchte, aber er lässt es sein. Er hat im Grunde gar keine Lust, die Erläuterungen des Dicken zu hören.

»Hast du ihn bewegt?«, will er wissen und deutet dabei auf die Spuren bei der Leiche.

»Ach was«, entgegnet der Dicke. »Ich habe ihn nicht angerührt.«

Sparak legt Hand an. Er beugt sich über den Toten, will ihn an der Schulter packen und auf den Rücken wälzen. Aber er flutscht ihm durch die nassen Hände, und Sparak gerät fast aus dem Gleichgewicht. Er kniet sich hin, beschmutzt sich die Hose mit gelbem Schlamm, seufzt und probiert es noch einmal. Diesmal greift er fester zu, und es gelingt ihm, das Opfer zu drehen. Der weite Mantel klafft auf, der Oberkörper kommt zum Vorschein. Bareïm reißt vor Überraschung den Mund auf und stößt einen Fluch aus. Von der Luftröhre bis zum

Zwerchfell verläuft ein langer Schnitt, der sich dann unterhalb der Rippen teilt. Man hat den Typen aufgeschnitten wie einen Fisch.

»Das ist ja grauenhaft!«, stellt Bareïm mit ängstlicher Stimme fest.

Zem Sparak sagt kein Wort, er legt nur behutsam die Mantelenden über den Toten.

Seit über einer halben Stunde wartet er auf den Krankenwagen. Ein Ausflug in die Steppe ist nichts Alltägliches, die Sanitäter suchen wohl noch nach einem Zufahrtsweg zu dem Brachgelände. Der fette Bareïm hat sich schon vor einer Weile verdünnisiert, er hatte es eilig weiterzuerzählen, was er da gesehen hat. Seit Kurzem fällt ein schwerer, gelber Regen. Innerhalb von fünf Minuten ist er bis auf die Knochen nass. Nichts zu machen, kein Baum, kein Haus weit und breit, wo man sich unterstellen könnte.

Als der Wagen eintrifft, zieht der Sanitäter ein angewidertes Gesicht, die Vorstellung, dass der besudelte Sparak auf dem Beifahrersitz Platz nimmt, widerstrebt ihm sichtlich. Er bittet ihn deswegen, hinten einzusteigen und sich neben den Toten zu setzen. Er kann nicht ahnen, dass Sparak genau darauf aus war.

Zem trieft von Regen, Haar und Gesicht kleben von Ölspuren, aber was soll's. Das Fahrzeug gleitet durch Straßen von namenlosen Vierteln in Richtung des sechsten Distrikts, zum Leichenschauhaus Saint-Espoir, und er fühlt sich gut.

Er braucht diese Zeit ganz nah bei der Leiche, um mit dem Toten einen Pakt zu schließen. Er lässt zu, dass sein Geist sich dem Fremden öffnet. Etwas nimmt seinen Anfang. Er weiß es. Der Zufall hat ihn zum Zeugen dieses zerstörten Lebens auserwählt. Daher legt er einen geheimen Schwur ab. Er schwört, dass er den Mörder finden wird. Ihn bestrafen wird. Er schwört, dass seine Beharrlichkeit nicht nachlassen wird. Dass er die Blutspur geduldig zurückverfolgen wird, damit diese Tat nicht der Vergessenheit anheimfällt. Er wünscht sich, dass die Fahrt noch länger dauert. Die breiten Avenuen der Megacity gehen allesamt von Zone 2 aus und verenden hier langsam wie die Strahlen einer müden Sonne. Sie kurven den Boulevard of Schism entlang, die große Ringstraße, die die acht Distrikte miteinander verbindet, Richtung RedQ. Hinter diesem Viertel ist das Leichenschauhaus. Die Stadt zieht an ihm vorüber, und er kommt sich wie ihr unsichtbarer Wärter vor, der bei den Toten wacht und weiß, dass sich auf den Straßen auch noch ein Volk tummelt, das sich nicht zeigt. Dieser Mann hatte ein Leben, eine Geschichte, zwielichtige Seiten und große Sehnsüchte gehabt … und jetzt ist er nur noch ein Stück aufgeschnittenes Fleisch. Er, Sparak, wird sich mit dieser Existenz gründlich befassen, sehr gründlich, so lange, bis er sie begreift und den Schlüssel zu diesem Mordfall gefunden hat. Zu welchem Zeitpunkt seines Lebens wurde der Mann getötet? Aufgrund welcher Kontakte, welcher Demütigung? Oder aus Rache? Er wird herausbekommen müssen, wie lange der Tod schon auf ihn gelauert hat. Er wird an nichts anderes mehr denken, wird unermüdlich arbeiten. Dennoch stellt sich die Frage: Welche Bedeutung hat dieser Kerl für ihn? Wäre er ihm zu seinen Lebzeiten begegnet, hätte er ihn vielleicht für blöde oder pingelig gehalten. Eigentlich absurd, Ermittlungen aufzunehmen, denkt er. Er gelangt unweigerlich an diesen Punkt. Was ändert es, wenn er diesen Mord aufklärt? Diesen oder einen anderen. Die Leute kämpfen gegeneinander, verletzen sich und bluten, Menschen fallen über andere Menschen her, zur leichten Beute geworden, die sich aus ihrem Revier herausgewagt hat, auf Aufregung und Gefahr aus war. Die meisten Mordopfer könnten genauso gut Täter sein. Man ist sich jeden Tag begegnet, hat sich taxiert, hat rivalisiert. Was ändert das schon? Jeden Tag überlegen sie, ob sie den anderen ausrauben und umbringen sollen. So viele schmieden Pläne für ein Verbrechen. Er weiß, die Sachen, die sich auf der Straße zusammenbrauen, werden immer schneller sein als er. Trotzdem hat er geschworen. Er wird den Fall aufdecken. Nicht, weil er vorhat, die Stadt zu säubern, nicht im Namen einer vorgeblichen Moral oder der Gerechtigkeit, sondern weil der Tote diesen Schwur von ihm verlangt hat.

Zurück im siebten Distrikt, läuft er zum Square of Fire, wo ein Intranetanschluss ist. Er trifft dort Solar und Mazdo. Die einzigen beiden Polizisten, mit denen er sich gut versteht. Sie sind anders als die anderen, behandeln ihn nicht von oben herab. Manchmal geht er mit ihnen sogar Mittagessen, aber nur manchmal. Solar hat sich gerade mit dem Fall zweier Prostituierter herumgeschlagen, die sich eine Schlägerei geliefert haben. Die Polizisten begrüßen ihn mit einem breiten Lächeln.

»Na, Zem, hast du dich im Dreck gewälzt?«

Mazdo grinst und zeigt dabei seine kariösen Zähne.

»Lacht nur ... lacht nur«, gibt Zem zurück und steuert auf den Anschluss zu.

»Komm, trink was mit uns«, schlägt Solar vor. »Wir gehen in die Nische.«

»Okay«, erklärt Zem. »Muss das bloß kurz erledigen, dauert zwei Minuten.« Und er beginnt, die gesammelten Informationen einzugeben: Fundzeit und -ort, Beschreibung des Zustands der Leiche. Sämtliche Einzelheiten, die die große Verbrechensdatenbank speisen, dieses Meer von Sperma, Blut und Schreckensschreien, in dem es von Toten wimmelt, eine Kartographie der Stadt wie keine andere.

Plötzlich, als er die Eingaben bestätigen will, wird das Display schwarz, ein rotes Warnsignal erscheint: »Geschützter Ordner.« Er sperrt überrascht den Mund auf und stößt einen leisen Laut aus, der wie ein unterdrücktes Wimmern klingt: »Nein ...« Er drückt zwei-, dreimal nacheinander hoffnungsvoll auf die Zurück-Taste ...
»Oh nein ...« Es funktioniert nicht. Nach einigen Augenblicken erscheint eine neue Nachricht: »Bitte kontaktieren Sie unverzüglich Ihren Vorgesetzten.«

Jetzt brüllt er: »Scheiße!« Er schlägt mit der Hand auf das Display. »Das darf doch nicht wahr sein!« Aber ihm ist klar, dass das nichts nützt oder ändert. Er steht im Regen und kann sich nicht recht dazu durchringen, die Anweisungen des zentralen Programms zu befolgen. Dennoch weiß er, er wird es tun müssen, Kontakt zu einem dieser sogenannten Vorgesetzten aufnehmen, die man unter vorgehaltener Hand auch Hundetrainer nennt. Eine neue, erst vor Kurzem eingeführte Vorschrift verpflichtet die Dienste der einzelnen Zonen zur Zusammenarbeit, wenn es für die Ermittlungen erforderlich ist. Es scheint, als wollte jemand seinen Schwur mit Füßen treten, sich zwischen ihn und den Toten drängen. Wenn der Ordner blockiert ist, wird er die Sache nicht auf seine Art angehen können. Er kommt sich auf einmal verwundbar vor. Er wird den Befehlen eines aufgeblasenen Bürohengsts Folge zu leisten haben, der seine Zone bestimmt noch nie verlassen hat. Eine mächtige Maschine, die den Rhythmus seiner Stunden diktieren wird, hat sich soeben in Gang gesetzt, und er kann nichts dagegen tun, außer den Tag verfluchen, an dem er sich in die Arme dieser ungeliebten Welt geworfen hat.

3

DIE TRANSITINSEL

Der Hafen von Argostoli war komplett umgestaltet worden. Die Schiffe, die in Kefalonia anlegten, setzten die Passagiere vor riesigen Verwaltungsgebäuden ab, wo die Warteschlangen einer merkwürdigen verwaltungstechnischen Kartographie folgten. Ein Großteil der Stadt diente der Zuordnung der Neuankömmlinge. Die Fähren schütteten Tag für Tag die Menschen aus, die es geschafft hatten, Athen zu verlassen. Während der gesamten Fahrt versuchten die Leute, an Informationen zu gelangen. Doch die Besatzungsmitglieder beantworteten ihre Fragen nur selten. Meist machten sie geheimnisvolle Mienen, die unmöglich erraten ließen, ob sie etwas verschwiegen oder schlicht keine Ahnung hatten. Das Anlanden ging immer langsam und ängstlich vonstatten. Die Familien standen zusammen, die Mütter hielten ihre kleinen Kinder an den Händen und baten die größeren, ein Auge auf ihre Geschwister zu haben. Im ersten Hangar wurde nach Gesundheitszustand sortiert. Es wurde Fieber gemessen. Wer erhöhte Temperatur oder eine erkennbare Infektion hatte, erhielt die Aufforderung, sich in ein anderes Gebäude zu begeben. Von dort brachte man die Personen mit dem Bus in ein Haus bei der Lagune von Koutavos, das als Krankenhaus diente. Für alle anderen begann ein langer Registrierungsprozess. In den Hangars drei und vier, den beiden größten, wurden Auswahlgespräche durchgeführt. Die Leute wussten in der Regel nicht, was sie da erwartete. Zaghaft schoben sie sich vorwärts, unsicher, welche Sprache sie sprechen, welche Papiere sie vorlegen sollten. An Schaltern hinter dicken Glasscheiben saßen die Angestellten. Mikrofone verzerrten ihre Stimmen und vermittelten das Gefühl, es mit einer kalten, entfernten Gottheit zu tun zu haben. Man hatte ständig Zweifel, ob man richtig gehört hatte. Der Gesichtsausdruck der Beschäftigten verriet nichts. Ein Auswahlgespräch dauerte nur wenige Minuten. Ziel war es, die hochqualifizierten Arbeitskräfte auszulesen. Man hielt Ingenieure, Professoren, Ärzte und Führungskräfte an, umgehend einen auf zehn Jahre befristeten Vertrag mit Option auf Verlängerung zu unterzeichnen. Ihnen wurden neue Ausweise ausgehändigt, und sie genossen den Status von Bürgern im Festangestelltenverhältnis, kurz BiFs. Sie durften mit ihren Familien zum Flughafen fahren, von wo aus sie nach Magnapolis ausgeflogen wurden. Die Maschinen pendelten Tag und Nacht hin und her. Für alle anderen begann ein langwieriger Prozess. Geringqualifizierte Arbeitskräfte mit Festanstellung in Griechenland wurden ebenfalls rekrutiert, man legte ihnen jedoch nahe, sich in Zone 3 zu begeben. Was das genau bedeutete, erklärte ihnen niemand, sie erfuhren es erst, als Flugzeuge sie in einer riesigen Vorstadtsiedlung absetzten, in der verfallene Hütten sich mit eilig hochgezogenen Neubauten mischten. Griechenland lag in weiter Ferne. Sie ahnten gleich, dass sie das tiefblaue Meer nie wiedersehen würden. Für immer vorbei. Ihnen stand ein arbeitsreiches Leben bevor.

Die dritte Kategorie war die der Unqualifizierten: Arbeitslose und Rentner ohne Anschluss an einen Erwerbstätigenhaushalt. Sie blieben an Ort und Stelle. Man bot ihnen eine Arbeit bei GoldTex in Kefalonia oder auf einer anderen Transitinsel an. Aus ihnen wurden Handlanger oder Busfahrer. Sie halfen den ankommenden Passagieren, sich korrekt in die Schlange einzureihen und die nötigen Papiere bereitzuhalten. Manche von ihnen wurden abgewiesen: Häftlinge, Straftäter, Schwächlinge. Man brachte sie unauffällig in das rund um die Uhr von Polizisten bewachte Hochsicherheitsgebäude D, D für Deported. Dort teilte man ihnen mit, dass GoldTex ihre Anträge abgelehnt habe und es auf dieser Welt keinen Ort mehr für sie gäbe. Angesichts ihrer ungläubigen Gesichter erklärte man ihnen, sie seien eingeladen, an Bord der Fähre *Redemption 3* in ein Land zu reisen, das mit Gold-Tex Zulieferverträge abgeschlossen hatte. Hin und wieder rebellierte einer, fing an zu schreien und wollte alles kurz und klein schlagen. Darauf wurde er augenblicklich festgenommen und für eine Nacht in eine der unterirdischen Zellen gesperrt.

Ein ganzes Volk schob sich schrittweise voran, beantwortete tausendmal dieselben Fragen, wiederholte seine Aussagen geduldig, wenn der Recruiter es verlangte, wartete auf einen Stempel und hoffte, dass es der richtige sein würde, träumte von späteren Zeiten und versuchte, nicht mehr an das Land zu denken, das bereits jetzt nur noch in der Erinnerung existierte. Ein ganzes Volk zauderte unbeholfen und eingeschüchtert und sehnte sich nach einem Platz im Leben, damit es weitergehen konnte. Es nahm im Namen der Kinder, denen es eine Zukunft bieten musste, das lange Auswahlverfahren hin, auch wenn das Warten, das Gehorchen, das Beantworten der Fragen, das Lächeln, das man sich abrang, um die ausdruckslosen Mienen der Angestellten zu erweichen, demütigend war, auch wenn die Stunden, in denen der mächtige Verwaltungsapparat allen seinen langsamen, peinlich genauen Rhythmus aufzwang, qualvoll waren, auch wenn man jegliches Vergnügen hinter sich ließ und sich bemühte, sich davon zu überzeugen, dass ein freudloses Dasein eigentlich gar nicht so schlimm war, Hauptsache der Komfort stimmte. Man machte weiter so gut es ging, und schob sich brav voran, jenen fernen Orten entgegen, die nichts von dem preisgaben, was einen dort erwartete.

4

BRAVER HUND

Salia Malberg trägt einen grauen Regenmantel mit enger Taille. Der Sarg ruht auf zwei dreibeinigen Gestellen in der Mitte der kleinen Wiesenbestattungsanlage. Es sind nicht allzu viele Gäste da. Reglos steht sie in der rund zwanzigköpfigen Gruppe von Personen, die sich im Halbkreisbogen um die sterblichen Überreste versammelt hat. Sie würde gern trauriger wirken, als sie ist. Deshalb hält sie das Haupt gesenkt. Sie hat das Gefühl, dass das die richtige Körperhaltung ist. Außerdem kennt sie niemanden und will sich auf kein Gespräch einlassen. Sie wartet noch die Rede des Zeremonienmeisters ab, danach verschwindet sie.

Wie viele Leben hat ein Mensch? Das ist die Frage, die sie beschäftigt. Ihr neues Leben ist zweifellos ein Geschenk von Dombro. Ihm hat sie es zu verdanken, dass sie es mittlerweile zum Inspector gebracht hat. Sie denkt an diesen Mann, der für sie immer der Chef war und der nun nur wenige Meter von ihr entfernt im Sarg liegt. Sie mochte seine tiefe, raue Stimme und sein dröhnendes Lachen, das ganz tief aus der Erde zu dringen schien. Sein

Tabakgeruch wird ihr fehlen. Vor dem kleinen Grüppchen auf dem akkurat gemähten Rasen der Anlage hebt der Zeremonienmeister inzwischen zu seiner Rede an. Er spricht erst ein wenig stockend, wird allmählich sicherer und nimmt die umstehenden Männer und Frauen ein. Bald, sagt er, werden wir in der Lage sein, mit den Verstorbenen letzte Gedanken auszutauschen. Die Technologie arbeite daran und werde garantiert reüssieren. Einige Wissenschaftler stellen sich vor, dass man Bilder mit den schönsten Momenten des Lebens direkt an das Gehirn der Sterbenden schickt, damit sie mit diesen Bildern von uns gehen können. Er sagt, diese Option wird es vielleicht geben, aber im Grunde brauchen wir sie nicht, denn wir wissen auch so, was im Leben des Boris Dombro das Wesentliche gewesen ist. An der Stelle hält er inne und fügt dann schlicht hinzu: »Die Seinen wissen es.« Er verkündet das mit empathischer Wärme. Sie sieht sich um. Die Seinen wissen es? Da sind vor allem ehemalige Kollegen, Dombro war nicht verheiratet und hatte keine Kinder. Er hatte seine Arbeit und sonst nichts. Er war Ermittler. Später Kommissar. Schließlich Leiter des Ausbildungszentrums für Nachwuchskräfte. Das war sein Leben. Er war ein Kollege. Ein Vorgesetzter. Hätte man ein letztes Bild aus der Welt der Lebenden für ihn auszuwählen, müsste es ein Foto seines Schreibtischs sein, das wäre das Einzige, was ihm ein Lächeln entlocken könnte, das stand für sie fest. Am Schreibtisch fühlte er sich am wohlsten. Der Zeremonienmeister zählt die Orte auf, an denen Dombro im Laufe seiner Karriere im

Einsatz gewesen war. Sie hatte nicht gewusst, dass er wie viele seiner Generation in Griechenland gearbeitet hatte, vier Jahre lang, danach zwei Jahre in Bangladesch. Das war lange, bevor sie ihn kennengelernt hatte, bevor er seine heisere Stimme und seinen dicken Bauch bekommen hatte, mit dem seine Hemden wie Kartoffelsäcke aussahen. Anfangs hatte sie ihn geschätzt, irgendwann auch Zuneigung für ihn empfunden. Sie wirft einen weiteren Blick in die Runde. Zu ihrer Überraschung stellt sie fest, dass sie die Einzige in ihrem Alter ist. Sie hätte gedacht, er hätte auch für andere gemacht, was er für sie getan hatte. Sie erinnert sich an den Moment in seinem Büro, sie war damals einundzwanzig, als er ihr mitteilte, er würde sie in die Schule nehmen, sie müsse nämlich noch ein bisschen besser werden. Er hatte die Augen zusammengekniffen. Sie blitzten schelmisch, und er lächelte eigenartig, fast böse. »Nur ein bisschen.« Und er setzte hinzu: »Es fehlt nicht viel. Ein bisschen eben.« Dann erklärte er, es werde eine harte Zeit für sie werden, wenn sie sich jedoch anstrengen und durchhalten würde, könne sie besser als die anderen sein. Vielleicht würde die Chose schiefgehen, schloss er mit skeptischer Miene, sie könne an dem Ganzen zerbrechen, aber einen Versuch sei es wert. Vielleicht würde es auch klappen, sie habe etwas Ungestümes an sich … Dabei hatte er sich von seinem Stuhl erhoben, und sie saß wie versteinert da, kurzzeitig glaubte sie, er wollte sie begrapschen oder etwas in der Art. Etwas Ungestümes. Na, mal sehen … Doch er kam gar nicht näher, zeigte stattdessen auf die

Tür, um ihr zu bedeuten, dass das Gespräch beendet war. So verschwand sie mit ihren Akkreditierungsunterlagen. Ihre Karriere bei der Polizei konnte beginnen. Das hieß, monatelang Blut und Wasser schwitzen. Sich keiner Menschenseele anvertrauen. Zähne zusammenbeißen. Es war eine zermürbende Zeit. Er behielt seine Schülerin stets im Auge. Beobachtete sie von Weitem. Stumm. Bis zur Zeugnisverleihung, bei der er sie beiseite nahm und ihr sagte, er sei stolz auf das, was sie erreicht hatte, und werde sich sehr dafür einsetzen, dass sie die Horde von Arschlöchern (genauso hat er sich ausgedrückt) abhängt, die alle mit vierzig als Alkoholiker endeten, weil die Wichtigtuer nichts von dem verkrafteten, was der Beruf ihnen abverlangt. Sie dagegen würde schnell vorankommen. Und er hielt sein Versprechen, führte Telefonate und verfasste Empfehlungsschreiben, auf dass sein »Strohhalm« seinen Weg machte. Aber wenn sie ehrlich zu sich selbst ist, kann sie heute schwer beurteilen, ob das Ganze eine Art Wette auf ihre Zukunft war oder eine Kompensation für das Scheitern von anderen, über das er kein Wort verlor und das er durch ihren Erfolg vergessen machen wollte. Vielleicht. Sie kann ihn nicht mehr fragen. Er hätte ihr sowieso nicht geantwortet, sondern wäre nur in ein schallendes Gelächter ausgebrochen, das seinen Rumpf erschüttert hätte und in ein Husten gemündet wäre, bevor er schließlich, nachdem er einen Schluck Wasser getrunken hatte, erklärt hätte: »Keine falschen Fragen, Strohhalm. Wir sind Polizisten, keine Pfarrer. ›Wo, wann, wie‹, sonst nichts. Der ganze verdammte Rest ist Teufelszeug, und weder du noch ich möchten damit in Berührung kommen.«

Ein plötzliches Vibrieren an ihrem Handgelenk reißt sie aus ihren Gedanken. Sie schaut auf ihr Armband: eine dringende Nachricht. Es ist ihr peinlich, die stille Andacht zu stören, und sie tritt ein paar Schritte zurück. Sobald sie etwas abseits steht, liest sie die Mitteilung, die sie anweist, sich schleunigst in ihr Büro zu begeben, ein G.O. ... Ein G.O., ein geschützter Ordner? ... Sie würde am liebsten einen Fluch ausstoßen, aber ihr ist klar, es hilft alles nichts. Sie muss los. Der Gedanke, dass Dombro der Erste gewesen wäre, der ihr empfohlen hätte abzuhauen, die Alten heulen zu lassen und sich um den Dreck der Welt zu kümmern, tröstet sie. Sie wirft einen letzten Blick auf den etwa zehn Meter entfernten Sarg, dann dreht sie sich um und geht davon.

Die Akte ist nicht dick. Sie hat sie in zwei Minuten gesichtet. Zem Sparak. Seit dem Alter von vierundzwanzig Jahren in Magnapolis. Karteinummer XP 51. Hat sich nach den Schweren Unruhen für Zone 3 entschieden. Nichts weiter. Einfach ein Kerl, der sich seit Langem mit dem Abschaum des Volkes abplagt. Sie seufzt. Sie hat keine Lust, ihn zu treffen. Sie hasst es, mit solchen abgewrackten Typen zu arbeiten, und dieser wird sich von den anderen nicht unterscheiden: schlafmützig, aber selbstbewusst. Sie starrt durch die Glaswände in die Büros ihrer Kollegen. Cal, Ronnie, die ganze SoE, die

Sondereinheit. Die Cowboys vom Dienst. Immer voll bei der Sache, immer unter Druck und in Eile. Seit Monaten schuften sie sich ab und versuchen, das Netzwerk Break-Walls zu zerschlagen. Sie werden von den Chefs stolz gehätschelt und getätschelt, denn sie erledigen ihren Job geschwind, gut und effizient. Wenn es ihnen gelingt, Jon Mafram zu schnappen, werden sie alle mit einem Orden ausgezeichnet. Sie wäre gern Teil der Einheit. Sie hat um Aufnahme gebeten. Ihr Chef, Captain Monk, hat allerdings gemeint, sie sei noch ein bisschen grün. So hat er es formuliert. Möglicherweise war das seine Art, ihr zu verstehen zu geben, dass die Dinge nach Dombros Tod für sie komplizierter werden würden. Dass sie sich beweisen muss. Durchhalten, auch wenn man sie abblitzen lässt. Sie wird sich daran gewöhnen. Wer es zu etwas bringen will, braucht Zeit. Genau. Sie wird sich in Geduld üben und es irgendwann schaffen, weil sie sich dafür angestrengt hat. Sie wird auf Schlaf verzichten. Wochenlang ohne Unterbrechung durcharbeiten. Und ihn dann festnehmen und sich des Gefühls erfreuen, nützlich gewesen zu sein. Danach folgen die Abende, an denen zusammen getrunken wird, und schon wartet die nächste Aufgabe, immer am Ball. Sie hat keine anderen Ziele. Sie wird es packen, aber erst einmal hat sie den G. O. und diesen Typen am Hals, der es sich nicht nehmen lassen wird, ihr zu erklären, wie hervorragend er sich in seinem Beruf auskennt, schließlich ist er ein Mann und älter als sie, und sie fragt sich, im Namen welcher perversen Informationstechnik sie das alles ertragen muss.

Vor dem Checkpoint an der Trajan Bridge in der Avenue VII harrt man nicht nur in einer langen Autoschlange aus, Stoßstange an Stoßstange, nimmt die verächtlichen Gesten des Wachpostens hin, der bloß stumm die Hand ausstreckt, wenn man an die Reihe kommt, weil er wahrscheinlich der Ansicht ist, dass keiner dieser Menschen am Steuer eines Wortes würdig ist, nein, man muss auch noch aussteigen, wenn er es befiehlt, und sich durchsuchen lassen, bevor man, nachdem man seinen Akkreditierungsausweis für die Zone 2 vorgezeigt hat, endlich passieren darf. Und selbst das signalisiert dieser Wachposten nur widerwillig, als würde er einem einen Gefallen tun. Sparak erduldet das Ganze mit zusammengebissenen Zähnen. Nach der letzten Kontrolle steigt er in seinen Wagen und fährt los, er lässt die Zone 3 hinter sich und verwünscht diese Bastarde, die sich für allmächtig halten. Es nervt ihn, wenn er von einer Zone in eine andere muss, es hat ihn immer genervt. Diejenigen, die wie er glückliche Besitzer einer Akkreditierung sind, nutzen das im Allgemeinen aus und überqueren die Zonengrenze jeden Tag. Mit so einer Genehmigung ist es einigermaßen leicht, nebenbei ein kleines Schmuggelgeschäft zu organisieren. Aber er betreibt keines. Er wechselt die Zonen so selten wie möglich. Die Zone 2 hat ihn schon immer rasend gemacht. Alles ist ihm zu hell, zu glatt. Saubere Gebäude. Asphaltierte Straßen ohne Löcher in der Fahrbahn, keine eingestürzten Häuser, keine Schutthaufen an jeder Ecke, auf denen Bettler ihre Notdurft verrichten. Nein, in Zone 2 säumen Bäume die Alleen, und die Menschen sind höflich. Die Klima-kuppel schützt vor dem sauren Regen, vor unerwarteten Windböen und sorgt dafür, dass die Temperatur nicht über zweiunddreißig Grad steigt. Er hat diese Zone stets verabscheut, weil sie immer so tut, als wäre sie sich selbst genug und als hätten diejenigen, die nicht den Vorzug genießen, dort zu leben, Fehler begangen, die sie zu Recht ins Unglück gestürzt haben. Er aber weiß, die Zone 2 ist auf dem Dreck und Schweiß von Zone 3 ge-baut, das ist alles. Wenn er zurückkommt, spürt er jedes Mal sofort die heimliche Verachtung derer, die besitzen, für die, die nichts haben.

Er wandelt die mit weißem Teppichboden ausgelegten Gänge entlang, die Fensterscheiben hinter den schwar-zen Jalousien sind blitzblank, ein Dekor, das aus jedem Büro ein Schmuckkästchen machen will, in dem Ver-waltung sauber und effizient erledigt wird. Alles hier widert ihn an. Man lässt ihn kommentarlos zwanzig Mi-nuten warten, und die Frau, die soeben mit einer Akte hereinkommt, findet kein Wort der Entschuldigung und hebt auch nicht den Kopf, als sie ihm die erste Frage stellt:

»Hat die Leiche Spuren einer Auseinandersetzung auf-gewiesen?«

»Mit Zucker, bitte«, gibt Sparak zurück.

Nun hebt sie doch überrascht den Kopf.

»Pardon?«

»Den Kaffee«, erklärt er. »Mit Zucker.«

Sie schaut ihn an und hält bewusst inne, als Übung, um zu zeigen, wer darüber entscheidet, wie schnell die Minuten in diesem Büro vergehen.

»Verstehe«, sagt sie. Vielleicht ist ihr gerade ihre eigene Grobheit aufgefallen, vielleicht überlegt sie auch nur, wie sie diesem frechen Kerl am besten aufs Dach steigt. Sie reicht ihm kühl die Hand.

»Salia Malberg«, stellt sie sich vor. »Ihre Vorgesetzte.«

Er betrachtet sie lächelnd. Als hätte er einen Augenblick gezweifelt, als hätte seine Erinnerung ihn in die Irre geführt. Er mustert sie: kurze Haare. Eine Narbe am Augenbrauenbogen. Am Hals ein kleines Tattoo. Schwarzes Kostüm. Fürs Büro zu elegant gekleidet. Hübsch ist sie, aber sie hat etwas Hartherziges an sich, nichts vom Schicksal Gebeuteltes, nein, das würde er respektieren, eine selbstbewusste Gefühllosigkeit.

»Zem Sparak«, stellt er sich seinerseits vor und gibt ihr die Hand. »Sieht so aus, als hätten wir einen G.O. …«

»Sieht so aus, ja«, bestätigt sie leicht gereizt.

»Und meinen Sie, wir können dem entgehen?«, erkundigt er sich mit komplizenhafter Miene.

»Bitte?«

»Damit wir uns hier nicht länger aufhalten müssen.«

Sie lässt die Akte auf den Schreibtisch sinken, schaut ihm tief in die Augen und verkündet frostig:

»Das neue Partnerschaftsprogramm der Polizei hat den G.O. angelegt. Das ist ein Privileg, denke ich. Das macht uns zu Pionieren. Das heißt, wir werden tun, was man von uns verlangt, und werden es so gut wie möglich machen, damit die Arbeit so zügig wie möglich erledigt ist.«

Er hat artig zugehört, ihre Gesichtszüge studiert und versucht zu ergründen, was in ihrem Innern vor sich geht.

»Der Kommandant und sein braver Hund, was?«

»Genau«, bejaht sie, ohne zu lächeln.

Sie nimmt die Akte wieder in die Hand und fragt:

»Haben Sie eine Idee, warum der Ordner blockiert sein könnte?«

»Um Ihre unbändige Lust zu stillen, den Charme von Zone 3 zu entdecken?«

Sie lacht nicht.

»Noch eine andere Idee?«, hakt sie nach.

»Nein, keine.«

»Und was haben Sie an Fakten, wenn Sie schon keine Ideen haben?«

»Der Herr ist in einer Gegend aufgelesen worden, um die sogar die Dealer einen Bogen machen.«

»Spuren einer Auseinandersetzung?«

Er zögert einen Moment und versucht abzuwägen, ob sie in der Lage sein wird, seine Antwort zu verkraften.

»Der Typ ist von der Kehle bis zum Bauchnabel aufgeschlitzt worden. Wie ein saftiges Stück Fleisch.«

Die Frau wird ganz blass. Er hat es nicht allzu eilig fortzufahren.

»Haben Sie eine Vermutung zu den Hintergründen?«, will sie wissen.

»Ich habe so viele Vermutungen, wie in der Zone 3 Verrückte rumlaufen.«

»Zum Beispiel?«, fragt sie, um zu unterstreichen, dass sie nicht zum Spaß hier ist, sondern um die Ermittlungen voranzutreiben. Er lässt sich Zeit, sieht ein, dass mit ihr nicht zu scherzen ist, und fährt ernst fort:

»Vielleicht war es tatsächlich ein Geisteskranker. Davon gibt es ja reichlich. Es könnte aber auch eine von diesen Eternytox-Geschichten sein. Alles schon erlebt … Irgendwelche Gangs greifen Leute an, die sie für frisch operiert halten. Sie bringen sie um, schneiden sie auf und verhökern Einzelteile auf dem Schwarzmarkt … Allerdings kann sich weder in Citizens' Dump noch in irgendeinem Distrikt von Zone 3 jemand eine Eternytox-Operation leisten. Es sind nur Imitate in Umlauf. Aber macht nichts. Hauptsache, man glaubt daran! Also lässt man sich eine intelligente Arterie oder eine Magentasche aus altem Latex einsetzen und hofft, dass man damit dreißig Jahre länger durchhält. Aber leider verticken die Leute, die einem diesen Ramsch einpflanzen, Informationen an die Gangs, und deswegen wird man wenige Stunden später von ein paar Brüdern überfallen, die bloß die Ersatzteile in einem sehen. Unser Mann wollte sich vielleicht ein Stück Ewigkeit kaufen und endete, wie so viele andere, tot im Matsch.«

Sie lässt ihn ausreden, und erst als er fertig ist, entgegnet sie gelassen:

»Unser Mann ist aber nicht aus Zone 3.«

Sparak wirkt überrascht. Er schaut auf sein Armband, auf dem er eine Zusammenfassung seiner Ermittlungsergebnisse gespeichert hat.

»Ich habe mir notiert, geboren in Zone 3 …«

»Ja«, antwortet sie. »Er hat jedoch nicht dort gelebt. Seine Identität ist noch nicht geklärt. Wir haben seinen persönlichen Chip gefunden, beschädigt. Es wird also ein bisschen dauern. Bis zum Abend sollten wir die Fakten haben. Immerhin liegt uns die digitale Analyse vor. Nach der ist er ein Bewohner von Zone 2. Deshalb der G. O. Jemand aus meiner Zone ist in Ihrem Gebiet umgelegt worden. Und nun gilt es herauszufinden, wie das sein kann …«

Er wundert sich erneut. Er kennt nicht viele aus Zone 2, die sich jenseits der Checkpoints tummeln.

»Womöglich war das Ganze ja ein Irrtum?«, ruft er leicht optimistisch aus.

Sie blickt ihn an und bemerkt mit mitleidigem Bedauern:

»Machen Sie sich keine großen Hoffnungen. Das wird für uns beide eine mühselige Angelegenheit. Ich bin ebenfalls nicht besonders scharf darauf, im Tandem zu arbeiten, das können Sie mir glauben. Wir werden uns also bemühen, die Sache rasch hinter uns zu bringen. Dazu tun Sie am besten, was ich Ihnen sage. Wenn er in Zone 2 gelebt hat, brauche ich mehr Infos. Was hat er auf diesem Brachgelände zu suchen gehabt? Wen hat er getroffen? Mit wem hat er gesprochen? Wenn wir eine Antwort auf diese Fragen oder auch nur auf eine von ihnen finden, haben wir vielleicht eine Chance herauszukriegen, warum er sterben musste. Und wenn wir das Motiv kennen, können wir dazu übergehen, uns mit der nächsten Frage zu beschäftigen, nämlich wer der Täter ist …«

Sie guckt ihn gar nicht mehr an. Er spürt, dass sie in Gedanken bereits woanders ist. Als sie aufsieht, scheint sie erstaunt zu sein, dass er immer noch dasitzt. Sie sagt:

»Das Prioritätenmanagement hat den Fall nicht als vorrangig eingestuft. Ich werde erst heute Abend oder morgen Zugriff auf die Analyse der Chipdaten haben. Bis dahin tun Sie, was Sie tun können.«

Er schaut sie forschend an. Sie erklärt daher:

»Herumwühlen, schnüffeln, suchen. Was ein guter Hund halt so macht.«

Das nennt man mit gleicher Münze heimzahlen. Damit er ja nicht mit einem Wohlgefühl ihr Büro verlässt. Genau, der gute Hund wird wieder mit seinem Knochen im Dreck spielen.

5

GAZYNSKIS VERRAT

Am Anfang hatte er noch gehofft, bald nach Griechenland zurückzukehren. Er war sich darüber im Klaren, dass er in den ersten zwei Jahren keinen Anspruch auf Urlaub hatte, aber er zerbrach sich deswegen nicht den Kopf. Als er den Vertrag unterschrieben hatte, hatte er das akzeptiert, er konnte warten. Er streifte mit großen Augen durch die Straßen von Magnapolis. Alles war neu und überwältigend. Er ging an der Saule und im Parc des Cèdres spazieren. Bei allem Pomp war die Stadt ruhig. Kaum zu glauben. Athen war schon lange völlig verwahrlost gewesen, hässlich und arm. In Magnapolis machte er zum ersten Mal die Erfahrung, dass eine Metropole nicht zwangsläufig kaputt und versifft sein musste. Dass man auch ohne die Torturen von Wasser- und Stromausfällen leben konnte. Ein Bummel durch die prunkvollen Avenuen stellte einen geradezu unwirklichen Moment der Entspanntheit dar.

Erst wurde er zur Polizeiwache in Grandelune beordert, am Fuße des Mount Liberty. Dann hatte der Dienst für innere Sicherheit einen Personalengpass und stellte ihn ein. Es war die Zeit des beginnenden großen Konkurrenzkampfs mit dem MolochFirst-Konsortium, es galt, Spione zu entlarven. GoldTex wurde von seinem Rivalen unterwandert. Ein Konzern wollte den anderen aufkaufen. Höher, schneller, weiter. Den Konkurrenten ausschalten. Mit seinen Kollegen hörte er die Reden von CEO El Fatong, der die Vorzüge von GoldTex anpries. Er war bei dem berühmten Vortrag dabei, in dem El Fatong den Slogan »Überall zu Hause!« ausgab, mit dem eine beispiellose Periode der Fusionen und Übernahmen eingeläutet wurde. Man setzte alles daran, MolochFirst zu zerschlagen. Er bemühte sich, den allgemeinen Eifer zu teilen, immerhin bot GoldTex als Gegenleistung für seinen Einsatz, seine Zeit und Effizienz den Komfort der Zone 2.

Und dann kam der 18. Mai, an dem die Firma Gazynski bekanntgab, dass sie von MolochFirst übernommen wird. Die Verantwortlichen von GoldTex waren sprachlos, sie hatten es nicht vorausgeahnt. Man war vom alten Verbündeten verraten worden. Griechenland geriet in die Mühlen des Wettstreits. Das Ganze war eine gehörige politische Niederlage und der Anfang eines unerbittlichen Kampfes zwischen den zwei mächtigen Gruppen. Von nun an herrschte eine totale Konfrontation. Wachse und kaufe, lautete die Devise, sonst wächst und kauft der andere. Der Verlust Griechenlands wurde als Indiz für die Überheblichkeit von GoldTex gewertet, wo man die Gefahr null gewittert hatte. Das Unternehmen entsandte Truppen, um eine Demütigung zu vermeiden. Der Peloponnes hatte einen etwas anderen rechtlichen Status als der Rest des Landes. GoldTex behauptete, Gazynski besitze keinen Titel, der die Firma als Eigentümer der Halbinsel ausweist, was ihre Rückübertragung an MolochFirst unmöglich mache. Es folgte eine lange Auseinandersetzung. Angriffe wurden gestartet und abgewehrt, Stellungen eingenommen und verloren. In den Anwaltskanzleien stritt man um Gesetze und Dekrete. Nach monatelangem Konflikt zog sich MolochFirst unter der Bedingung, dass der Peloponnes zur unbesiedelten Zone erklärt wird, schließlich aus Nafplio, der letzten noch bewohnten Stadt, zurück. MolochFirst wollte auf der anderen Seite des Isthmus von Korinth keine Städte sehen, die dem Feind gehörten. GoldTex feierte das als Sieg, der von dem gewaltigen Debakel ablenkte, das der Verrat durch das Subunternehmen darstellte, und es gab große Straßenfeste, mit denen die Wiederaufnahme von Nafplio in den Schoß von GoldTex begangen wurde.

Dieser Moment änderte alles für ihn. Damit war es aus und vorbei. Die Hoffnung auf eine Heimkehr dahin. Er konnte nicht mehr nach Athen zurück. GoldTex hatte einen Exilanten aus ihm gemacht, MolochFirst einen Staatenlosen. Sein Land würde ihm für immer verschlossen bleiben. Das Abkommen von Argos besiegelte das Schicksal des Peloponnes. Zur gleichen Zeit beschloss GoldTex, die Halbinsel zu einem Endlager für Müll umzufunktionieren. Innerhalb von zwei Jahren war keine menschliche Niederlassung mehr vorhanden. Zwischen Kalamata und Nafplio pendelten ununterbrochen Lastwagen hin und her, die Tag und Nacht den Unrat der Welt in tiefe Schächte kippten.

Er war fortan nur noch ein Schatten seiner selbst, gleichgültig gegenüber allem schlurfte er umher, ohne Leidenschaft, ohne Zukunft. Der ruhige Überfluss der Zone 2 umgab ihn, aber er nahm keinen Anteil. Irgendetwas fehlte ihm. Er empfand keinen Hass und verspürte nicht den Wunsch umzuziehen oder den Job zu wechseln. Er war wie betäubt. Und vielleicht wollte GoldTex im Grunde genau das: die vollkommene Auflösung des Individuums im gemeinsamen Projekt. Nur noch Körper, die ihrer Arbeit nachgehen.

6

CHECKPOINT

Diese Stadt hat kein Gedächtnis, soviel steht fest. Alles geht verloren und verschwindet. Seitdem er das letzte Mal hier vorbeigekommen ist, haben die meisten Geschäfte den Besitzer gewechselt. Die Reklametafeln sind neu, die Gesichter auf den leuchtenden Werbebildschirmen wirken frisch und strahlen. Wenn in Zone 3 ein Laden schließt, ist entweder der Eigentümer gestorben, oder die Bude wurde niedergebrannt. Das ist in Zone 2 nicht so. Alles verändert sich ständig. Auf dem Nachhauseweg wollte Sparak noch bei Varoumakis in der Avenue 3rd of July in Grandelune Weinblätter besorgen, aber Varoumakis hat sich anscheinend in Luft aufgelöst. Dafür gibt es jetzt einen Fluffy-Cloud-Shop. Das sind die Desserts, die seit Kurzem in Mode sind, eine Mischung aus Baiser und Mousse, serviert am Stiel. Sieht aus wie eine Pusteblume. Er schimpft vor sich hin, denkt sich dann jedoch, wenn ich schon da bin, könnte ich das Zeug ja eigentlich mal probieren … Doch kaum hat er einen Fuß in die Tür gesetzt, schrillt der Alarm. Das passiert ihm jedes zweite Mal. Seine Akkreditierung hat irgendeine

Störung. Sie bräuchte wahrscheinlich ein Update, aber er hat sich bis jetzt keine Zeit dafür genommen. Die Verkäuferin wird panisch. Sie rollt entsetzt die Augen und wettert mit drohender Stimme, er sei nicht akkreditiert. Und je weiter er sich nach vorne wagt, um ihr seine Karte zu zeigen, desto mehr weicht sie zurück. Sie wiederholt dauernd: »Sie dürfen hier nicht rein … Sie dürfen hier nicht rein …« Bevor sie in Ohnmacht fällt oder das ganze Viertel zusammentrommelt, gibt er es auf und macht sich ohne Fluffy Cloud aus dem Staub. Er verflucht Varoumakis, der einfach plötzlich verschollen ist. Er verflucht all die Bars, die nicht mehr auffindbar sind. Diese Stadt ist ein dämliches Tier, das sich nicht erinnert, was es einmal war.

Ira zieht durch die Steppe, läuft unter dem großen Skelett in der Avenue VIII durch, unweit der Stelle, an der die Leiche geborgen wurde. Sie hat von der Sache gehört, wie die gesamte Nachbarschaft. Die Leute reden von nichts anderem. Der Mann war rasch weggebracht worden, aber ein Abdruck von ihm blieb. Die Umrisse des Körpers waren auf dem Boden noch stundenlang sehr gut zu erkennen gewesen. Am Anfang spielten die Kinder aus dem Viertel ausgelassen auf dem besudelten Terrain und malten sich aus, wo der Kopf und wo die Füße gelegen hatten. Doch dann kam der saure Regen und verwischte die Spuren. Sie schreitet voran. Es wird allmählich Abend. Sie fürchtet sich nicht. An dem ehemaligen Checkpoint in der Avenue VIII, der seit dem

Einsturz der Nordbrücke außer Betrieb ist, wirft sie einen Blick hinüber auf den mittlerweile dort eröffneten Getränkeladen, vor dem der alte Tobo ein paar Meter vom Eingang entfernt auf dem Bürgersteig sitzt und ihr lachend zuruft: »Ira? Wohin so hastig?« Sie winkt ihm freundlich zu, sagt aber nichts. Er grölt weiter, möchte ihr ein Lächeln abringen: »Gepriesen sei der Tag, an dem du es so eilig haben wirst, mich zu sehen!« Sie mag ihn gern. Morgen bleibt sie vielleicht stehen und unterhält sich mit ihm. Aber heute muss sie sich sputen. Sie wird erwartet. In wenigen Stunden ist sie in Zone 2, wenn alles gutgeht. Da ist ein reicher Mann, der sie mit Komplimenten überhäuft, die Korken knallen lässt und sie in leuchtend rote Gewänder hüllt. Geschwind, geschwind. Zuerst muss sie den Schleuser treffen und sich dann durch den Tunnel schlängeln. Das Ganze wird noch ein paar Stunden dauern, aber sie hat Geduld. Sie wird sich von nichts und niemandem davon abhalten lassen, sich ein Leben aufzubauen. Bald ist sie nicht mehr die kleine Ira von der Citadelle, sondern ein Wesen, das sein Schicksal selbstbewusst in die eigene Hand genommen hat und mit dem Verlangen der Männer spielt.

Als Zem Sparak sich dem Checkpoint Trajan nähert, den er wenige Stunden zuvor passiert hat, hält er plötzlich inne. Nicht wegen der langen Mauer und auch nicht wegen der Polizeifahrzeuge. Sondern wegen des Gestanks. Irgendwo in den Elendsvierteln am großen Graben, dem Big Fosse, brennt ein Reifen, und der Wind treibt ihm den schweren Geruch von sengendem Gummi in die Nase. All die Erinnerungen steigen wieder auf. Von weit her dringen Schreie an sein Ohr. Die Straßen Athens sind wieder da, der Gestank von brennenden Reifen bringt sie zurück. Die skandierenden Demonstranten, das Gebrüll des wütenden Volkes. Er denkt an den Zorn, der alle antrieb. Das Land brach zusammen. Man hatte das Gefühl, das Ende der Welt mitzuerleben. Er sieht den jungen Mann vor sich, der er damals war, mit nacktem Oberkörper, erhobener Faust, der tapfer die Polizisten beschimpft, einen jungen Mann, der keine Ahnung hatte, dass er soeben seine letzten Augenblicke in Freiheit genoss. Er blickt zurück mit der Melancholie eines traurigen Alten, der versunkene Zeiten heraufbeschwört.

Nachdem er den Checkpoint hinter sich gelassen hat, ist sein erster Reflex, sich ein Bier in der Nische zu holen. Eine zwielichtige Kneipe auf einem Brachgelände, das die Leute aus dem Viertel Gabu nennen, gleich hinter der Polizeiwache des siebten Distrikts, die bei den Polizisten entsprechend Polizeiwache Gabu heißt. Ursprünglich war die Nische nur eine Pommesbude in einem Lkw, irgendwann baute Fazarkous, der Betreiber, von allen kurz Fazar gerufen, auch Tische auf, und ein bisschen später spannte er noch eine große Plane als Regenschutz auf. Ein ziemlich schräges Lokal, aber ganz angenehm.

Außer ihm ist keiner da. Er bestellt zwei Biere. Das erste trinkt er in einem Zug, um die Erinnerungen an

Athen zu verscheuchen, anschließend steht er auf und geht. Das zweite bringt er dem alten Tobo mit. Wenn es jemanden gibt, der ihm etwas über den Mord heute Morgen erzählen kann, dann er.

»Das ist gepanschtes Bier ...«, meint Tobo und verzieht das Gesicht. »Es ist frisch, riecht bloß nach Pestiziden. Aber ich nehme es dir nicht übel, alles in dieser niederen Welt ist gepanscht.«

Der Alte hat schlechte Laune. Sparak schließt sich ihm an.

»Ja«, sagt er in schleppendem Ton. »Wenigstens ist es ein Bier.«

Der alte Tobo schaut ihn an, als hätte er etwas unendlich Tiefgründiges von sich gegeben.

»Klar, Bruder. Es bleibt ein Bier ...« Und um zu unterstreichen, wie sehr er Sparaks Worte zu schätzen weiß, fügt er hinzu: »Aber wir wären schön blöd, wenn wir in der heutigen Zeit deswegen einen Aufstand machen würden.«

Die zwei Männer sagen eine Weile nichts. Sparak mustert Tobo. Sicher kein Zuckerschlecken, das Leben auf der Straße. Und der körperliche Verschleiß und das Altwerden auf der Straße erst recht nicht.

»Was kann ich für dich tun, Zem?«, fragt Tobo.

»Hier in der Gegend ist ein Kerl aus Zone 2 abgemurkst worden, hast du was davon gehört?«

Der Alte macht ein überraschtes Gesicht.

»Hier in der Gegend?«, wiederholt er. »Du willst mich

wohl veräppeln! Das wüsste ich doch … So was wäre ja ein Mordsereignis.«

Sparak merkt, dass er lügt. Die Frage ist nur, warum. Hat er vielleicht Angst? Hier im Viertel spricht sich doch alles herum. Wahrscheinlich fürchtet er, dass er zu viel quatscht und am Ende herauskommt, dass er mit dem Typen ein Bier getrunken hat. Tobo wird wirklich alt. Er weiß, dass man in Zone 3 die Klappe halten muss und er zum Kämpfen zu schwach ist, wenn er Ärger kriegt. Er ist nicht mehr so stark wie früher. Sein Geist nicht mehr so rege. Deswegen möchte er vielleicht möglichst schnell und mit sicherer Hand aus dem gefährlichen Spiel aussteigen. Hat er Angst? Vertritt er eigene Interessen? Oder will er langsam das Gebot in die Höhe treiben, sein Wissen zu Geld machen? Das wäre legitim. Informationen weitergeben ist eine super Art, ein paar Kröten zu verdienen. Tobo kennt sich mit der Materie bestens aus. Aber heute lügt er so miserabel, dass er Sparak fast leidtut. Es ist, als müsste man mitansehen, wie ein einstmals brillanter Jongleur die Bälle fallen lässt. Ein komplettes Fiasko. Sparak seufzt, überlegt kurz, steht auf und sagt noch einmal:

»Jede kleine Information würde mir weiterhelfen, Tobo.«

»Ich halte Augen und Ohren offen, Zem, versprochen. Du weißt ja, wenn du magst, kann ich dir billig TQX besorgen …«

»Ja, ja, hast du mir schon erzählt.«

»Bruder, das Zeug kommt aus Bangladesch.«

»Verdammt weiter Weg, nur um unsere grauen Zellen in die Luft zu jagen …«

»Das kannst du laut sagen!«, meint Tobo und lacht.

Sparak verdrückt sich.

»Nicht vergessen, Tobo. Die geringste Information … ich verlass mich auf dich.«

»Na klar, der große Tobo legt sich auf die Lauer, versprochen«, gibt der zurück und prostet Sparak zu.

Der Alte plappert weiter, während Sparak loszieht:

»Der große Tobo … und sein Pillenarsenal … König der Nacht … was will man mehr … als Lust und Vergnügen …«

Zu Hause angekommen, bleibt Sparak vor dem Gebäude stehen, betrachtet es, fragt sich einen Moment, ob er hineingehen soll, und besinnt sich dann anders. Was will er da? Er hat keine Lust, ins Bett zu gehen. Er wird durch seine Wohnung irren und gegen die überall herumliegenden Milchflaschen stoßen. Wozu das Ganze? Schlafen, sich morgen wieder hochrappeln und neu anfangen, wie Millionen weitere Menschen in der Zone, dem Hangar der Menschheit. Soll das ein Leben sein? Möchte er so enden, nach allem, was er durchgemacht hat? Plötzlich wird ihm klar, dass er nicht nach Hause gehen wird. Die Nacht ist noch nicht zu Ende. Er sucht etwas anderes. Also dreht er auf dem Absatz um, biegt in die erstbeste Avenue ein und spürt in dem Augenblick, in dem er sein Haus hinter sich lässt, die Erleichterung des Mannes, der seiner Geißel entrinnt.

Der Weg durch den Tunnel ist egal. Dass ich gelegentlich auf allen vieren kriechen muss und an manchen Stellen auf einmal nicht mehr weiterkomme, weil der Typ vor mir irgendein Geräusch gehört hat und kontrollieren will, ob da eine Gefahr lauert, macht nichts. Mich kann nichts erschüttern. Ich bin Ira Cuprack. Ich wechsle die Zone. Die anzüglichen Bemerkungen des Schleusers, der auch ab und zu meinen Hintern betatscht, als hätte er das Recht, probeweise meine Dienste in Anspruch zu nehmen, weil er mich in die andere Welt bringt, haben keine Bedeutung. Ich laufe einfach weiter. Ich habe ein Ziel vor Augen. Wenn ich draußen bin, bricht die Nacht an, und die Nacht gehört mir. Ich muss mich nur noch hinter irgendeinem Auto umziehen und meine tunnelgeschwärzte Hose in den Rucksack stopfen, schon bin ich nicht mehr Ira Cuprack. Eine Tür steht offen. Der Herr, der mich erwartet, hat die Gabe, Gehorsam zu erzwingen. Eine Geste, ein Wort von ihm genügen. Die kleine, unscheinbare Ira, die niemand kennt, die sich vom Schlepper befingern lässt und die nichts hat außer ihrer Schönheit, hat ein Rendezvous mit dem Glück, und nichts hält sie auf. Sie meinen, ich sollte lieber nicht hingehen? Man verkauft bei solchen Gelegenheiten seine Seele? Das Ganze ist eine schmutzige Affäre? Sie haben keine Ahnung. Ich bin auf der falschen Seite geboren, aber ich will auf die richtige. Die Frauen von Zone 2, die immer nur blitzblanke, wie geleckt aussehende Straßen entlangstolzieren, wissen nichts von der Gewalt, mit der ich aufgewachsen bin. Ich war vom Pech verfolgt, aber ich habe mich nicht damit abgefunden. Ich bin schön. Ich habe einen Körper zum Niederknien. Mit meiner Taille und meiner Hüfte verdrehe ich den Männern den Kopf. Das ist mein Kapital. Soll ich es etwa nicht einsetzen? Und anständig bleiben? In meiner Kindheit war für Anstand kein Platz. Selbstverständlich mache ich mir meine Schönheit zunutze. Ich reiche den Typen den Arm, lasse mich küssen, sie glauben, dass sie mich besitzen, doch sie täuschen sich. Im Grunde bekommen sie mich nicht zu fassen. In Gedanken bin ich anderswo. Ich bereite meine Zukunft vor. Diese Verabredung wird ihr den Weg ebnen, und ich gehe schnurstracks auf den Herrn zu. Dass er hässlich ist, spielt keine Rolle. Dass er nicht von der Sorte ist, von der ich träume, stört mich nicht. Natürlich wären die Berührungen der Jungs in meinem Alter zärtlicher, aber sie haben nichts zu bieten als den Schweiß schwacher, am Leben zerbrochener Kerle, diesen Geruch kenne ich in- und auswendig, so riechen mein Vater und meine Brüder, es ist der Geruch, vor dem ich auf der Flucht bin. Ja, der Typ ist hässlich, aber er öffnet mir Türen, er lässt Wagen vorfahren, die mich an jeder Ecke der Stadt abholen und mich zu ihm in ständig wechselnde und stets luxuriöse Hotelzimmer bringen. Er serviert teuren Alkohol in unglaublich wertvollen Gläsern. Ich tauche in die andere Welt ein. Für ein paar Stunden. Der dreckige Tunnel ist ganz weit weg. Ich weiß, es geht wieder zurück, die Zeit ist noch nicht reif, sich träge im Bett zu wälzen. Ich gehöre noch nicht dazu, ich werde schlau sein müssen, aber ich bin Ira, und in seinen Blicken lese ich, dass ich bezaubernd bin. Ich habe noch keine Forderungen gestellt. Ich warte damit, bis er nicht mehr ohne mich sein kann. Das Traumziel ist nah. Ich bin jung und unwiderstehlich. Dass ich den alten Sack zum Orgasmus bringen muss, ist nicht weiter schlimm. Ich betrachte lächelnd das Schwabbeln seines Bauchs. Es ekelt mich weder vor den Details seiner Anatomie noch vor den Namen, die er mir gibt. Den stattlichen Leib, den ich sehe und mit meinen Fingern und meiner Zunge spüre, möchte ich ganz für mich.

Miki, der Besitzer, empfängt ihn mit einem eigenartigen Lächeln, als er die Tür aufmacht. Miki ist um die vierzig, klein und hat ein plattes Gesicht, das ein Schnurrbart schmückt. Er hat etwas Unterwürfiges und zugleich Gutmütiges an sich.

»Schon wieder?«, ruft er hocherfreut aus. »Hab ich Ihnen doch gesagt, dass es Ihnen gefallen wird!«

Am liebsten möchte Sparak ihm sagen, dass er den Mund halten und ihm einfach verkaufen soll, was er haben will, doch das geht nicht. Man muss ein paar schnöde, verlogene Worte wechseln, versuchen, Konversation zu treiben.

Er war bereits vor zwei Tagen hier. Mikis Laden ist schwer angesagt in RedQ. Bekannt für seine heißen Bräute und seine gute Musik. Schlichtweg alles wird dort geboten. Zem kreuzt an den Abenden auf, an denen er sich unendlich einsam fühlt und eine junge Frau mit leicht angestrengtem Lachen und übermäßig stark geschminkten Wangen in die Arme schließen möchte. Aber beim letzten Mal hat Miki ihn genussvoll mit verschwörerischer Miene begrüßt. Er verkündete Sparak, er habe im dritten Stock einen neuen Raum eingerichtet. Er berichtete ihm von Okios, einer süchtig machenden Technologie, gerade total in Mode. Ein Test sei gratis. Als guter Geschäftsmann weiß Miki: Auf Kundenbindung kommt es an. Zem war einverstanden. Er setzte die Kopfhörer auf und befestigte an den Schläfen die beiden Sender, die über die Nervenleitungen Bilder an das Gehirn schicken, Bilder einer perfekten Fantasiereise in eine Welt, die anschließend auf die Wände ringsum projiziert wird.

»Was darf ich Ihnen einstellen, Inspector?«, erkundigt sich der Besitzer.

»Dasselbe wie beim letzten Mal.«

Miki blickt erstaunt auf.

»Da sind Sie aber der Einzige. Die anderen wollen alle nur Sex.«

»Jeder hat halt so seine Träume«, gibt Sparak lakonisch zurück.

Miki nickt, als hätte Sparak soeben eine tiefgründige Wahrheit ausgesprochen, über die er nun lange nachzudenken hat. Dann reicht er ihm den Kopfhörer und die Okios-Pille. Er lädt das Programm herunter und sagt mit sanfter Stimme: »Zweihundert.« Sparak bezahlt. Er kann es kaum erwarten.

In dem Raum im dritten Stock liegen um die zehn Matratzen am Boden. Die Leute darauf ruhen mit dem Gesicht zur Wand, zum Teil mit offenem Mund, ein merkwürdiges Lächeln umspielt ihre Lippen. Sparak steigt über sie hinweg und sucht sich eine Matratze aus, er schluckt die chemische Droge, die ihm Leichtigkeit verleihen und ihn von sich selbst befreien soll. In dem noch verbleibenden Moment geistiger Klarheit legt er die Sender an seine Schläfen an. Die Wirkung der Droge ist bereits zu spüren. Er nimmt die anderen, die sich wie er in Bilder versenken, die nur sie allein sehen, nicht mehr wahr. Ein Wohlgefühl durchströmt ihn. Der Ort, der ihm wenige Minuten zuvor noch traurig erschienen war, ein Ort, an dem jeder für sich an Einsamkeit stirbt, weitet und vergrößert sich plötzlich. Er legt sich schnell hin. Überall tauchen Bilder auf. Wie beim letzten Mal. Er erkennt Athen. Den Philopapposhügel, die schmale Karaiskaki-Straße, die zum Iroon-Platz führt. Er sieht alte Autos, Straßenbahnen, Menschen mit Einkaufstüten, die die Fahrbahn überqueren. Er ist entzückt von dem, was ihn umgibt. Er hört den Verkehrslärm. Es ist, als wäre er mittendrin, als stellte diese Schwarz-Weiß-Welt die Wirklichkeit dar. Er weiß, dass all diese Leute nicht mehr da sind, tot sind, und doch wirken sie vollkommen echt. Ihm gefällt diese Geisterstadt, in der das Leben in Zeitlupe abläuft. Er fühlt sich zu Hause, und ein Lächeln, das an die Stelle der Dunkelheit tritt, huscht über sein Gesicht.

7

UND DIE TOTEN WERDEN
EINEN NAMEN HABEN

In den frühen Morgenstunden, bevor die Dämmerung die Fassaden der Gebäude glitzern lässt, heben die Drohnen wie ein Hummelschwarm ab. Jede hat ihren Flugplan. Das Bild gleicht dem einer Wolke, die sich im düsteren, weiten Himmel auflöst. Sie bewegen sich lautlos, bis sie ihren Startpunkt erreichen, dann schalten sie sich automatisch ein, die Mikrofone werden aktiviert und die Bauchbildschirme ausgeklappt, auf die ihre Botschaften projiziert werden. Sie fliegen ganz nah an den Häuserfenstern vorbei. Mitunter holen sie die Leute in Grandelune, Spada und Petit-Chagrin, den schicken Vierteln von Zone 2, und in den acht Bezirken von Zone 3, an der hübschen Place des Sept-Fontaines, im Wohngebiet Outresaule und in den Elendsvierteln am großen Graben, am Big Fosse, aus dem Schlaf. »Wählt die Erneuerung! Wählt Barsok!« Die Kampagne für die Wahl eines neuen Mitglieds der Direktionskommission ist in vollem Gange. Metallische Stimmen verbreiten überall Slogans. »Kanaka ist unser Kandidat!« Die Abstimmung findet in einigen Wochen statt, und die Drohnen haben die Erlaubnis, bereits bei Tagesanbruch zu fliegen. In den Zonen 2 und 3 treten verstärkt Roboter auf, die die Werbetrommel rühren. Mobile Reklametafeln, Handzettel verteilende Automaten auf Inlineskates und aufdringlich leuchtende, an allen öffentlichen Orten aufgestellte Bildschirme erregen die Aufmerksamkeit der BiFs, der Bürger im Festangestelltenverhältnis. Wahlkampfplakate prangen an Mülltonnen, Kneipentresen und Haustüren … Die Stadt spricht mit tausend Mündern. Kanaka gegen Barsok. Diesem Ereignis kann sich niemand entziehen. Die Drohnen preisen die Verdienste der zwei Kandidaten an, die den ehrenwerten El Fatong ersetzen wollen, der vor zwei Monaten im Alter von achtundneunzig Jahren gestorben ist. Der konservative Kanaka, Vorsitzender des Gesundheitsausschusses, gegen den stürmischen Barsok, den Leiter der Sicherheitskommission mit Zone-3-Hintergrund. Beide haben Millionen in eine Armee von Drohnen und krabbelnden oder rollenden Robotern gepumpt, die sich überall verteilen und dafür sorgen, dass kein Straßenzug, kein BiF von der Sache verschont bleibt.

Sparak geht, und das tut ihm gut. Zum Aufstehen hat er heute ganz schön lange gebraucht. Er ist noch ziemlich benommen von dem Okios. Seine Bewegungen sind schwerfällig. Er weiß, dass die Droge auf Dauer das Bewusstsein trübt und man sparsam damit umgehen soll, aber die Schwarz-Weiß-Bilder sind derart schwindelerregend, dass er nicht auf sie verzichten mag. Er schüttelt sich. Es dauert eine Weile, bis das Karussell in seinem Kopf zum Stehen kommt. Längliche gelbe Wolken, die sich wie schmutzige Wollfäden spannen, ziehen über den Himmel. Der Wind treibt ein paar Bierdosen den Bürgersteig entlang. In der Hoffnung auf einen Kaffee, der ihn mit diesem Morgen versöhnt, läuft er gemächlich auf die Nische zu.

Auf der Polizeiwache Pinto in Zone 2 findet gerade das tägliche Briefing statt. Captain Monk blickt mit konzentrierter Miene in die Runde. Er wartet einen Augenblick, bevor er das Wort ergreift, vergewissert sich der Aufmerksamkeit seiner Zuhörerschaft. Nach und nach stellen die Herren ihre Unterhaltungen ein. Das letzte Lachen verstummt. Als es ganz still im Raum ist, fängt er an zu reden. Er sagt, es seien angespannte Zeiten, in denen man das Beste aus sich herausholen muss. Die Kommissionsdirektion habe eine PhadaK, eine Phase der außergewöhnlichen Kraftanstrengung ausgerufen, bis die Übernahme der Dominikanischen Republik abgeschlossen ist. »Es ist nicht die erste PhadaK, die wir durchmachen, Jungs. Wir wissen, sie wird hart werden, aber das Management wird sich hinterher erkenntlich zeigen. Die PhadaK verlangt von uns, ein paar Tage, vielleicht auch Wochen, unsere Arbeitsstunden nicht peinlich genau zu zählen, aber sie wird uns später reichlich dafür belohnen. Wir werden tun, was alle anderen auch tun ... fleißig sein und durchhalten. Das heißt, niemand quatscht auf den Gängen, niemand geht vor zweiundzwanzig Uhr nach Hause, niemand beantragt einen bescheuerten Urlaub … Verstanden?« Er macht eine kurze Pause, schaut allen in die Augen, um sicherzugehen, dass die Botschaft angekommen ist, trinkt dann einen Schluck Wasser und fährt fort. Ist das eigentlich Absicht?, fragt sich Salia. Es sind mindestens sechs Frauen im Raum. Aber das ändert nichts. Bei diesen Versammlungen ist immer nur von den »Jungs« die Rede.

»Außerdem, Jungs, stehen ja die Kommissionswahlen an. Es wird euch nicht entgangen sein, dass der Wahlkampf auf Hochtouren läuft. Hört mir gut zu, das betrifft uns nicht direkt, aber … Ich bin ein alter Hase und möchte euch raten, euch in Zeiten wie diesen bedeckt zu halten. Ich will keine Eklats, keine Pannen, keine faulen Geschäfte, nichts, was irgendwelche Wellen schlägt und uns in die Schlagzeilen der Presse bringt. Schöne Ergebnisse, sonst nichts. Schöne, glatte Ergebnisse. Bis die Wahl vorbei ist.«

Ronnie, der im hinteren Teil des Raums sitzt, hebt die Hand und fragt, nachdem der Captain ihm das Wort erteilt hat: »Stimmt es, Chef, dass Barsok die Polizei von Zone 2 mit der von Zone 3 zusammenlegen will?«

Noch bevor Monk etwas erwidern kann, schaltet sich Ronnies Nachbar Cal spöttisch ein: »Ach, gibt es in Zone 3 etwa eine Polizei?« Alle fangen lauthals an zu lachen. Der Captain lacht nicht, er steht nur reglos da. Wie erstarrt. Als wieder Ruhe im Raum einkehrt, teilt er kalt und trocken mit:

»Genau solchen Blödsinn will ich in den kommenden Wochen nicht hören, Ronnie. Abends beim Bier kannst du mit deinen Kumpels reden, was du willst, aber hier nicht. Da wir uns jedoch in einer PhadaK befinden, wirst du gerade kein Bier trinken gehen, und deswegen ist es im Moment das Beste, du hältst die Klappe und machst deinen Job ... Ist das klar? Ihr braucht keine Meinung zu den Kandidaten zu haben, ihr wisst nichts, ihr denkt nichts. Ihr erledigt schlicht euren Job. Allerdings ist Barsok ja Leiter der Sicherheitskommission und hat in dieser Funktion, das kann ich bestätigen, eine Reform auf den Weg gebracht, die einige Zuständigkeiten neu verteilt und uns zurzeit in Form von allerlei G. O.s begegnet.«

In den Reihen der Polizisten erhebt sich ein Gewirr von Proteststimmen.

»Ich weiß ... Das gefällt euch nicht. Aber ihr werdet euch daran gewöhnen müssen. Das kann jeden treffen. Inspector Malberg ist bereits in der Lage, ein Liedchen davon zu singen. Gestern hatte sie einen G. O. bei einem Mordfall in Zone 3.«

Die Jungs werfen Salia gespielt bedauernde Blicke zu. In den hinteren Reihen äffen zwei von ihnen den neuen Kollegen nach, indem sie spöttisch anfangen zu bellen. Ein anderer beugt sich zu ihr hinüber und raunt ihr zu: »Tut mir leid, Malberg. Aber keine Sorge, du kriegst ein bisschen Trockenfutter von uns!«

Captain Monk lächelt über die Kindereien, klopft dann aber auf sein Pult, damit wieder Ruhe einkehrt. »Hoffen wir, dass das Ganze nur eine vorübergehende Marotte ist, wie so viele andere Marotten davor ... Bis dahin bitte ich euch, findet euch damit ab und macht bei dem Spielchen mit. Ihr müsst die Hunde ja nicht mögen, ihr müsst ihnen auch nicht sämtliche Informationen, die ihr habt, weitergeben, sie sollen nur in den Berichten, die ihr abgebt, erscheinen, damit uns keiner vorwirft, wir würden die Reform behindern.«

Erneut regt sich Widerspruch bei den Jungs. Cal hebt theatralisch den Arm. »Das ist dann doch nicht mehr unsere eigentliche Arbeit!«, ruft er empört. Der Captain knüpft an die Bemerkung an und nimmt zugleich seinen Faden wieder auf:

»Sehr richtig, Cal. Das bringt mich zum letzten Punkt. Der BreakWalls-Affäre und der Fahndung nach Jon Mafram: Das ist der Fall, der für unsere Abteilung Priorität hat. Es muss alles getan werden, um die Arbeit der SoE zu unterstützen.« Die Jungs um Cal rühren sich nicht. Sie sitzen ganz still. Sie genießen den Augenblick. Alle Blicke sind auf sie gerichtet. Neidvolle Blicke. Salia möchte sich zu Wort melden und ihre Hilfe anbieten, aber sie lässt es sein. Die anderen würden sich nur über sie lustig machen. Schweigend hört sie mit an, wie der Chef wieder einmal erzählt, dass man den BreakWalls-Block auf keinen Fall auf die leichte Schulter nehmen darf, die Gruppe offenbar beschlossen hat, ihre Aktionen auszuweiten, und man in höchster Alarmbereitschaft sein müsse. Nachdem er dies losgeworden ist, schaut er noch ein letztes Mal in die Runde und verkündet mit lauter Stimme: »Meine Herren, an die Arbeit!«

Malberg kehrt zurück in ihr Büro, sobald sie den Besprechungsraum verlassen hat, und ruft den Gerichtsmediziner des Instituts Deep Pity wegen der Analyseergebnisse an.

»Edmundo? Hier ist Malberg.«

Es knistert in der Leitung, und die Stimme am anderen Ende klingt abgehackt. Sie versteht kaum etwas.

»Es geht um die Leiche, die gestern Abend aus dem Leichenschauhaus Saint-Espoir gebracht worden ist ... Hast du sie identifiziert? Hörst du mich? Die Leiche aus Zone 3 ... Kannst du mir den Namen buchstabieren? P ..., A ... Ja, und weiter? Ich verstehe nichts ...«

Ständige Bewegungen ihres Videogesprächspartners und Straßenlärm erschweren die Unterhaltung.

»Wo zum Teufel steckst du denn, Edmundo?«

Der Gerichtsmediziner macht einen genervten Eindruck, wahrscheinlich hat er keine ruhige Minute und darf sich trotzdem anschnauzen lassen, weil die Dinge nicht schnell genug gehen. Er sagt, er hole sich gerade einen Kaffee, er habe bis zwei Uhr morgens geschuftet, und wenn sie seinen Job übernehmen will, er würde ihn ihr gerne abtreten.

»Pamuk? Ja? Malek Pamuk? Okay. Danke dir ... Und der genaue Todeszeitpunkt?«

Seine Antwort ist nur undeutlich vernehmbar. Sie bekommt noch mit, dass er die Akte weitergeleitet hat, dann folgt ein Rauschen, schließlich bricht die Verbindung ab. Er hat wahrscheinlich aufgelegt, findet bestimmt, dass er ein Recht auf fünf Minuten Kaffeepause hat, bevor er sich wieder daran macht, Leichen zu sezieren, die die an ihnen begangenen Schandtaten bloß widerwillig preisgeben.

Sie gibt den Namen in ihren Computer ein. Pamuk, Malek. Und erhält ein verblüffendes Ergebnis. Geboren in Zone 3, aber als Gewinner der Großen Lotterie mit siebenundvierzig Jahren in Zone 2 übergesiedelt. Das Foto zeigt einen lächelnden Mann. In Zone 2 hat er im beschleunigten Verfahren eine Umschulung absolviert, da er sich beruflich verändern wollte, und wurde Koch in einem Restaurant im Quartier des Cèdres, am Saule-Ufer. Er hatte das Leben noch vor sich. Sie lässt sich die Worte auf der Zunge zergehen: »Gewinner der Großen Lotterie.« Das Glück ist launisch. Es hat dem Kerl aus Zone 3 herausgeholfen, um ihn schließlich doch dort sterben zu lassen. Wäre er noch am Leben, wenn er in seinem räudigen Viertel geblieben wäre?

In dem Moment klingelt das Telefon. Edmundos Pause ist zu Ende. Die Verbindung ist merklich besser. Er befindet sich in den Räumen des forensischen Instituts. Noch ehe sie irgendetwas sagen kann, hebt er zu einem längeren Monolog an:

»Ich weiß schon, was du willst, Salia. Und ich kann auch den genauen Todeszeitpunkt schätzen. Aber da ist noch eine andere Sache, die dich mehr interessieren wird, glaub mir … Ich versichere dir, dass der Typ nicht dort getötet wurde, wo man ihn gefunden hat. Wäre das der Fall, wäre die Leiche vom sauren Regen verätzt, das würde man sehen. Nein, der Mann ist *post mortem* da abgelegt worden. Sicher. Die Todesursache ist wohl ein heftiger Schlag auf den Hinterkopf. Anschließend haben sie ihn aufgeschnitten. So weit … Mehr kann ich dir im Moment nicht sagen. Ich muss jetzt wieder zurück zu meinen Kühlschränken.«

Schon hat er sie aus der Leitung geworfen. Sie bleibt mit dem Rätsel allein zurück und versucht vergeblich, das friedliche Gesicht des Opfers mit dem massakrierten Körper auf der Brache zusammenzubringen.

8

BARSOK

In der Nische ist nicht viel los. Es ist noch früh. Der alte Fazar schaut sich auf einem Bildschirm, der schon mindestens zehnmal umgefallen und nie repariert worden ist, eine Folge einer brasilianischen Serie an, die von Liebe und einer Erbschaft handelt. Er wirkt erleichtert, als Sparak auftaucht. Froh, sich der endlosen Story zu entziehen, bei der die Leute mit künstlicher Überzeugung deklamieren und zu jeder Tages- und Nachtzeit Cocktails schlürfen, erhebt er sich.

Sparak setzt sich. Der Wirt fragt in heiterem Ton:

»Was gibt's Neues aus Zone 2?«

Die Nachricht hat sich wie ein Lauffeuer verbreitet. Jeder weiß, dass Sparak dort war. Anstelle einer Antwort zieht er einen Flunsch.

»Man kriegt dort keine gefüllten Weinblätter, keine Dolmades.«

Fazar macht ein mitleidiges Gesicht.

»Die Zeiten ändern sich«, sagt er, als wäre das die traurigste Mitteilung der Welt. Die beiden schweigen einen Augenblick, in dem sie die Vor- und Nachteile dieser unleugbaren Wahrheit abwägen. Dann erkundigt sich Sparak:

»Weißt du über die Leiche Bescheid, die man in der Steppe gefunden hat?«

»Ja«, gibt Fazar knapp Auskunft.

»Weißt du Genaueres darüber?«

»Nein.«

Erneutes Schweigen. Zem genehmigt sich einen Schluck Bier. So wird es ewig weitergehen, denkt er sich. Das ist mein Leben: das Brachgelände, die Nische mit ihren vier Stühlen und ihrer Plane aus Sackleinen, die man bei Regen aufspannt, und jede Menge einsam gebecherte Biere …

»Sag mal, Fazar«, hebt er an, um diese traurige Sicht der Dinge auszublenden.

»Was?«, fragt der Alte müde.

»Weißt du vielleicht, wo ich Dolmades kriegen kann?«

Fazar wischt sich die Hände an einem Lappen ab und rückt etwas näher.

»Probier's doch mal bei Gavros am Checkpoint Augustus. Bestell ihm schöne Grüße von mir, Gavros ist mein Cousin.«

Sparak möchte sich gerade für den Tipp bedanken, als der Alte hinzusetzt: »Aber wenn du dich nach den guten alten Zeiten sehnst, die kommen nicht zurück. Dolmades, wie sie deine Mutter dir gemacht hat, findest du nie wieder …«

Und damit kehrt er Sparak den Rücken und lässt ihn mit seinem Bier mutterseelenallein.

In dem Moment kreuzt Mazdo auf. Er schwenkt die Arme und ruft, ganz außer Atem: »Zem!« Noch bevor Sparak irgendetwas erwidern kann, schreit er wieder: »Zem, steh auf! Schnell! Auf der Wache ist ein hohes Tier. Beeil dich! Sergeant Solomos wartet auf dich!« Als Sparak eine fragende Miene aufsetzt, ergänzt er: »Da ist eine Frau aus Zone 2, und stell dir vor, es heißt, Barsok kommt auch gleich!«

Tatsächlich hat Sergeant Solomos all seine Jungs zusammengetrommelt. Sie sitzen in Uniformen in einem Raum und gedulden sich, neugierig auf die Inspektorin aus der Zone 2, die sich bislang im Hintergrund hält und schweigt.

Als Zem und Mazdo erscheinen, gibt Salia Sparak ein Zeichen, dass er sich zu ihr gesellen soll, doch plötzlich stürmt sie in den an den Raum angrenzenden Flur hinaus. Er folgt ihr, und vor den Blicken der anderen geschützt, dreht sie sich um, schaut ihm scharf in die Augen und fährt ihn an:

»Das hatte ich eigentlich nicht von Ihnen erwartet.«

»Ach, echt nicht?«, kontert er, um ihr zu zeigen, dass ihre Aufregung ihn nicht sonderlich beeindruckt.

»Ich glaube, Sie haben mich nicht richtig verstanden.«

Sie mustert ihn verächtlich und versucht zu ermitteln, ob er sie absichtlich provoziert. Er rührt sich nicht von der Stelle. Er weiß genau, wovon sie redet: Seit ihrem ersten Gespräch hat er sich nicht mehr bei ihr gemeldet, und das bringt sie wahrscheinlich auf die Palme.

»Tut mir leid, wenn ich Sie enttäuscht habe«, antwortet er gelassen.

»Ich habe Ihnen gesagt, Sie sollen ein braver Wauwau sein, wenn ich mich recht erinnere.«

Sie tritt ganz nah an ihn heran. Er spürt, wie sie innerlich vor Wut kocht. Denkt sie wirklich, dass sie ihn damit einschüchtern kann?

»Vielleicht haben Sie es ja nicht verstanden, mich zu motivieren«, mutmaßt er mit einem spöttischen Lächeln.

»Ach, meinen Sie?«

»Ja.«

»Soll ich Ihnen sagen, wie ich unsere Zusammenarbeit sehe?«

»Ich platze fast vor Neugier.«

»Die Datenbank hat mir netterweise eine Hilfskraft zugewiesen, das ist eine Situation, die ich ausnutzen muss. Ich glaube, ich bin kurz davor zu beschließen, dass ich Sie Tag und Nacht schikanieren und Ihnen jede Menge Arbeit aufhalsen werde, bloß weil es mir Spaß macht und mir Ihre Visage nicht gefällt.«

»Ach, sie gefällt Ihnen nicht?«

»Nein.«

»Schade.«

»Wir haben eine Aufgabe«, fährt sie fort. »Und ob es Ihnen passt oder nicht, wir haben sie anzugehen.«

Er blickt sie kalt an und sagt:

»Soll ich Ihnen mal erzählen, wie ich unsere Zusammenarbeit sehe? Sie wollen mir ja anscheinend weismachen, dass wir eine gemeinsame Aufgabe haben. Das glauben Sie doch selbst nicht, aber Sie bilden sich ein, dass ich blöd genug bin, um daran zu glauben. Ich weiß genau, wie die Sache läuft. Wenn wir was herausfinden, rennen Sie mit unserer hübschen Akte unterm Arm zum Chef, und wenn wir im Dunkeln tappen, behaupten Sie, das liegt an dem Tölpel aus Zone 3.«

Sie schneidet ihm das Wort ab:

»Worauf wollen Sie hinaus?«

»Da spiele ich nicht mit.«

»Ach, echt?«

»Echt.«

»Sie sind ja lustig.« Sie betont jede einzelne Silbe. »Aber ich fürchte, wir leben in einer hierarchischen Struktur, in der ich oben stehe und Sie unten, das heißt, es kann mir komplett egal sein, was Sie von meinen Anweisungen halten.«

Er sagt nichts und wartet ab, wie weit sie es in ihrem Zorn treiben wird.

»Ab jetzt werden Sie tun, was ich Ihnen sage. Ob es Ihnen schmeckt oder nicht. Sie werden wie ein braver Hund neben mir hertrotten und schnüffeln, wo ich Ihnen befehle zu schnüffeln. Wenn Sie Ihre Akkreditierung behalten wollen, werden Sie lernen, mir zu gehorchen und sogar die Hand zu lecken.«

In dem Augenblick werden Sie von Sergeant Solomos unterbrochen. Barsok wird jeden Moment da sein. Zeit, wieder hereinzukommen.

Der Kandidat springt aus dem Wagen. Umgeben von einer Schar von Beratern betritt er das Gebäude. Sämtliche Polizisten gaffen ihn an, glücklich und stolz, eine so berühmte Persönlichkeit zu empfangen. Barsok ist klein, strahlt mit seinem kantigen Gesicht und seinen dunklen Augen aber eine natürliche Autorität aus. Gewinnend lächelnd schreitet er geradewegs nach vorn, schüttelt ein paar Hände und setzt sich, während Sergeant Solomos das Rednerpult besteigt und sich räuspert. Der Sergeant bedankt sich zunächst beim Leiter der Sicherheitskommission für sein Kommen. Er betont, dies sei für eine kleine Polizeistation wie Gabu eine große Ehre. So etwas erlebe er in seiner langen Karriere zum ersten Mal. Dann wendet er sich an seine Männer, nachdem er sich zuvor mit dem Kandidaten verständigt hat: »Ich hoffe, Sie nehmen es mir nicht übel, wenn ich mit ihnen rede wie sonst auch.« Und da Barsok zustimmend lächelt, legt er los, heute sei eine verdammt gute Gelegenheit für sie zu zeigen, was sie draufhaben. Man wolle sich nicht wie eine Hundehorde präsentieren. Er erinnert daran, dass bei den Ermittlungen im Fall der aufgeschlitzten Leiche auf dem Brachgelände die Inspektoren Sparak und Malberg nun ein Tandem bilden und Herr Barsok die Idee zu dieser neuen Vorgehensweise entwickelt und durchgesetzt hat, um die Zusammenarbeit zwischen den einzelnen Polizeirevieren zu stärken. »Noch einmal in anderen Worten, Jungs«, lässt er schließlich verlauten. »Jetzt müsst ihr beweisen, dass ihr was auf dem Kasten habt! Jegliche Informationen, die den Mordfall in

Citizens' Dump betreffen, werden an Sparak weitergeleitet. Die Angelegenheit ist dringend. Wir werden uns den Arsch aufreißen, damit alle kapieren, dass auch in Zone 3 Verbrechen aufgeklärt werden.« Die Rede hat die Männer in ihren Bann gezogen. Sie strecken überschwänglich die Brust heraus und geloben, ihr Bestes zu geben.

Nun erklimmt Barsok das Rednerpult. Er drückt dem Sergeant zum Dank die Hand, blickt lange in die Runde und hebt an:

»Ich kenne euch alle. Ich war einer von euch. Ich bin hier im siebten Distrikt geboren, wie ihr wisst. Ich weiß, wie es ist, hier zu leben, im Glauben, hier niemals rauszukommen. Ich weiß, wie es ist, wenn man sich nicht gut fühlt, unglücklich und arm ist und schlecht behandelt wird … Ich weiß, wie es ist, wenn Familien auseinanderbrechen, Väter ihren Kummer im Alkohol ertränken und verschwinden. Ich bin einer von euch. Ich habe mich für meine Zone geschämt und mich gefragt, ob ich an dieser Schande krepieren werde. Na, das tut man natürlich nicht. Um euch das zu sagen, bin ich heute hier. Ihr könnt stolz sein, hier geboren zu sein. Denn die Dinge werden sich ändern. Ich habe mich für dieses Tandemmodell eingesetzt, weil ich zeigen will, dass man auch hier arbeiten kann. Weil ich zeigen will, dass Magnapolis nicht nur aus den Zonen 1 und 2, sondern aus den Zonen 1, 2 und 3 besteht. Man wird euch nicht länger mit Verachtung strafen. Ihr wisst, was es bedeutet, in Elend zu leben. Man hat von euch verlangt, unter schwierigen Bedingungen zu malochen und gegen schlechte Bezahlung den Dreck vor den Toren von Zone 2 wegzukehren. Doch damit wird es jetzt vorbei sein. GoldTex muss die Zone 3 mehr unterstützen, und das tatkräftig. Dafür werde ich eintreten, wenn ich zum Kommissionsdirektor gewählt werde. Ich bin nicht besser als der Gegenkandidat, aber ich kenne die Wirklichkeit besser als er. Ich weiß, wer zum Erfolg von GoldTex beigetragen hat, und ich weiß, dass man seit Langem auf einige von ihnen geringschätzig herabschaut. Also hört mir zu: Ich verspreche euch, dass sich das ändern wird! Wenn ihr bereit seid, wenn ihr für mich seid, hat es bereits angefangen, sich zu ändern!«

Breit lächelnd und mit erhobenen Armen beendet Barsok seine Rede. Er ist sich seiner Wirkung sicher. Die Polizisten spenden tosenden Beifall. So hat noch nie jemand mit ihnen geredet. Sie fühlen sich stolz und endlich anerkannt. Barsok begrüßt ein paar von ihnen, geht dann auf Sparak und Malberg zu und sagt mit komplizenhaftem Blick: »Ich verlasse mich auf euch. Wohin die Ermittlungen auch führen, ihr habt meine Rückendeckung. Wir müssen diesen Mistkerl schnappen.« Er lässt sich mit den beiden fotografieren, dann erhält er einen Hinweis von seinen Bodyguards, dass es langsam Zeit wird, also zieht er weiter und lässt das Kommissariat überwältigt von der von ihm entfachten Begeisterung zurück.

Zem beugt sich zu Salia hinüber und raunt ihr mit spöttischer Miene zu:

»Jetzt sind wir die Speerspitze unserer Polizei …«

Sie erwidert lächelnd:

»Wir werden uns bemühen, der Sache gerecht zu werden. Wie wär's, wenn wir uns erst mal ein bisschen in Citizens' Dump umsehen?«

Damit hat er nicht gerechnet, aber er sagt lieber nichts. Sind das vielleicht die Nachwirkungen von Barsoks Rede? Oder ist sie auf einmal von der Notwendigkeit ihrer Zusammenarbeit überzeugt? Oder sucht sie nur einen Fahrer, der sie mal durch die Zone 3 kutschiert?

9

DIE SEHERIN

Er parkt den Wagen am Rande der Steppe und begleitet sie zu der Stelle, an der das Opfer gelegen hat. Sie schaut sich auf der riesigen Brachfläche um und dreht sich zu ihm hin:

»Das wäre der letzte Ort, den ich mir aussuchen würde, wenn ich eine Leiche loswerden müsste.«

Er nickt.

»Warum hier?«, fährt sie fort.

»Das ist Teil des Rätsels«, gibt Zem lakonisch zurück.

»Es ergibt keinen Sinn.«

Zum ersten Mal blickt sie ihn aufmerksam an. Ja, er hat recht. Dieser Ort, an dem man den Toten gefunden hat. Das ist nicht schlicht ein Mord, das ist zugleich eine Inszenierung, und wie jede Inszenierung hat sie etwas zu bedeuten. Aber was? Und an wen richtet sie sich?

»Kennen Sie die Avenue VIII?«, erkundigt sie sich, als sie wieder ins Auto einsteigen.

»Ja, sie verläuft genau über uns«, entgegnet er und deutet auf die die Gegend beherrschende Hochstraße.

»Da fahren wir hin.«

»Zur Avenue VIII?«, wiederholt er überrascht, um zu betonen, dass das mit den Ermittlungen wenig zu tun hat.

»Ja.«

Unterwegs redet sie kein Wort, versunken in die Betrachtung des Viertels, in dem das blanke Elend regiert. War sie hier schon mal? Er ist kurz davor, ihr die Frage zu stellen, lässt es dann aber sein. Er spürt, dass sie das Schweigen als angenehm empfindet. Sie kurven zusammen durch die Straßen, in denen der Müll im Takt der Windböen tanzt, nehmen den noch vorhandenen Zubringer, und als sie das Ende der vierspurigen Avenue erreichen und vor dem großen Loch in der Fahrbahn stehen, stellt er den Motor ab und sagt: »Die Straße ist unterbrochen. Jetzt geht's bloß zu Fuß weiter.« Da sie sich anschickt auszusteigen, fügt er hinzu: »An Ihrer Stelle würde ich nicht einfach rausspringen. Wir sind hier nicht mehr unter der Klimakuppel. Man kann schnell einen sauren Regenguss abbekommen ...« Sie guckt ihn einen Moment an und erklärt dann schlicht: »Das ist schon in Ordnung.«

Er rührt sich nicht vom Fleck, wartet lieber im Auto. Er denkt erst über den Fall nach, doch rasch schweifen seine Gedanken ab. Wer ist sie? Was hat sie in der Avenue VIII vor? Er weiß nichts über sie. Will sie nur ein paar Schritte durch den Dreck eines Armenviertels waten, um den Kollegen hinterher davon berichten zu können, oder verbindet sie noch etwas anderes mit dieser lädierten Straße? Ihre Undurchsichtigkeit weckt seine Neugier. Sie hat den Tatort inspizieren wollen, und nun spaziert sie durch einen Regenschauer, der ihre Jacke ruiniert und zwei, drei Tage lang Flecken in ihren Haaren hinterlassen wird. Er mag sie, muss er sich eingestehen. Auch wenn sie ihm auf die Nerven geht. Als sie zum Wagen zurückkehrt, beugt er sich über den Beifahrersitz, um ihr die Tür zu öffnen, und fragt lächelnd: »Haben Sie gefunden, was Sie gesucht haben?«

»Haben Sie die Schweren Unruhen miterlebt?«, fragt sie, als sie wieder fahren.

»Ja.«

»War es sehr beeindruckend?«

Er dreht ihr erstaunt den Kopf zu.

»Beeindruckend?«

»Ja, ich meine, das Getümmel, die Straßenschlachten und so weiter …«

Er versteht ihre Frage. Ja, es war beeindruckend. Das Bild von Tausenden, Zehntausenden Männern und Frauen, die ihre Wut darüber hinausbrüllten, dass man sie wie Untermenschen behandelte. Ja, es war beeindruckend zu sehen, wie stark sie waren, wie sie alles niederbrannten, wie aus der Masse ein Volk wurde, das war schön. Am beeindruckendsten war jedoch die Reaktion von GoldTex. Das Polizeiaufgebot. Die Anzahl der Mannschaften, eine nie dagewesene Menge an Ausrüstung wurde bereitgestellt, um den Freiheitsdrang der

Leute ruckzuck niederzuknüppeln. All das erzählt er ihr, seine Stimme, fällt ihr auf, nimmt dabei eine eigenartige Färbung an. »Es war wirklich brutal«, meint er abschließend. Da die Bemerkung ein leicht betretenes Schweigen nach sich zieht, fügt er in fröhlicherem Ton an:

»Wenn man schon die Zone 3 besucht, muss man eigentlich auch ein Bier in der Nische trinken …«

»Dann auf in die Nische!«, antwortet sie lächelnd, während sie einen Haarbüschel auswringt. Er ist ziemlich perplex.

Salia spaziert durch den Matsch und bemüht sich, den Bierdosen und Glasscherben auszuweichen.

»Wir sollten uns beeilen«, fordert der hinter ihr laufende Sparak. »Es ist schon wieder ein Schauer angekündigt.«

Sie blickt zum Himmel auf, der sich in Sekundenschnelle verdüstert hat. Die Wolken, die sich zusammenballen und um sich selbst kreisen, sind aus dem Nichts gekommen. Das eben noch vorherrschende Blau ist völlig verschwunden.

»Komisch, wie schnell sich das Wetter hier ändert«, hält sie mit einer Art staunender Kindlichkeit fest, der die Schönheit des Schauspiels nicht entgeht. »Ich habe mich total an die Klimakuppel gewöhnt.«

»Glauben Sie mir«, sagt Zem mit zusammengebissenen Zähnen. »An diese verdammten Schauer, die einen plötzlich überfallen, gewöhnt man sich nie.«

Sie beschleunigen ihre Schritte, und als sie das über

ein paar Tischen aufgespannte Zeltdach erreichen, werden sie vom alten Fazar mit einem breiten Grinsen begrüßt.

»Willkommen in der Nische!«

Die fremde Frau scheint ganz schön Eindruck auf ihn zu machen, denn er benimmt sich recht lächerlich, um seine gepflegten Umgangsformen unter Beweis zu stellen. Er weist Salia einen Tisch zu, bietet ihr einen Stuhl an und fragt sie mit gekünstelter Stimme, was sie zu trinken wünscht.

»Bring uns zwei Biere, Fazar, und verschone uns mit deinen tadellosen Manieren. Es ist bloß ein weiterer Tag unter diesem guten alten Scheißhimmel.«

Fazar entfernt sich, offenbar beleidigt von Sparaks Äußerung. Als er mit den Bieren zurückkommt, hat er zu seiner Schweigsamkeit zurückgefunden. Er öffnet die Flaschen und stellt sie wortlos auf den Tisch.

»Was denken Sie über den Fall?«, möchte Salia wissen, nachdem sie den ersten Schluck genommen hat.

Er sieht sie einen Augenblick an und fragt sich, ob sie nun tatsächlich eine Antwort erwartet, aber es scheint so zu sein, und er sagt schließlich:

»Das Ganze kommt mir vor wie ein Organhandel. Der Typ, den sie wie einen Fisch aufgeschnitten haben, hat sich vielleicht etwas implantieren lassen. Und irgendjemand hat Wind davon gekriegt und wollte an die Teile rankommen. Die Frage ist: Wer kann so etwas machen? Das erfordert eine sorgfältige Organisation. Man braucht einen Ort, bestimmtes Material, einen Operationssaal, Chirurgen … Von so etwas hätten wir doch normalerweise schon mal gehört.«

»Das heißt?«, hakt sie nach.

»Das heißt, dass ich mir auf die Geschichte überhaupt keinen Reim machen kann.«

»Ich weiß, warum Pamuk in die Zone 2 übergesiedelt ist.«

»Ich bin ganz Ohr …«

»Er hat bei der Destiny-Lotterie gewonnen.«

»Was?«

Sparak versucht nicht, seine Überraschung zu verbergen. Einen Gewinner zu ermorden, das ist außergewöhnlich. Salia überlegt laut weiter:

»Nehmen wir an, er ist in Zone 2 getötet und anschließend auf das Brachgelände gebracht worden … Wenn das der Fall ist, wer könnte den Transport der Leiche gemanagt haben?«

Zem denkt nach und erklärt dann mit Überzeugung:

»Panotis. Er hat den Überblick über alles, was rein- und rausgeht.«

»Okay«, sagt sie und trinkt ihr Bier aus. »Wir werden diesem Panotis morgen in aller Herrgottsfrühe einen Besuch abstatten und ihn ein bisschen unter Druck setzen. Mal sehen, was er zu erzählen hat.«

»Geht klar«, bestätigt Zem.

Es entsteht ein kurzes Schweigen. Da erscheint der alte Tobo. Er humpelt. Es hat angefangen zu nieseln, seine Haare sind vom sauren Regen gelb gefärbt.

»Fazar!«, brüllt Zem in Richtung Tresen. »Bring Tobo ein Bier. Geht auf mich.«

Der alte Tobo nimmt es dankbar auf. Er kommt lächelnd näher. Doch als er Salia erblickt, erstarrt er plötzlich.

»Nicht so schüchtern, Tobo. Ist bloß eine Dame.«

Der Alte sieht sie mit zusammengekniffenen Augen an. Sein leicht unterwürfiger Gesichtsausdruck hat sich verflüchtigt. Ihn hat die Neugier gepackt. Auf einmal beginnt er zu reden, wie Zem ihn noch nie hat reden hören.

»Alles spricht«, verkündet er prophetisch. »Die Büchsen, die über die Bürgersteige rollen, die Ratten, die in den Mülltonnen wühlen, die gebrauchten Pappkartons, die vor den Häusern stehen gelassen werden, alles. Alles ist ständig in Bewegung, alles fließt. Qual ist oberstes Gesetz. Wer die Wahrheit aufspüren will, muss in die Sümpfe eintauchen. Holterdiepolter! Du wirst sehen. Selbst mit geschlossenen Augen!«

Sparak bleibt keine Zeit zu fragen, warum er das zu Salia sagt und was er damit meint, weil Tobo bereits so gut wie entschwunden ist. Er winkt noch, als würde er von der ganzen Welt Abschied nehmen. Sparak ist sprachlos. Auch Salia ist verstummt, sie wirkt ziemlich verdattert. Sie versteht überhaupt nicht, was dieser hagere Mann von ihr gewollt hat, aber sie ahnt, dass er wohl große Geheimnisse hütet, tausend Sachen weiß, von denen sie keine Ahnung hat, und sowohl die Schatten der Vergangenheit als auch die Sorgen der Zukunft im Auge hat.

10

DIE SCHWEREN UNRUHEN .

Es wurden immer mehr. Die Einwohner von Zone 3 sahen sie jeden Morgen an den Straßenecken, den Bushaltestellen, den Häuserfassaden und den Schaufenstern der Läden. Man betrachtete die nachts gesprühten Graffiti, verstand zwar nicht, was sie zu bedeuten hatten, begriff jedoch, dass irgendetwas im Gange war. Die Graffiti ähnelten Stammeszeichen. Zwei parallele Linien, die die gleiche Kurve beschrieben, oder ein Dreieck mit einem Kreis darin. Die geometrischen Figuren riefen zum Aufstand auf. Und schon bald fanden die ersten Demonstrationen statt. Die Protestierenden bemalten sich die Gesichter mit den Symbolen, die die Stadt überzogen hatten. Eine Horde von kräftigen Jugendlichen, mit seltsamen Mustern geschmückt. Es gab unterschiedliche Kriegsbemalungen: Ein dicker Strich auf der Nase, der sich dann über dem Mund gabelte. Zwei Streifen und ein Augenpaar auf beiden Wangen. Die jungen Leute erinnerten an eine Kampftruppe, die merkwürdige, unbekannte Codes benutzte. Sie veränderten ihr Erscheinungsbild, um die algorithmische Gesichtserkennung der Drohnen zu täuschen, die ständig patrouillierten und die Demonstranten registrierten. Sie vernebelten den Robotern die Sicht, damit die Androiden sie für Objekte hielten oder die Vorderseiten ihrer Gesichter mit Profilansichten verwechselten, damit sie nichts mehr erkennen konnten und die Stadt ihnen entglitt.

In Zone 3 war der Zorn ausgebrochen, und es lag auf der Hand, dass die Zahl der Demonstranten weiter steigen würde. Auch das Management spürte das. Man schickte eine stattliche Drohnenflotte, die möglichst viele Personen scannen und identifizieren sollte. Sie kreiste ununterbrochen wie ein Insektenschwarm über der Menge. Die Sicherheitskommission warnte: Jeder, der gegen die geltende Ausgangssperre verstieß, werde als Demonstrant betrachtet und nach erkennungsdienstlicher Behandlung umgehend gekündigt. GoldTex wollte die Proteste im Keim ersticken. Die Drohnen flogen, erfassten Daten und fahndeten nach Lücken in den Stammesmaskierungen, um die Namen der Leute herauszufinden. Wer nicht gut geschminkt war, empfing auf seinem Armband die Nachricht, dass er fristlos entlassen war. Wenn man den Status eines BiFs verloren hatte, hatte man sich unverzüglich zu einem Ausreisebüro zu begeben. Die Nachrichten wurden zügig verschickt, aber nicht so schnell, wie sich gleichzeitig die Zahl der Aufständischen erhöhte. Am dritten Tag marschierte ein Zug, aufgebracht gegen die Drohnen, die wie Fliegen um ihn herumschwirrten, auf den Checkpoint Western Fosse am Ende der Avenue I zu und suchte die Konfrontation. Kaum angekommen, rannten die Ersten los, ließen ihrer Wut freien Lauf und griffen den hinter Betonpollern und Stacheldraht verbarrikadierten Checkpoint an. Die Wachen hatten mit dieser Attacke nicht gerechnet, sie waren lediglich zu acht. Sie sahen bestürzt mit an, wie der Pulk sich näherte, und überlegten, wie sie reagieren sollten. Unschlüssig, ob sie lieber schießen oder sich verkrümeln sollten, standen sie wie angewurzelt da, wie Kaninchen vor der Schlange, so lange, bis die Demonstranten sich mit Geschrei und Gebrüll auf sie stürzten und mit ihren Fäusten alles zertrümmerten. Innerhalb von wenigen Minuten fiel der Checkpoint. Zur großen Überraschung derer, die ihn eroberten. Der Sieg war also möglich … Etwas war in Bewegung geraten. Es war förmlich zu spüren. »Zündet alles an! Zündet alles an! Rechte für die Zone 3!« Die Schar nahm die Slogans mit glühender Begeisterung auf. Die Überwachungsdrohnen preschten hin und her, bekamen die gewaltigen Massen aber nicht unter Kontrolle. Unter den Ordnungskräften machte sich Unruhe breit. Auf jeder Polizeistation fragte man sich, ob man vielleicht als Nächstes an der Reihe war. Unterstützt von Nachbarn, die den Frontkämpfern Getränke und Essen lieferten, blieb der Checkpoint die ganze Nacht besetzt. Alle glaubten, dass GoldTex nachgeben und eine neue Zeit beginnen würde.

Am Morgen des vierten Tages tauchten Sonderkommandos auf. Sofort war klar, dass die Inbesitznahme des Checkpoints Western Fosse eine mächtige Unterdrückungsmaschinerie in Gang gesetzt hatte. Langsam und leise pirschten sie sich heran, bewaffnet mit Wasserwerfern und Tränengas, die Einsatzkräfte trugen Panzerausrüstungen, die ihnen das Aussehen von hochmodernen Skarabäen verliehen. Sie schritten voran und schlugen alles kurz und klein. Es war die erste Straßenschlacht der zehn Tage dauernden Krawalle. Die Aufständischen verteidigten den Checkpoint leidenschaftlich, doch am Ende mussten sie einlenken und ihn aufgeben. Der folgende Polizeisturm trieb sie Richtung Stadtzentrum. Stellenweise wurden Feuer gelegt. Die Ordnungskräfte schossen mit scharfer Munition. Drohnen, die die Protestierenden mit ultrahohen Tönen beschallten, rauschten über die Barrikaden, sie verursachten Hörschäden und schlugen die Menschen in die Flucht. Unaufhörlich wurden Straßensperren durchbrochen und wieder aufgebaut, aufgelöst und neu errichtet. Die jungen Leute steckten alles in Brand, was sie zwischen die Finger bekamen, um die Avenuen zu blockieren und den Polizeiverkehr zu behindern. Tag und Nacht skandierten die Einwohner der Stadt, deren Wut nicht nachließ, mit müder werdenden Stimmen den Slogan: »Zündet alles an! Zündet alles an!« Niemand glaubte mehr daran, dass die Krise in Verhandlungen münden würde. Niemand hoffte mehr auf Fortschritte oder Zugeständnisse. Es gab keinen Weg zurück.

Als Angehöriger der Sicherheitskräfte wurde auch Zem Sparak in die Zone 3 beordert. Am fünften Tag des Aufruhrs wurde er einem Sturmtrupp zugeteilt. Zwei Tage lang spielten er und seine Brigade mit einer kleinen, flinken Gruppe, die sie in Fallen lockte und Steine von Häuserdächern schleuderte, Katz und Maus. Er lud seine Waffe und lud sie nach, immer und immer wieder. Er hörte den heiseren Atem seiner Kollegen, stundenlang. Er drosch auf Leute ein und trat brutalen Angriffen mit aller Kraft entgegen. Schläge. Knüppel. Elektroschocker. Ein Leben im Kampfrhythmus. Bis zu dem Tag, an dem er auf der anderen Seite des Checkpoints, in der Avenue VIII oberhalb der Slums am Big Fosse eingesetzt wurde. Sie nahmen in dichten Reihen Aufstellung. Sie hatten den Befehl, um keinen Preis zurückzuweichen. Wenn die Demonstranten von Zone 3 in Zone 2 vordrangen, drohte ein Chaos, mit ungewissem Ausgang für Magnapolis. Sie standen hintereinander in vier Ketten, Sparak in der vordersten. Die Stimmung war angespannt. Die Polizisten bissen die Zähne zusammen. Ihnen war klar, die Auseinandersetzung würde heftig sein. Die Einstellung der Rebellen aus Zone 3 war nicht mehr dieselbe. Sie hatten sich versammelt, angespornt von dem irren Verlangen, die Grenze zu überqueren und endlich die Straßen der Zone 2 zu fluten. Die beiden Lager begegneten sich. Er wäre am liebsten weggelaufen. Nicht aus Angst, sondern aus Abscheu vor dem, was jetzt kam. Ihm war, als würde er die Niederschlagung des griechischen Aufstands noch einmal durchleben. Er schaute sich die Menschenmenge an und fragte sich, warum er nicht Teil davon war. Doch der Kampf fand gar nicht statt. Gerade als die Demonstrierenden losstürmen wollten, gab es gleichzeitig zwei Explosionen, bei denen auch die Einsatzkräfte zusammenfuhren. Einige Augenblicke rührte sich nichts. Alle guckten sich verwundert um. Jeder versuchte zu begreifen, was passiert war. Dann brach ein lautes Geschrei aus. Die Aufständischen wurden von Panik ergriffen. Der Boden unter ihren Füßen schwankte. Die Detonationen hatten die beiden tragenden Pfeiler der Brücke am Nordende der Avenue gesprengt. Innerhalb von Sekunden stürzte alles ein. In Zeitlupe, wie in einem Albtraum. Die Polizisten bewegten sich nicht von der Stelle. Unter ihren Füßen blieb der Boden fest. Sie sahen zu, wie der Asphalt nachgab, wie sich die ersten Löcher auftaten und größer und größer wurden, bis das Pflaster schließlich auseinanderbarst. Die Brücke krachte unter dem grässlichen Knirschen von auf Metall reibendem Stein zusammen und riss unzählige Menschen in die Tiefe. Zwanzig Meter weiter unten prallten sie in einer dicken weißen Staubwolke auf. Ein Abgrund lag nun zwischen den Sicherheitskräften und der Zone 3. Niemand würde den Verletzten zu Hilfe kommen. Man würde nicht einmal die Zahl der Toten erfassen. Die Aufrührer waren gestraft. Sparak hätte über diesen Ausgang, durch den ein Zusammenstoß vermieden worden war und der den Beginn der Rückkehr zur Ordnung markierte, wohl froh sein müssen, aber er war es nicht. Er sah die in den Tod Stürzenden immer wieder vor sich, hörte das monströse Grollen des Gerölls. Er traf an dem Tag eine Entscheidung. Er würde von nun an in Zone 3 leben, unter ihnen, in Gedenken an die gesprengte Brücke, die so viele Menschen unter sich begraben und so viel Wut zum Schweigen gebracht hatte.

11

TRUGBILD

»Und wenn wir das jetzt gleich erledigen?«

Salia kommt wieder, nachdem sie schon in ihren Wagen gestiegen war, um in die Zone 2 zurückzufahren. Sie schaut Sparak mit eindringlicher Treuherzigkeit an. Da er keinerlei Reaktion zeigt, wird sie deutlicher:

»Panotis … Haben Sie eine Ahnung, wo wir ihn um diese Uhrzeit antreffen können?«

Er überlegt. Wahrscheinlich ist der kleine Boss der Straße an seinem bevorzugten Ort zu finden, im Quartier de la Forêt, einem Teil des achten Distrikts, gegenüber von Citizens' Dump. Die Vorstellung gefällt ihm recht gut: mit ihr in die Nacht einzutauchen und den Grund der Finsternis aufzurühren, warum nicht?

Unterwegs hallen die Sätze des alten Tobo in ihrem Kopf nach: »Du wirst sehen. Selbst mit geschlossenen Augen.« Die Prophezeiung lässt sie nicht mehr los. Ist das nicht genau das Gegenteil von dem, was sie seit Beginn dieser Ermittlungen erlebt? Sie sieht nämlich gar nichts. Selbst mit offenen Augen. Aber war das nicht schon immer so?

Was versteht sie denn von der Welt um sie herum? Seit sie Sparak kennt, hat sie das Gefühl, dass sich etwas in ihr löst. Ihr ist, als wäre das eine Folge seines Einflusses. Er kommt ihr vor wie ein Tier aus einer längst vergangenen Ära. Er ist lächerlich und weltfremd, aber sie spürt, dass er Dinge erfahren hat, von denen sie keinen blassen Schimmer hat. Es regt sie auf, es ist wie ein Geheimnis, das sie nicht aufklären kann, und das nimmt er wahr. Unbewusst. Wie ein Dinosaurier, der die Zeit in sich trägt und aus einer Welt kommt, die gleichgültig auf die unsere blickt. Durch ihn hat sich in ihr eine Tür geöffnet. Seine Müdigkeit birgt die einzige Wahrheit, die ihr je begegnet ist, und sie möchte sehen, was diese Wahrheit zum Vorschein bringen wird.

Sparak rät ihr, das Auto in der Rue des Anciennes-Broussailles abzustellen. Von dort ist es nicht mehr weit bis zum Wald. Die Hochhäuser hinter sich lassend, laufen sie schweigend nebeneinander. Sie dringen in jene Gegend vor, die kurioserweise Quartier de la Forêt, Waldviertel heißt, denn in dem Bezirk wächst kein Kraut. Nichts als entkernte Gebäude reihen sich aneinander. Man hat den Eindruck einer zerbombten Stadt. Keine Fenster, kein Licht. Alles ist verlassen. Die Geisterblöcke der Zone 3. Salia fragt sich, warum die Vegetation sich hier nicht wieder ausbreitet, die Natur die Höfe nicht beschlagnahmt, die Wurzeln sich nicht durch die Fassaden fressen und den Beton sprengen. Nichts dergleichen geschieht. Als weigerte sich die Pflanzenwelt, in diesen Straßenzügen zu sprießen, in denen nur Gefahren lauern.

Endlich sind sie da. Die Häuser lichten sich nach und nach und geben den Blick auf etwas frei, das früher einmal ein Platz oder eine große Kreuzung gewesen sein könnte, jetzt aber bloß noch eine Brache ist. Rechts hinten sind einige Garagen mit hochgezogenen Eisengittern zu erkennen. Davor stehen drei Plastiktische herum. In einem Lichtkegel, der von einer alten, vermutlich schwarz angeschlossenen Straßenlaterne herrührt, ist eine Gruppe von fünf Männern versammelt. Als Salia und Sparak sich nähern, verstummen sie. Sie wenden den beiden ihre grimmigen Gesichter zu. Sparak entdeckt den fetten Bareïm, der sich ein bisschen zu schämen scheint, in derartiger Gesellschaft gesehen zu werden. Er nickt ihm zu, Bareïm senkt den Kopf. Sparaks merkwürdiger Besuch hier und zu dieser Zeit bedarf einer Erklärung.

»Hallo, Panotis«, sagt Zem zu einem schmächtigen Kerl, der ihn daraufhin böse anlächelt. Er hat tiefsitzende Augen und eine Narbe an der Oberlippe, die ihm einen seltsamen Ausdruck verleiht, als würde er eine Grimasse schneiden.

»*Jassas*, Sparak«, antwortet er gelassen und dreht sich daraufhin mit einem leichten, um Verständnis werbenden Lächeln seinen Freunden zu: »Leute, verschwindet doch mal für fünf Minuten.« Und alle kratzen die Kurve und schauen zur Betonung ihrer schlechten Laune finster drein.

Sobald sie allein sind, erkundigt sich Panotis, was Zem herführt, und um das Gespräch irgendwie zu eröffnen, erzählt Sparak ihm von der Leiche in Citizens' Dump. Er fragt ihn, ob er von der Sache gehört hat. Natürlich hat er das, weiß Zem genau, der fette Bareïm ist da, und es wäre schon erstaunlich, wenn er die Geschichte nicht erwähnt hätte. Ja, bestätigt Panotis, ohne weitere Worte zu verlieren, ist ja auch nicht nötig. Er ahnt, dass Zem etwas anderes von ihm will, und ihn würde vor allem interessieren, warum er diese Frau mitgeschleppt hat, die noch keinen Ton gesagt hat. Sparak stellt ihm weiter schwammige Fragen: ob ihm etwas Besonderes zu Ohren gekommen, die Stimmung im Viertel gerade recht aufgeheizt sei.

Es ist ihm egal, was Panotis plappert, er bemüht sich nicht einmal zu verbergen, dass er kaum auf seine Äußerungen achtet. Er ist aus einem anderen Grund hier, und das will er Panotis spüren lassen. Er möchte ihn beschnüffeln. Und er wittert bereits, dass es Panotis blendend geht. Man darf sich von dem armseligen Tisch und dem rostigen Eisengitter, der dieser Bar etwas Schäbiges gibt, nicht auf die falsche Fährte locken lassen. Vielmehr zählt die Herrscherattitüde, die Panotis zur Schau stellt. Er war schon immer giftig wie eine Kröte. Aber heute verströmt er eine auffällige Zufriedenheit. Als er zu den anderen Typen gesagt hat, sie sollen verschwinden, sind sie abgezwitschert ohne irgendwelche Fragen zu stellen, das ist ein wichtiger Punkt. Ein weiterer wichtiger Punkt ist, dass er seinen Stuhl nach hinten geschoben hat und nun mit gespreizten Beinen und der Selbstsicherheit eines Prinzen dasitzt.

»Läuft prima bei dir, oder?«, bringt Zem vor, und Panotis sieht ihn mit zusammengekniffenen Augen scharf an.

»Das scheint dich einigermaßen zu ärgern«, gibt Panotis lächelnd zurück. »Kann ich gut verstehen. Du bist Hund geblieben, während ich Unternehmer geworden bin.«

»Geht dir das Rumschnüffeln nicht manchmal ab?«, fragt Sparak scherzhaft.

»Hat mir noch nie Spaß gemacht, an den Ärschen anderer Leute zu schnüffeln, Zem.«

»Echt nicht? Ich hätte jetzt drauf gewettet.«

Die beiden Männer verfallen einen Augenblick in Schweigen. Sie taxieren sich, bis Panotis Salia schmunzelnd anblickt.

»Wer von euch zweien ist der Hund? Du oder sie?«

Sparak antwortet nicht. Er muss jetzt konzentriert bleiben.

»Es hat in letzter Zeit etwas eigenartigen Grenzverkehr gegeben, Panotis. Und weißt du was? Ich kann mir beim besten Willen nicht vorstellen, dass du darüber nicht im Bilde bist.«

Panotis schweigt demonstrativ, um zu zeigen, dass er keine Angst hat und redet, wann er Lust dazu hat. Eine ganze Weile betrachtet er Malberg, sein Blick wandert unverhohlen über ihren Körper, dann wendet er sich wieder Sparak zu und stellt absolut offen klar:

»Sparak, du und ich, wir haben uns ja noch nie sonderlich gemocht, oder? Und weißt du, wieso?«

»Ich bin gespannt, es zu erfahren.«

»Weil wir uns ähnlich sind. Und weil wir alle zwei hässlich sind. Stimmt doch, oder? Wenn du mich siehst, denkst du dir: Was für ein mieses Arschloch, dieser Panotis ... Na ja, und mir geht's genauso. Aber wir müssen die Sache noch etwas eingehender untersuchen, Zem. Denn das erklärt noch gar nichts. Widerliche Fressen gibt's nämlich überall, nach denen braucht man nicht lange zu suchen. Mir bereitet das keine schlaflosen Nächte. Das Problem fängt an, wenn ich deine eklige Visage erblicke und du meine siehst, das fällt uns beiden auf die Nerven. Also blas dich mal vor mir nicht so auf. Uns klebt der gleiche Dreck an den Stiefeln. Ich war auch mal ein braver GoldTex-Hund, mein Freund, und wer weiß, vielleicht entscheidest du dich morgen, ein Unternehmer wie ich zu werden. Erzähl mir nicht, dass du nicht ab und zu mit dem Gedanken spielst: die Leine durchzubeißen und auf die andere Seite zu wechseln ... Du würdest bestimmt schnell eine große Nummer werden. Du bist wie ich, wir haben es im Blut. Wir sind härter drauf als die Idioten um uns rum, und deswegen fürchten sie uns.«

Jetzt ist Sparak mit dem Lächeln an der Reihe. Er hat bekommen, was er wollte. Keine detaillierten Informationen, keine Antworten, sondern ein Gespür für die Lage. Panotis hat alles so fest im Griff wie nie. Salia übernimmt das Gespräch:

»Haben Sie schon mal was von Geschäften mit gefälschten Implantaten gehört?«

Panotis setzt ein etwas zweiflerisches, übertrieben ahnungsloses Gesicht auf.

»Nein, Madam …«

»Schade, dass Sie das auf die leichte Schulter nehmen«, sagt sie frostig. »Wir werden dem Fall nachgehen. Und glauben Sie mir, wenn wir irgendetwas finden, das uns wieder hierherführt, werden Sie derjenige sein, der auf allen vieren dackelt und das brave Hündchen ist!«

Panotis quittiert die Drohung mit einem langgezogenen ironischen Pfiff. Es ist alles gesagt. Sie haben zur Kenntnis genommen, was sie zur Kenntnis nehmen wollten. Also brechen sie auf, und nachdem sie sich von dem Grüppchen, das sich hinter ihren Rücken rasch wieder formiert hat, entfernt haben, fangen die Typen an zu bellen, die Hunde nachäffend, und Sparak und Salia ist klar, dass die Kerle wahrscheinlich gleich ihr Glas erheben auf all die Geheimnisse, die sie niemals preisgeben werden.

Nach Hause? Nein. Die Nacht soll noch weitergehen. Salia hat ihn am Square of Fire abgesetzt und ist anschließend Richtung Checkpoint davongebraust. Er steht allein auf diesem Platz, der nicht schläft, unter anderen Leuten, die dem Tag noch ein wenig Zeit stehlen wollen. Er sehnt sich nach der Plaka, ein unzähmbares Verlangen. Er überquert daher die Avenue VII und taucht in das Viertel ein, wo das Herz der Zone 3 schlägt: RedQ, wo sich ein Verkaufsstand an den anderen reiht, ein Tohuwabohu des Elends. RedQ, wo die Pillen fix die Runde machen, Gerüchte aufkeimen und Hoffnungen zugrunde gehen. Er spaziert zum Dreamshop, begrüßt Miki und bestellt »Dasselbe wie beim letzten Mal«. Dann legt er sich zu den Körpern, die sich zwar nicht regen, in ihren verborgenen Träumen aber unendlich leichtfüßig und trunken sind, in Ekstase versetzt, die geleckt oder gestreichelt werden und ein Gefühl der Allmacht genießen. Er wirft seine Okios-Pille ein. Es stört ihn nicht, dass er ein weiteres Wrack in diesem kleinen Raum ist, Athen erscheint, und alles andere verblasst.

Der Anblick der Bilder verzückt ihn erneut. Der Straßen, die in sein Blickfeld drängen. Silhouetten schlendern vorüber. Männer in weißen Hemden mit hochgekrempelten Ärmeln sitzen auf kleinen Strohstühlen, spielen Karten, unterhalten sich und rauchen dabei Zigaretten, die nach vergangenen Zeiten riechen. Alle kommen ihm bekannt vor. Frauen mit ihren Kindern trotten vorbei. Ältere Damen ziehen ihre Trolleys vom Markt nach Hause, wo sie Tomaten eingekauft haben, die sie so kochen werden, wie es bereits ihre Mütter und Tanten getan haben. Es geht ihm gut. Mitunter sind laute Schreie zu vernehmen. Gehört das zum Film, der vor seinen Augen abläuft, oder entspringen diese Stimmen seiner Erinnerung? Schwer zu sagen … Ein paar Jugendliche stehen vor einem Wohnhaus und rufen einen Freund. Ein fahrender Händler, ein Wassermelonenverkäufer, preist in den Gassen eines Arbeiterviertels seine Ware an. Es ist, als könnte man mit all diesen Leuten auch reden. Doch plötzlich trübt sich das Bild. Nebel scheint sich zu bilden. Oder vielleicht auch nicht ... Das ist gar kein Nebel. Der Film wird von anderen Bildern überlagert. Er sieht sowohl die Stadt in Schwarz-Weiß als auch Erinnerungen an seine Jugend. Es sind Tränengaswolken, die über den Boden treiben. Er weiß schon Bescheid. Das ist eine Funktionsstörung. Ein sogenanntes Trugbild. So etwas kommt gelegentlich vor. Die Emotionen des Betrachters beeinträchtigen die Projektion. Er ist nicht nur Zuschauer, die Bilder werden von seinem Bewusstsein oder seiner Erinnerung generiert. Die Ebenen überschneiden sich, nichts zu machen. Er hört den Lärm von Protestmärschen. Er versucht, sich an die sorglosen Darstellungen zu klammern, schüttelt den Kopf, um das Trugbild zu verscheuchen, aber es nützt nichts. Seine Gedanken haben die Kontrolle verloren. Die Droge hat ihn zwischen den beiden Welten abgesetzt, die sich gegenseitig durchdringen und besudeln, ihm dreht sich beinahe der Magen um. Er ist auf einer Demonstration. Er will das nicht sehen, aber seine Eindrücke werden immer stärker und genauer. Die Stimmung auf den Straßen ist aufgeladen, es ist heiß. Seine skandierenden Gefährten sind mit einer massiven, bewaffneten Elitetruppe konfrontiert. Alles ist wieder da. Die Angst. Der Schrecken, das Entsetzen. Er möchte zu den anderen Bildern zurückspulen, aber das Kampfgeschehen hat nun vollständig Besitz von ihm ergriffen. Er hat seinen Motorradhelm auf und eine Eisenstange in der Hand. Die Gruppe seiner Kumpels löst sich wie ein Vogelschwarm auf, um sich nicht den Ordnungskräften auszuliefern. Es kommt zu einer Verfolgungsjagd. Er drückt sich in eine Wandvertiefung, um Atem zu schöpfen. Alles ist wieder da. Als würde er die Geschichte zum ersten Mal erleben. An einer Straßenecke drischt ein Polizist der Elitetruppe auf einen am Boden liegenden jungen Mann ein. Die Prügel sind heftig. Die Sekunden verrinnen ungemein langsam. Er spürt, dass der Polizist von dem Demonstranten erst ablassen wird, wenn dieser in einer Blutlache ruht. Dass er ihn ohne mit der Wimper zu zucken töten wird, wenn niemand einschreitet, die Stadt zählt nicht mehr die Schläge, die sie austeilt und einsteckt. Er schleicht sich an, und ehe der Bulle sich versieht, haut er ihm auf den Schädel. Kurz und schmerzlos. Es ist ein Augenblick, der alles verändert. Der Mann fällt um wie ein Baum. Er erinnert sich: an das enorme Gewicht des Kerls, die Überraschung über die Leichtigkeit der Tat. Er braucht gar nicht nachzuschauen. Er weiß, er hat getötet.

Athen brennt. Griechenland stürzt ins Chaos. Er hat getötet. Dieser Fakt ist nicht trauriger oder blutiger als die Welt um ihn herum. Viele sind am Verrecken. Ein Volk liegt im Sterben. Deswegen kämpft es. Er ist schweißgebadet. Am liebsten würde er weglaufen, aber er kann nicht. Er ist in seinem Leid gefangen. Das Land ist pleite. Er vernimmt die im Radio ausgestrahlten Erklärungen. Es wird mitgeteilt, die einzige Überlebenschance sei, von GoldTex angeworben zu werden. Die Menschen lernen, diesen Namen auszusprechen, »GoldTex«, und ihn zu hassen. Bald werden sie keine Griechen mehr sein. Sie werden Angestellte eines der beiden größten Unternehmen der Welt. Und da GoldTex das Bild einer modernen Arbeitswelt vermitteln will, sind sie künftig nicht mehr schlicht »Angestellte«, sondern »Bürger im Festangestelltenverhältnis, BiFs«, weil der Bürgerstatus eng an das Angestelltenverhältnis geknüpft ist. Er möchte heulen und schreien, man solle ihn aus diesem Theater herausholen, die Bilder vor seinen Augen wegwischen und ihn von diesen von bitteren Erinnerungen verdorbenen Halluzinationen befreien, er möchte mit den Füßen aufstampfen und um Hilfe rufen, aber er kann nicht. Sein Körper fühlt sich schwer und taub an. Griechenland brennt und fällt auseinander. Die Leiche des Polizisten liegt vor ihm. Er möchte sich einreden, dass er gerade jemanden gerettet hat, doch er starrt auf das Blutrinnsal. Er hat getötet. Es ist verblüffend schnell gegangen. Und er ahnt, dass ein langer Leidensweg für ihn beginnt.

12

DAS IMPLANTAT

Alles läutet: der Wecker, die Armbanduhr, der Kühlschrank, die mit dem Internet verbundenen Fenster. Die ganze Wohnung vibriert. Er realisiert das irgendwie, aber er ist so tief im Schlaf versunken, dass er die Geräusche einer fernen Welt zuordnet. Die Töne werden lauter und bohren sich in seinen Schädel. Er windet sich, schlägt schließlich die Augen auf, kneift sie jedoch sofort wieder zusammen. Zu viel Licht. Zu viel Lärm. Alles schmerzt. Die Rückkehr in die Wirklichkeit nach der Einnahme von Okios ist hart. Er tastet nach einem Schalter, guckt auf sein Armband, kann allerdings nicht lesen, was das Display anzeigt. Endlich begreift er, dass das Läuten nicht vom Wecker kommt, sondern vom Telefon. Ein Rätsel, wie sich das Klingeln auf die umliegenden Geräte übertragen konnte, doch er geht ran und hört Salias Stimme:

»Sparak …?«

Er will Ja sagen, allein sein Mund mag sich einfach nicht öffnen.

»Sparak?«

»Ja.«

Jetzt hat er es geschafft. Seine Stimme ist so tief, dass Malberg kurz innehält.

»Sind Sie gar nicht unterwegs?«

Er versteht überhaupt nicht, wovon sie redet. Er versucht, seine Gedanken zu sammeln, es gelingt ihm nur nicht. Sein Kopf ist noch nicht verfügbar, kommt erst langsam in Gang.

»Schlafen Sie noch, verdammt? Erzählen Sie mir nicht, dass Sie noch schlafen! Wir haben einen Auftrag. Wissen Sie noch?«

Er hat keine Ahnung, was er sagen soll. Das Okios, die verpfuschte Nacht, die Erinnerungen, die ihm die Freude an den Bildern von Athen vergällt haben. Er fühlt sich, als hätte man ihm die Birne in die Erde gedrückt. Salia fährt fort. Sie redet schnell. Sie ist genervt. Ungeduldig.

»Es gibt Neuigkeiten. Sehen Sie zu, dass Sie in weniger als einer Stunde hier sind.«

Ich komme, möchte er antworten, aber er lässt es lieber sein. Er fürchtet, es könnte träge und breiig klingen, zu schweigen ist wohl das Beste. Nach dem Telefonat fällt er zurück aufs Bett, erleichtert, sich nicht mehr konzentrieren zu müssen, aber bereits erschöpft von den Anstrengungen, die es ihn kosten wird, sich anzuziehen und vor die Tür zu treten.

»Tun Sie Ihrem Körper etwas Gutes.« »Wer befriedigenden Sex hat, arbeitet besser.« Als er die Zone 2 erreicht, sind die Slogans auf den Werbetafeln der Avenue 3rd of July allgegenwärtig. Zudem verbreiten Drohnen die Botschaften über Lautsprecher. »Die Liebe ist ein Fest. Belohnen Sie Ihren Körper.« Der Taxifahrer bemerkt seinen verwirrten Gesichtsausdruck und lächelt. »Heute ist LOve Day ...« Sparak zeigt keine Reaktion, und der Chauffeur kapiert, dass Erläuterungen nötig sind: »Die PhadaK wegen des Anschlusses von Santo Domingo ... Sie wissen schon ... Man hat sämtliche Ziele erreicht. Das haben sie heute Morgen bekannt gegeben. Übermorgen wird der Vertrag unterzeichnet, und heute Abend ist LOve Day. Sie haben also noch den ganzen Tag Zeit, um wieder in Schwung zu kommen!« Und er bricht in ein lustvolles Gelächter aus. Offensichtlich ist er von den Aussichten begeistert und hat schon Pläne geschmiedet. Für den LOve Day. Das Taxi schnurrt über die Straßen, vorbei an dem schicken grünen Stadtteil Petit-Chagrin. Allerorts wird festlich dekoriert: schrille Farben, Girlanden, Luftballons. Bald steigt auf den Avenuen eine Orgie. Vierundzwanzig Stunden werden sich Menschen begegnen, berühren, küssen. Vierundzwanzig Stunden Sex ohne vorherige Verabredung, ohne Verführung. Auf den Straßen, in den Bars, vierundzwanzig Stunden, es reicht, der eigenen Begierde zu folgen, im Blick des oder der anderen Bereitwilligkeit zu lesen, schon geht's rund. Die schicken Restaurants bieten Champagner-Menüs in Spitzendessous an, Undergroundbars Wodka/Blindfuck-Veranstaltungen. Die ganze Stadt wird vierundzwanzig Stunden lang kopfstehen und all die Anspannung, all den angestauten Stress abbauen, um anschließend an ihren Arbeitsplatz zurückzukehren und wieder neu zu beginnen.

Wer erinnert sich noch an Athen? Wer erinnert sich noch, wer wir einmal waren? Sparak schaut aus dem Heckfenster des Taxis. Der Wagen rauscht an Trauben junger Leute vorüber, die über die Bürgersteige schwanken und jedes Mal vor Aufregung kreischen, wenn sie ein Schild erspähen, das den LOve Day ankündigt. Der Druck steigt. Die ganze Stadt wird Geschlechtsverkehr haben, bis sie nicht mehr kann. Bis sie in die Luft fliegt. Habe ich mich von der Welt entfernt, oder hat die Welt sich von mir entfernt?, fragt er sich, aber er weiß, dass es auf diese Frage keine Antwort gibt.

Bei seiner Ankunft in Salias Büro merkt er gleich, dass anscheinend irgendetwas Schlimmes passiert ist. Sie wirkt gereizt, runzelt die Stirn, presst die Lippen zusammen und begrüßt ihn schroff:

»Ich werde daraus einfach nicht schlau.«

Er ist drauf und dran, um weitere Erläuterungen zu bitten, aber nicht nötig. Sie greift nach einer Akte und legt sie vor ihm auf den Schreibtisch, damit er einen Blick hineinwirft.

»Was ist das?«

»Die ersten Ergebnisse des forensischen Gutachtens.«

»Und was steht drin?«

»Dass der Täter ein Grobian und nicht unbedingt ein Fachmann war. Laut Edmundo braucht jemand, der ein bisschen Ahnung von Anatomie hat, das Opfer nicht derart auszuweiden. An die Implantate kommt man auch durch einen Schnitt entlang des Brustbeins ran. Der Kerl ist ein Barbar. Entweder hat er sich nicht ausgekannt oder wollte Eindruck schinden. Beim Rausreißen der Eingeweide hat er zwei Knochen gebrochen, das spielt uns in die Karten. Edmundo hat Mikroteilchen an den Organen gefunden, das ist mit bloßem Auge nicht zu erkennen, er ist sich allerdings sicher. Aber genau da haben wir ein Problem ...«

Zem schaut auf und wartet auf die Fortsetzung ihrer Rede.

»... das sind keine Kopien. Pamuk hatte echte Eternytox-Implantate.«

Zem schweigt. Die Nachricht muss er erst einmal verarbeiten.

»Echte Implantate? Kapier ich nicht.«

Sparak grübelt darüber nach, was das nun bedeutet. Das heißt, es war kein heimtückischer Mord, sondern etwas anderes. Er wird sich die Sache noch einmal durch den Kopf gehen lassen müssen. Er erinnert sich, wie er im Krankenwagen neben dem Toten gesessen und auf dem Rückweg von Citizens' Dump einen stillen Pakt mit ihm geschlossen hat. Er hatte geglaubt, dass er es mit der Leiche eines armen Schluckers aus Zone 3 zu tun hat, die niemanden interessiert. Aber jetzt wird die Angelegenheit kompliziert. Ein Typ mit einem Eternytox-Implantat. Davon gibt es nicht viele. Drei oder fünf pro Jahr, die nach einem strengen Verfahren ausgewählt und für ihren Dienst an der Gemeinschaft ausgezeichnet werden. Salias Stimme reißt ihn aus seinen Gedanken.

»Na ja. Ich finde, es ist Zeit, dass wir Mittagessen gehen.«

13

SO SCHMECKT GRIECHENLAND

Als er, nur wenige Häuserblocks von der Polizeiwache Pinto entfernt, den Fuß in die Tür des Restaurants Salamanca in der Rue des Petites-Pies setzt, geht der Alarm los. Ehe er sich versieht, baut sich der Türsteher dicht vor ihm auf und versperrt ihm den Weg.

»Mein Herr ...«, sagt er in betont sachlichem Ton.

»Ja?«

»Ich fürchte, es gibt ein kleines Problem: Sie sind für Zone 2 nicht akkreditiert.«

Sparak seufzt, guckt sich den Kerl an, fragt sich, ob er ihm gleich mitteilen wird, dass er sich zum Teufel scheren soll, und bringt dann mit zusammengebissenen Zähnen hervor:

»Und doch sieht's so aus, als wäre ich hier ...«

Der andere wirkt überrascht. Er hatte wahrscheinlich angenommen, dass Sparak auf der Stelle kehrtmachen würde.

»Das geht jetzt aber nicht, Freundchen ...«, antwortet er mit dem Lächeln eines Hünen, der fünfzig Kilo schwerer ist als sein Gegenüber.

»Nein. Was du hier veranstaltest, das geht nicht«, entgegnet Sparak, das Lächeln erwidernd.

Der Türsteher drückt ihm die flache Hand auf den Oberkörper und versucht so, ihn aus dem Lokal zu befördern. Mit einer unwirschen Bewegung schiebt Sparak seinen Arm weg. Als er ihn gerade am Kragen packen will, schaltet sich Salia ein:

»Sparak! Ganz ruhig!«

Sie drängt sich zwischen die zwei Männer und schwenkt ihren Dienstausweis.

»Alles in Ordnung. Er gehört zu mir ... Zem? Wir setzen uns jetzt ruhig hin, essen schön brav und machen mal keinen Ärger. Okay? Klingt gut? Einfach entspannen. Ist doch bloß ein harmloses Mittagessen unter Kollegen, ja?«

Zem schaut sie an, als wüsste er gar nicht, wer sie überhaupt ist, es scheint ihm dann jedoch einzufallen, er hält kurz inne, lässt den Arm sinken, klopft dem Türsteher auf die Schulter und sagt:

»So darf man halt nicht mit mir reden.«

Bei Tisch schirmt das Halbdunkel des Restaurants sie von anderen Gästen ab, und die gedämpfte Atmosphäre beruhigt Sparak.

»Wir können uns eigentlich auch duzen, oder?«, schlägt sie vor, um die Stimmung aufzulockern.

Er nickt zustimmend. Sie betrachtet ihn einen Moment schweigend.

»Was?«, sagt er.

»Kannst du mir erzählen ... wie es kommt, dass ein Typ wie du in Zone 3 gelandet ist?«

Zem wundert sich über die Frage.

»Denkst du nicht, dass ich einfach dort geboren bin?«

»Man sieht, dass du nicht von dort bist«, erklärt sie. »Deine Welt ist die Zone 2, du kannst sie bloß nicht ausstehen.«

Zem führt sein Glas zum Mund. Diese Frau ist eindeutig heller im Kopf als die Jungs, mit denen er es sonst zu tun hat.

»Eine lange Geschichte«, gibt er zurück.

Sie lächelt.

»Ich habe mir deine Akte angeschaut.«

Er blickt auf und wartet darauf, dass sie fortfährt.

»Warst du Grieche?«

Er bleibt stumm. Es scheint, als hätte sie etwas angesprochen, das zu einer fernen Realität gehört, und als versuchte er zu begreifen, durch welchen unglaublichen Zufall Salia mit dieser Wirklichkeit verbunden sein könnte.

»Kriege ich gar keine Antwort?«

Sie überlegt, ob ihre Frage fehl am Platz war, kann sich allerdings nicht vorstellen, inwiefern, daher sagt sie:

»Es muss heftig gewesen sein, nach allem, was man so hört.«

»Nach allem, was man so hört ...«, wiederholt er.

»Aber du hast dich für die richtige Seite entschieden. Unter der rauen Schale ist ein schlauer Kern.«

Er lacht nicht über ihren Scherz. Seine Gesichtszüge verhärten sich.

»Hör auf.«

Er redet nicht weiter, aber das Ungesagte ist bedeutungsschwerer als alle Worte. Sie wird sauer, kapiert nicht recht.

»Was?«

Er schaut ihr tief in die Augen und sagt:

»Griechenland. Hör auf, davon zu reden. Du verstehst sowieso nichts.«

»Wieso verstehe ich sowieso nichts?«, entgegnet sie aufgebracht. »Glaubst du, ich weiß nicht, dass Griechenland pleitegegangen ist? Dass GoldTex sich angeboten hat, das Land aufzukaufen? Es war die erste Übernahme. Glaubst du, das ist zu kompliziert für mich? Die Proteste haben Monate angehalten, es ist zum Bürgerkrieg gekommen, bevor die Übernahme vollzogen war und GoldTex wieder Ruhe und Ordnung hergestellt hat.«

»Ruhe und Ordnung hergestellt?« Er hebt den Kopf, macht eine düstere Miene. Sie ist überrascht, wie viel Hass er plötzlich ausstrahlt, und korrigiert sich:

»Also, ich meine, dann war wieder Frieden … Und so gehört ihr heute zum Konsortium. Viele andere Länder sind eurem Beispiel gefolgt.«

Er starrt auf den Tisch und murmelt zwischen den Zähnen:

»Ach ja … Du weißt also Bescheid.«

»Das wundert dich anscheinend.«

»Sie haben keineswegs Ruhe und Ordnung wiederher-
gestellt, sondern das Land zertreten, weißt du das auch?
So wie die Bullen mit ihren Stiefeln den am Boden liegenden Demonstranten ins Gesicht getreten haben, verstehst du? Ganz übel getreten. Die Leute haben geschrien
und geheult, aber sie haben immer weitergetreten. Der
Frieden ist nicht von allein wieder eingekehrt. Weißt du
das auch? Dass GoldTex Sonderkommandos geschickt
hat? Und der Aufstand monatelang gedauert hat? Weißt
du, dass sie die griechische Jugend total verstümmelt haben, dass diese Jugend komplett entstellt ist? Du weißt
es, weil du recherchiert hast, oder? Und wo wir schon
dabei sind und gerade ein bisschen miteinander vertraut
werden, wahrscheinlich weißt du auch, dass dein Ausbil-
der, Kommissar Dombro, sich auf den Straßen von Monastiraki, wo jede Menge Blut geflossen ist, seine Sporen
verdient hat. Du siehst, ich habe mich ebenfalls informiert. Dombro hat die Lagerhäuser von Piräus gekannt.
Er hat mitangesehen, wie junge Aktivistinnen nächtelang
vergewaltigt worden sind. Vielleicht hat er ja auch mit-
gemischt. Weißt du das auch?«

Ja, möchte er hinzufügen, sie hat recht, er ist von dort,
hat diese stürmische Zeit miterlebt und ist sich dabei ein
bisschen selbst abhandengekommen, aber was er dort
erlebt hat, davon wird sie nie die leiseste Vorstellung haben, er verbietet ihr sogar, vor ihm das Wort Griechenland in den Mund zu nehmen, weil sie keine Ahnung hat
und nie eine Ahnung haben wird, wie es ist, wenn man
einem Land die Kehle zuschnürt. All das möchte er sa-

gen, doch just in dem Moment nähert sich der Kellner, der mit triumphierender Stimme vermeldet:

»Seezungenfilets an Algenjus mit Wildreis!«

Ein paar Minuten herrscht Stille. Sparak steckt die Nase in sein Essen. Verdutzt betrachtet er das winzige Häuflein Reis, das sich am Tellerrand verirrt hat, und denkt sich, wenn er hier draußen ist, gönnt er sich in irgendeiner Kaschemme in der Rue des Vieilles-Rives ein ordentliches Sandwich.

»Ist doch gar nicht so schlecht, oder?«

Es hat nicht sehr überzeugt geklungen, im Grunde wollte sie nur die Unterhaltung wieder in Gang bringen. Das Beste ist nun sicherlich, sich auf die Gemeinsamkeiten zwischen ihnen beiden zu besinnen und das Thema Griechenland beiseitezulassen.

»Na ja. Wie geht's jetzt weiter mit unserem Fall?«

Er sieht sie erstaunt an. Mit einer gewissen Schalkhaftigkeit erkundigt sie sich:

»Was? Magst du es etwa nicht, wenn man deine Meinung hören will?«

»Wir haben uns geirrt«, antwortet er. »Die Sache hat offensichtlich nichts mit Eternytox-Imitaten und Hehlerei zu tun, die Frage lautet vielmehr: Wer hat davon gewusst, dass Pamuk echte Implantate hatte?«

Sie nickt.

»Genau. Vielleicht statten wir als Erstes der Implantationskommission einen Besuch ab. Damit sie uns sagt, wann er das Eternytox bekommen hat und warum. Das

wird den Fall nicht lösen, aber dann wissen wir immerhin ein bisschen mehr darüber, wer unser Mann überhaupt war.«

»Okay«, erwidert Zem knurrend. Er schiebt demonstrativ seinen Teller zur Seite, schenkt Salia ein schel-
misches Lächeln und schlägt vor:

»Na gut. Gehen wir essen?«

14

HAUPTKONTRAHENT

Mit den Protesten an den Checkpoints hat es angefangen. Dass die Bewohner der Zone 3 sich über die täglich ertragenen Demütigungen beklagten, Lockerungen der Ausreisebeschränkungen und mehr Passierscheine forderten, war nichts Neues, ungewöhnlich war vielmehr, dass allerlei Bewohner von Zone 2 sich unter die Demonstranten mischten. Sie verlangten mehr Gerechtigkeit. Sie stellten das gesamte GoldTex-System infrage. War es das Bestreben des Unternehmens, dass eine geringe Anzahl von Menschen wie im Paradies lebte, während die überwältigende Mehrheit der BiFs versklavt wurde? Mit einigen Redebeiträgen bei vereinzelten Diskussionsveranstaltungen hatte es begonnen. Bald wurden Universitäten besetzt, die Aktivisten hängten Transparente aus den Fenstern und organisierten auf den großen Einkaufsmeilen Happenings, bei denen sie plötzlich brüllten: »Die Zone 3, die ihr nicht seht, sie besteht!«, »Die Zone 3 will ihre Rechte!« oder »Euer Luxus ist unser Schweiß!«

Das Management war nicht sonderlich beunruhigt, die Protestierenden wurden als Spinner abgetan. Doch die Kritik wurde lauter. Die Aktivisten redeten davon, dass eine andere Struktur möglich sei, behaupteten, dass Reichtum nur dann einen Wert habe, wenn man ihn teilt, postulierten den Mut zur Utopie und meinten, eine gehobene Unternehmenskultur bewahre sich ihren Pioniergeist. Und dann bekam die Bewegung auf einmal ein Gesicht. Jon Mafram, hochrangiger Manager und Mitglied der Direktionskommission, dem eine große Zukunft vorausgesagt wurde, hielt vor staunenden Journalisten eine Pressekonferenz ab, bei der er aus Protest gegen die Zonenpolitik von GoldTex seinen Rücktritt bekannt gab. Nie hatte jemand gewagt, so zu sprechen. Niemand hatte je zuvor den Ausdruck Zonenpolitik verwendet, als handelte es sich dabei um keinen natürlichen Zustand, sondern um die Durchsetzung eines auferlegten Willens. Er verkündete seelenruhig, seine Entscheidung sei unumstößlich, da er sich in dem Projekt des Konsortiums nicht mehr wiederfinde. Er lud alle BiFs von Magnapolis ein, sich der Bewegung BreakWalls anzuschließen, deren einziges Ziel es sei, die Checkpoints zu beseitigen.

Die politische Führung stellte Mafram umgehend als verantwortungslosen Irren dar. Man bemühte sich, ihn zu verunglimpfen. El Fatong erklärte, er wolle seinen Kopf. Man veröffentlichte seine Gehaltsabrechnungen, Fotos seines prachtvollen Domizils in Zone 1, alles, was ihn als privilegierten Reichen zeigte, der im Luxus der

Oberschicht schwelgte und sich als Anwalt des Volkes ausgab. Dieser Hetzkampagne begegnete Mafram sechs Monate später mit der Ankündigung einer weiteren Pressekonferenz.

Sie fand diesmal an einem geheimen Ort statt. Maframs Züge wirkten angespannt, er war blass und abgemagert. Vor einer Kamera führte er mit langsamer Stimme aus, er sei für einige Zeit untergetaucht, werde jedoch eines Tages zurückkehren und allen beweisen, dass er ein Mann der Überzeugungen ist. »Ich habe auf mein Implantat verzichtet«, teilte er mit einem seltsamen Lächeln auf den Lippen mit. Er klang wie ein Forscher, der von einer langen Expedition zurückgekehrt war. Mafram hatte sich einer Operation unterzogen, bei der er sich das Implantat hatte entfernen lassen, das ihm als herausragende Führungskraft sechs Jahre zuvor zugeteilt worden war. Nüchtern und entschlossen sagte er, dies sei eine Art gewesen, sein Leben und seine Werte miteinander in Einklang zu bringen. Die Einwohner der drei Zonen nahmen die Sache mit Staunen auf. Mafram beeindruckte die Menschen. Er verurteilte sich selbst zur Endlichkeit, nachdem er den höchsten Lohn für seine Arbeit geerntet hatte. Er akzeptierte Krankheit, Erschöpfung, körperlichen Verschleiß. Er meinte, sein Beispiel solle den Leuten den Weg weisen. Man müsse mit einem System brechen, das den BiFs weismacht, der einzige Sinn der Existenz bestehe darin, auf der sozialen Leiter nach oben zu klettern. Er habe auf sein Implantat verzichtet, dafür jedoch das echte Leben wiedererlangt.

Man hatte das unbestimmte Gefühl, dass eine neue Ära anbrach. Jon Mafram würde fortan ein Stachel im Fleisch von GoldTex sein. Er beendete seine Rede mit der Information, er werde vom heutigen Tag an in den Untergrund gehen. Die Aktionsgruppe BreakWalls werde mit allen ihr zur Verfügung stehenden Mitteln die dunklen Machenschaften von GoldTex offenlegen, Sand in das repressive Getriebe streuen und den BiFs aller Zonen die Augen öffnen, was die Lügen der hohen Komitees betrifft. In dem Moment explodierten gleichzeitig in drei offiziellen Gebäuden Bomben. An einem einzigen Abend war Jon Mafram zur Stimme eines Kampfes geworden, der niemals enden würde.

15

DIE AUSEINANDERSETZUNG

Sparak ist lieber im Auto sitzen geblieben. Er hatte gesagt, dass ihm das Ganze bloß auf die Nerven gehen würde und er gemütlich unten warten wird, er hat die Scheibe heruntergelassen und mit einem wohligen Seufzer in sein Hähnchensandwich mit Hummus gebissen.

Sie steht am Empfang des Implantationsdiensts vor einer alterslosen Angestellten, die behäbig ihren Dienst verrichtet, und wiederholt zum dritten Mal den Namen:

»Pamuk. P. A. M. U ...«

Und zum dritten Mal erwidert die Frau mit dem fahlen Teint in schleppendem Tonfall:

»Hab ich nicht.«

»Hören Sie«, fährt Salia fort. »Ich habe hier den Bericht des Gerichtsmediziners, der mir bescheinigt, dass dem Mann ein Implantat eingesetzt wurde.«

Die Mitarbeiterin hebt wohlüberlegt, also übertrieben langsam den Blick, wahrscheinlich um Salias Gereiztheit, die sie aus der Stimme herausgehört hat, den Wind aus den Segeln zu nehmen, und antwortet:

»Und ich, Lieutenant, sage Ihnen, dass ich die offizielle Liste aller Bürger, die von der Implantationskommission ausgewählt worden sind, vor mir habe, und kein Pamuk dabei ist.«

»Wie kann das sein?«

Die Frau, die die ersten Falten bekommt und eine Spange im Haar trägt, eröffnet ihr gelassen, was sie bestimmt schon tausendmal erzählt hat:

»Nicht jeder kann ein Implantat erhalten. Das wird streng kontrolliert. Es gibt ein transparentes Verfahren, das gesetzlich festgelegt ist. Wir dokumentieren jeden Schritt. Die Kommission erhält aus dem Expertenkreis eine Liste von Vorschlägen. Nachdem sie sich zu einer geheimen Abstimmung zurückgezogen hat, teilt sie ihre Entscheidung dem Generalkommissariat mit, das wiederum seine Dienststellen benachrichtigt. Anschließend werden die Bewerber informiert. Sie werden registriert und müssen unterschreiben. Es ist ausgeschlossen, dass jemand, dessen Name nirgends auftaucht, ein Implantat bekommt ... Also kann es sich nur um ein illegales Implantat handeln, allerdings liegt dieser Fall nicht in unserem Zuständigkeitsbereich.«

»Aber wenn ich Ihnen doch sage: Die Gerichtsmedizin bestätigt, dass das verwendete Material echt war.«

»Ich weiß nicht, wie ich es Ihnen erklären soll. Wenn Sie mögen, können Sie ein Informationsanfrageformular ausfüllen, und das Büro für Transparenz wird Ihnen Auskunft erteilen.«

Entnervt nimmt Salia die Kopie des Berichts, die sie

auf den Tisch gelegt hat und auf die die Angestellte nicht einmal einen Blick geworfen hat, wieder an sich, seufzt und wendet sich ab.

»Nichts?«

»Nichts«, sagt sie zu Zem, der gerade sein Sandwich aufgegessen hat und ein zufriedenes Gesicht macht.

»Wie kann das denn sein?«

»Keine Ahnung.«

Auf dem Rückweg zur Polizeiwache Pinto überqueren sie wieder die Saule. Salia erörtert die Lage. Die Puzzleteile wollen nicht zusammenpassen. Ihre Ermittlungen sind von Beginn an im Sande verlaufen. Sie fragt sich, ob alles ihre Schuld ist und was der alte Dombro ihr raten würde. Ihr ist bewusst, dass bislang jeder neue Hinweis die Angelegenheit nur noch weiter verdunkelt hat, und das regt sie auf.

Als sie im fünften Stock der Polizeistation aus dem Fahrstuhl steigen, meldet ein Kollege Malberg, sie müsse unbedingt einen Typen von der Sicherheitskommission zurückrufen, das Ganze habe sich wichtig angehört, sämtliche Informationen würden bei ihr auf dem Schreibtisch liegen. Sie gibt Sparak einen Wink, ihr zu folgen, sie ist gespannt, und nachdem sie beide in ihrem Büro Platz genommen haben, greift sie zum Telefon.

Die Stimme am anderen Ende der Leitung klingt sanft und freundlich. Der Anrufer stellt sich vor. Zacharias

Solobek. Malberg verzieht beim Zuhören zunächst äußerst skeptisch das Gesicht, schaltet dann jedoch, als sie das Gefühl hat, dass der Mann bedeutende Dinge zu sagen hat, den Lautsprecher an.

»Es geht um die Ermittlungen im Todesfall Malek Pamuk. Die Datenbank hat eine Verbindung zwischen Ihren und unseren Daten hergestellt. Ich denke, das sollte Sie interessieren … Herr Pamuk hatte wegen einer Gesetzesverletzung eine Verwarnung erhalten. Normalerweise wäre das vielleicht nicht erwähnenswert, aber angesichts der Umstände stelle ich mir vor, dass Sie alle Fakten kennen wollen. Man weiß ja nie. Zumal die andere Person, die in die Sache verwickelt ist, wie soll ich sagen, die Chose zu einer etwas heiklen Angelegenheit macht …«

»Welche Person?«, erkundigt sich Salia, die mit einem Mal hellhörig geworden ist.

»Herr Kanaka, der gewählte Vorsitzende des Gesundheitsausschusses. Pamuk hat Herrn Kanaka bei einem Kongress vor zwei Monaten ziemlich heftig angepöbelt. Er hat für einen Eklat gesorgt. Der Fall wurde aufgenommen, aber strafrechtlich nicht verfolgt, Pamuk hat eine behördliche Anordnung bekommen, sich Herrn Kanaka nicht mehr zu nähern. Sie werden sehen: Steht alles in der Akte, die ich Ihnen weiterleite.«

»Sie wollen mir also erzählen, dass das Opfer eine Auseinandersetzung mit Herrn Kanaka hatte?«

»Ja. So ungefähr.«

»Weiß man denn, worum es bei dem Streit ging?«,

mischt sich nun Sparak ein, der bislang stumm in einer Ecke ausgeharrt hat.

»Nein«, antwortet Solobek, der die Frage offensichtlich gehört hat. »Das ist in der Akte leider nicht vermerkt. Da müssen Sie wohl Herrn Kanaka selbst fragen ...«

»Danke schön«, sagt Salia zum Schluss. »Das hilft uns sicher weiter.«

Als sie auflegt, leuchten ihre Augen.

Wenige Augenblicke später empfängt sie die versprochene Akte als Datei. Sie überfliegt sie schweigend und mit ernstem Gesicht auf dem Bildschirm, bemüht, den komplexen Sachverhalt zu erfassen.

»Nun?«, fragt Sparak, um ihr vielleicht eine kurze Zusammenfassung zu entlocken.

Er bemerkt ihren besorgten Gesichtsausdruck. Als wollte sie sich in diesem Augenblick am liebsten in Luft auflösen und die Suche im Morast anderen überlassen.

»Der Fall wird kompliziert«, sagt sie widerstrebend. Und wiederholt den Namen, der soeben in ihrer Akte aufgetaucht ist: Kanaka. Sie werden ihn aufsuchen und befragen müssen, das ist beiden klar. Unter Umständen ist er der Einzige, der weiß, wer dieser Pamuk war, warum er nicht auf der Liste des Implantationsdiensts steht und was ihn dazu veranlasst hat, eine Auseinandersetzung zu provozieren. Ihnen ist außerdem vollkommen bewusst, dass der Name ein Fluch ist. Kanaka bewegt sich in Sphären, die für sie zu hoch sind. Und in dieser Höhe werden Ermittlungen im Keim erstickt.

16

KANAKA

Am Checkpoint Harmony, dem Übergang zu Zone 1,
überkommt sie beide doch so etwas wie Beklemmung.
Auch wenn sie es sich nicht eingestehen, beschleicht sie
das dunkle Gefühl, verbotenes Terrain zu betreten. Wie
haben sie es bloß geschafft, uns glauben zu machen, dass
diese Welt ihnen gehört?, fragt sich Sparak und presst die
Kiefer zusammen. Der Checkpoint ist nicht mit dem zu
vergleichen, der die Zonen 2 und 3 voneinander trennt.
Es geht gemächlicher und besonnener zu. Keine langen
Autoschlangen, kein Lastwagenchaos, keine Lieferan-
ten, die genau erklären müssen, was sie geladen haben.
Nur wenige Leute haben einen Grund, in die Zone 1 zu
fahren, und so ist es am Checkpoint absolut ruhig. Während sie sich ihm nähern und Salia ihre Akkreditierung
vorzeigt, zählt Sparak unwillkürlich die Kameras. Eine
wahre Festung. Sein Gesicht ist bestimmt schon fünfmal
gescannt worden. Ein paar Hunde schnüffeln am Wagen
herum. Ein Flachroboter hat sich unter das Auto geschoben und überprüft das Fahrgestell. Ein schneller und
komplett reibungsloser Vorgang, aber sie werden durch-

sucht und analysiert, ihre Einreise wird datiert und archiviert. Schließlich hebt sich die Schranke, sie dürfen passieren und fahren die Harmony Avenue entlang. Die Gegend ist von überwältigender Schönheit. So schön grün, so friedlich. In Zone 2 herrscht nicht einmal in den Wohnvierteln ein derart abgeklärter und souveräner Luxus. In der Ferne erkennt Sparak den Mount Alliance, wo sich dem Vernehmen nach das Leben der Zone 1 ballt, und den großzügig angelegten und von prächtigen Villen gesäumten Park Rami. An den Hängen dieses Hügels haben sich renommierte Läden angesiedelt, und von den edlen Restaurants aus genießt man einen atemberaubenden Blick auf das Wasser der Saule, die hier nicht so ölig und schmutzig wie in Zone 3 ist. Alles ist offenbar am richtigen Platz. Und im Überfluss vorhanden. Sie biegen Richtung Esplanade of Managing Directors ab, das mächtige Viertel, in dem mehrere Kommissionen ihren Sitz haben. Es ist ihnen verboten, vom ihnen vorgeschriebenen Weg zum Gesundheitsausschuss abzuweichen, und sie haben einem sogenannten Pilotfahrzeug zu folgen. Es handelt sich dabei um ein autonomes Fahrzeug, das sie führt und aufpasst, dass sie nicht den ihnen erlaubten Kurs ändern. Und da sie über diese Straßen gleiten, spüren sie beide, dass irgendjemand für all den Wohlstand dienen muss und es eine Autorität gibt, die über der Polizei steht und in deren Augen ihre Abzeichen und Dienstgrade überhaupt nichts gelten: die Autorität der bestehenden Ordnung.

Der Gesundheitsausschuss befindet sich in einem riesigen, kühn gestalteten Gebäude, ganz aus Glas und mit sanften Kurven. Die Eingangshalle mit einem hängenden Garten, der scheinbar schwerelos fünf Meter über dem Boden schwebt, ist gewaltig. Als sie am Empfangstresen melden, dass sie einen Termin bei Herrn Kanaka haben, schickt man sie ins oberste Stockwerk. Sie schleichen so lautlos wie möglich zum Fahrstuhl. In der Etage angekommen, zeigt sich, dass auf den sechs höchsten Ebenen Pflanzengärten angelegt sind. Sie werden von einer Mitarbeiterin erwartet, sie weist ihnen den Weg zu einem Flur, der in einen Raum mit großen Glasfenstern mündet, in dem glänzende Ledersofas thronen. Sie nehmen beide in großem Abstand voneinander Platz und sitzen da in einer Stille, in der selbst das leiseste Quietschen des Leders unangenehm auffällt.

Soll ich mich schämen, weil ich in diesem geschlitzten rosafarbenen Tanga und mit körbchenlosem BH vor dir knie? Soll ich mich schämen, weil ich mich über dich beuge und spüre, wie du unter meinen Händen am ganzen Körper zitterst, wie du ungeduldig wirst, kommen willst, weil ich dich zärtlich streichle, tue, was du verlangst, dir einen blase, wenn du magst, dich kratze, wenn dir das lieber ist, das Tempo so drossle und beschleunige, dass es dich noch geiler macht? Soll ich mich schämen, weil ich dir lächerliche Namen gebe, wie sie junge Frauen älteren Herren nun mal geben, weil ich mich beleidigen lasse, damit dein Blut in Wallung kommt, alles über mich ergehen lasse, weil es im Grunde ja egal ist, Schlampe, meine kleine Hure, »willst du mehr?«, weil ich alles ohne mit der Wimper zu zucken und mit einem Lächeln schlucke, es kümmert mich ja nicht, und es schadet mir nicht. Ich mache alles, ohne lange zu fackeln. Deswegen bin ich doch da. Aber hinterher verlange ich was dafür. Und auch dafür schäme ich mich nicht. Ich rede nicht um den heißen Brei herum, gehe nicht auf Nummer sicher, ich sage, was ich will, mit fester Stimme, so fest, dass man nicht weiß, ob ich einen Wunsch vorbringe oder eine als Frage verkleidete Forderung stelle. Ich möchte in Zone 2. Ich möchte ein neues Leben. Genau das. Ich möchte, dass du alles für mich tust, was du kannst, und ich glaube, du kannst eine ganze Menge tun. Das habe ich sofort erkannt, als ich dich zum ersten Mal gesehen habe. An deinem Gang, an der Art, wie du geredet hast, wie du deinem Chauffeur immer kurze Anweisungen gegeben hast. Ich halte mich nicht zurück mit meinen Forderungen, denn ich weiß, ich bin ein Kind der Zone 3, und es gibt Dinge, die ich nicht verlangen kann, weil ich schlicht keine Ahnung habe, dass sie existieren. Ich bin noch immer Ira Cuprack. Das ist mein Handicap, ich hänge an der Leine von Zone 3. Also überlege ich, wie ich sie kappen könnte, und da kommt mir die Idee, etwas völlig Unmögliches zu verlangen. Du lächelst? Du glaubst, ich denke an Geld, nicht wahr? Oder an Champagner, Schmuck, teure Kleider, aber du kennst mich nicht, kapierst nicht, dass ich mir geschworen habe, alles hinter mir zu lassen, und da sage ich dir, dass ich ein Implantat will. Auf einmal bist du still. Lachst nicht mehr. Musterst mich genau, als sähst du mich zum ersten Mal. Ich lese Angst in deinen Augen. Sie ist ganz schnell wieder weg, aber sie ist mir nicht entgangen. Die Angst vor meinem unergründlichen Selbstbewusstsein. Du stehst auf. Du hast mir nicht geantwortet und hast auch nicht vor, es zu tun. Du legst Scheine auf den Schreibtisch. Viel mehr als erwartet, und das ist nun doch eine Antwort, eine Art, mir zu verklickern, dass du mir einen Haufen Geld geben wirst, aber nichts anderes. Ich könnte mich eigentlich freuen. Vor ein paar Monaten hätte ich das auch getan. Ich hätte es nicht für möglich gehalten, dass man in einer einzigen Nacht eine so horrende Summe verdienen kann. Aber heute freue ich mich nicht. Denn ich weiß, dass das Geld auf dem Schreibtisch Nein bedeutet. Und das macht mich fertig. Aber ich werde nicht lockerlassen. Ich werde nicht wieder Ira Cuprack werden. Du bist der Einzige, der die Kraft und die Macht hat, mich in Zone 2 zu führen, und du wirst mir das Leben schenken, das ich mir wünsche. Das schwöre ich dir. Ich habe Geduld, ich werde nicht zulassen, dass du mich vergisst, ich werde bald wiederkommen, um meine Forderung zu wiederholen.

Inzwischen warten sie seit fünfundzwanzig Minuten. Es hat geheißen, Herr Kanaka würde Ihnen zur Verfügung stehen, sobald seine Besprechung zu Ende ist. Je länger sie da sitzen, desto wütender wird Sparak. Auf die Stille, die Schönheit des Orts. Auf die Hostessen, die sich gedämpften Schrittes bewegen, auf die exotischen Pflanzen auf den Außenterrassen. Auf das Glas Wasser, das man ihm gebracht hat, an dessen Rand eine Limettenscheibe steckt. All das macht Lust, wieder Hund zu sein, den Sofatisch umzuwerfen, zu bellen, zu knurren, die Harmonie zu zerstören und zuzubeißen, wie nur Hunde zubeißen können, zubeißen und die Beute einfach nicht mehr loslassen.

Endlich öffnet Attilo Kanaka die Tür seines Büros. Er schaut sie ausdruckslos an und sagt:

»Ich habe zehn Minuten Zeit. Keine Minute länger.«

Dann bittet er sie per Handzeichen herein, und sie folgen seiner Aufforderung mit einer Unterwürfigkeit, die ihnen selbst zuwider ist. Nachdem sie sich hingesetzt haben, ergreift Kanaka wieder das Wort:

»Was kann ich für Sie tun?«

»Herr Kanaka«, fängt Salia an. »Ich möchte mich zunächst einmal bedanken, dass Sie uns hier empfangen.«

Sie tastet sich heran, will ihrem Gegenüber vermitteln, wie sehr sie sich darüber im Klaren ist, dass ihrer beider Erscheinen einer Erklärung bedarf. »Wir kommen wegen …«

»Machen Sie es kurz«, unterbricht sie Kanaka. »Ich habe Ihnen bereits gesagt, ich habe wenig Zeit.«

Sie lächelt. »Natürlich«, entgegnet sie leise.

Sparak fragt sich, was Salia eigentlich vorhat. Sich der Macht zu beugen oder ihr zu trotzen.

»Kennen Sie Malek Pamuk?«

»Nein.«

Sie können ihre Verwunderung nur mit Mühe verbergen, vor allem Salia. Ihr Ton wirkt etwas unschlüssig.

»Sind Sie sich sicher? Wenn Sie vielleicht einmal einen Blick auf dieses Foto werfen möchten …«

Sie reicht ihm das Bild, aber er guckt es kaum an.

»Nein«, wiederholt er.

Er gibt sich offensichtlich keinerlei Mühe.

»Sind Sie sich wirklich sicher?«

»Absolut. Sind wir jetzt fertig?«

Sparak räuspert sich, um die Aufmerksamkeit auf sich zu lenken.

»Herr Kanaka, haben Sie schon einmal einen Fisch aufgeschnitten?«

»Bitte?«

»Und ihn ausgenommen, ihm die Eingeweide herausgerissen, wissen Sie, was ich meine?«

»Nein«, gibt Kanaka harsch zurück. Und er setzt spitzzüngig hinzu: »Wie Sie sich unter Umständen vorstellen können, sind die Fische, die ich esse, bereits angerichtet …«

Er lächelt, zufrieden über seinen Scherz, doch Sparak fährt unbeirrt fort:

»Ja, natürlich. Verstehe. Aber wissen Sie, das ist gar nicht so einfach … Die Gedärme sind fest. Man muss richtig ziehen und die Hände reinstecken, damit man alles rauskriegt …«

»Wollen Sie hier einen Kochkurs für mich geben?«, fällt Kanaka ihm ins Wort.

Sparak sieht ihn scharf an.

»Nein. Aber genau das hat man mit Pamuk gemacht. Und ihm dann das Eternytox geklaut, das man ihm großzügigerweise eingesetzt hatte. Können Sie sich ausmalen, was das heißt?«

Kanaka wird bleich. Er presst die Kiefer zusammen. Sparak ist klar, dass er ihn mit seiner Ungeschlachtheit beleidigt hat und das der Grund für diese Blässe ist, nicht etwa die Schilderung der Tat. Die Indisponiertheit dauert jedoch nur einen kurzen Augenblick. Kanaka fasst sich:

»Es tut mir sehr leid für den Mann. Aber wie gesagt, ich kenne ihn nicht. Sollte Ihr Kommen damit zusammenhängen, dass ich die Implantationsvergabekommission leite, wäre ich Ihnen dankbar, wenn Sie sich an das Sekretariat wenden könnten, das Ihnen eine Liste der vorgenommenen Operationen aushändigen wird, wie sie auch im Journal des Implantationsdiensts veröffentlicht ist.«

Und er setzt selbstsicher hinzu:

»Wenn Sie mich jetzt bitte entschuldigen, ich habe zu tun.«

Er rührt sich nicht von der Stelle, schaut sie stattdessen eindringlich an, um sie zum Gehen aufzufordern.

»Herr Kanaka.« Salia versucht, die Konsequenzen der Äußerung abzuwägen, die ihr gleich über die Lippen kommen wird. »Ich fürchte, unsere Unterredung dauert ein bisschen länger, als Sie geplant haben.«

Verwirrt von so viel Unverschämtheit, sieht er sie an,

bemüht sich aber offensichtlich, seine Wut im Zaum zu halten, denn er bleibt stumm. Salia fährt fort:

»Wir haben von der Aufnahme eines Strafverfahrens gehört. Anscheinend hat Malek Pamuk Sie im Anschluss an einen Kongress übel belästigt. Die Polizei hat eingegriffen. Erinnern Sie sich daran?«

»Glauben Sie, dass ich sämtliche Leute, denen ein Implantat eingesetzt wird, persönlich kenne?«

»Ich denke, zumindest die Namen sollten Ihnen etwas sagen. So viele sind es ja nicht, soweit ich das verstanden habe, und als Vorsitzender des Ausschusses geht jedes Implantat, das bewilligt wird, über Ihren Schreibtisch …«

»Und ich sage Ihnen zum wiederholten Male, dass mir dieser Herr nicht bekannt ist.«

Salia verzieht leicht verärgert das Gesicht.

»Das glaube ich Ihnen, Herr Kanaka …« Dass eine gewöhnliche Polizistin darauf kommt, dass ihre Meinung für ihn irgendwie von Belang ist, treibt ihm die Zornesröte ins Gesicht. »Aber vielleicht wollen Sie mich noch in einem Punkt aufklären, der mir etwas rätselhaft ist …«

Kanaka sagt nichts, sondern wartet ab, bis sie zu Ende geredet hat.

»Der Gerichtsmediziner hat uns bescheinigt, dass das Implantat echt war. Wir sind zur Registratur gegangen, und seltsamerweise taucht der Name Pamuk nirgendwo auf. Können Sie uns diese Unregelmäßigkeit erklären?«

Kanakas Blick wird auf einmal lebhafter. Er beugt sich nach vorne und schaut Salia tief in die Augen.

»Ich habe Ihnen gesagt: Ich kenne den Mann nicht. Und der Implantationsdienst kennt ihn offensichtlich auch nicht. Es scheint mir daher naheliegend, dass Ihrem dummen Gerichtsmediziner ein Fehler unterlaufen ist und dem Herrn ein Imitat eingepflanzt wurde. Die Fälscher werden immer besser, und die Teile, die sie produzieren, sehen tatsächlich echt aus. Was die andere Sache betrifft: Ich kann mich absolut nicht daran erinnern, dass der Kerl mich belästigt hat, ich denke, Sie können sich vorstellen, dass ich in meiner verantwortungsvollen Position auf Kongressen, Meetings, Versammlungen sehr viele Menschen treffe. Aber ich bin nicht zuständig für den Gemütszustand der Leute dort. Wenn dieser Herr Pamuk recht erregt war, müssen Sie die Gründe dafür in seinem Leben suchen. Und jetzt werde ich Sie bitten zu verschwinden. Die zehn Minuten sind längst vorbei, und Sie haben letztlich nur dafür gesorgt, dass ich spät dran bin.«

Eigenartig, wie Kanakas Stimme und seine Wortwahl auf dem langen Weg zurück nachhallen. Das ganze Dekor strahlt Arroganz aus, als sie mit dem Aufzug wieder nach unten fahren und durch die monumentale Eingangshalle laufen. Sie folgen dem Pilotfahrzeug zum Checkpoint, umgeben von der verlogenen Stille der Zone 1. Das Bild des genervten Kanaka vor Augen, der die Lippen zusammenpresst, weil er es nicht gewohnt ist, dass man ihm die Stirn bietet und unangenehme Fragen stellt. Sie wechseln kein Wort miteinander, aber sie haben beide das gleiche Gefühl, das Gefühl, dass sie ihren Job getan haben, Pech, wenn nun dunkle Wolken aufziehen, wenn dieses Gespräch Konsequenzen haben wird, weil man einen Ausschussvorsitzenden nicht ungestraft stört. Sie sind beide stolz.

In Zone 2 erwartet sie ein Kontrastprogramm. Eine dichte Menschenmenge. Auf den Straßen herrscht die Stimmung eines freien Sommerabends. Dicke rotglühende Streifen ziehen über den Himmel. Die Aufregung der Passanten steigt. Alle sind in Eile. Der LOve Day steht bevor.

17

LOVE DAY

Der Spada Boulevard ist verstopft. Überall dröhnt Gelächter. Man lächelt, man berührt sich wie zufällig. Die Leute sehnen sich danach, sich in namenlosen Genüssen zu verlieren. Sie belauern sich mit hungriger Gier. Die Straße bebt vor Lüsternheit. Schenkel werden bereits erwartungsfroh ein bisschen gespreizt, um das Verlangen weiter zu schüren. Bald wird es Abend, und alle sind anscheinend schon kurz vor dem Platzen. Verblüfft betrachtet Sparak die brechend vollen Gehwege, die betrunkenen Feierwütigen, die oben ohne gehenden Frauen, das fast an jeder Ecke versammelte jubelnde Volk. Er fragt sich, wo er gelandet ist. Böller. Raketen. Die Stimmung ist heiß.

»Gehen wir zur Auswertung zu mir?«

Sparak ist von dem Vorschlag überrascht, stimmt aber zu. In dem Moment prallt jemand gegen das Auto. Er zuckt zusammen. Auf der Fahrerseite drückt eine Frau ihren Busen an die Scheibe. Sie lacht, ihre Brüste gleiten Richtung hinteres Wagenfenster. In ihrem Lächeln liegt etwas Ekstatisches. Eine Botschaft an die Nacht.

Das Gebäude sieht flott aus, typisch für Petit-Chagrin. Drei Stockwerke, eine hübsch bemalte Fassade, große Fenster und breite Balkone, die das Ganze einladend wirken lassen. Mehrere Restaurants in der Straße haben Tische draußen aufgestellt, heute ist die ganze Nacht geöffnet. Salia wohnt in der obersten Etage. Auf ihrem Flur hat jede Tür eine andere Farbe. Ihre ist blau. Sie dreht den Schlüssel herum, drückt die Tür auf und tritt vor ihm ein.

In dem Moment, als er auf dem Sofa Platz nimmt, klingelt ihr Telefon. Sie geht ran und sagt nach wenigen Sekunden »Ja, Chef«, wobei sie eine Grimasse schneidet, um Sparak anzuzeigen, dass das wohl eine schwierige Konversation wird. Sie verschwindet im Nebenzimmer, aber er bekommt trotzdem mit, wie sie gelegentlich ein Ja, ein Natürlich oder ein etwas jämmerliches Ich-verstehe-vollkommen einwirft, was auf eine ordentliche Standpauke ihres Chefs schließen lässt. Er ahnt, was sie über sich ergehen lassen muss. Captain Monk erkundigt sich bestimmt, wie es sein kann, dass sie sich herausnimmt, den gewählten Vorsitzenden des Gesundheitsausschusses zu behelligen. Er grollt, warnt, beschimpft sie vielleicht, erinnert sie an den Kern ihrer Arbeit und droht ihr, sie kaltzustellen. Kurzum, er greift zu den Mitteln, zu denen ein Vorgesetzter eben greift, wenn er sich aufregt. Als sie nach einigen Minuten zurückkehrt, wirkt sie erschöpft.

»Und?«

»Der Chef hat mich zur Schnecke gemacht.«

»Wieso?«

»Weil wir mit unseren dreckigen Latschen den hübschen Teppichboden von Herrn Kanaka betreten haben.«

»Und was passiert jetzt?«

»Mein Name ist Hase. Machen wir eine Liste der offenen Fragen? Fragen haben wir ja immerhin reichlich.«

Sie lächelt müde. Er nickt und legt los. »Warum taucht Pamuks Implantation nirgendwo auf? Hängt das Tatmotiv damit zusammen, oder hat man ihn aus einem ganz anderen Grund getötet?« Sie grübeln. Sie fragt, und er versucht zu antworten. Sie grübeln, finden aber keine Lösungen. Jede Antwort wirft nur eine Reihe neuer Fragen auf. Was war das Thema des Streits zwischen Pamuk und Kanaka? Warum bestreitet Kanaka, Pamuk zu kennen? Kann es sein, dass er sich tatsächlich nicht erinnert? Sie grübeln, betrachten die Dinge von allen Seiten und stoßen auf immer neue Schwierigkeiten. Warum hat man die verdammte Leiche weithin sichtbar mitten in der Zone 3 abgeladen? Nach einer halben Stunde fährt sie sich mit der Hand über die Stirn, streicht ihre Haare zurück und seufzt.

»Okay. Hören wir auf?«

»Hast du heute Abend schon was vor?«, erkundigt sie sich, als sie aufsteht.

Er guckt sie verständnislos an. Sie sieht seine Verwirrung und bricht in schallendes Gelächter aus.

»Du weißt doch? Heute ist LOve Day …«

»Äh … Na und?«

Er hat keine Ahnung, was er sagen soll. Sie lacht weiter. Vielleicht gerührt von seiner seltsamen Sittsamkeit. Er schlägt betreten die Augen nieder und murmelt irgendetwas Unverständliches. Wieso ist ihm das Ganze so peinlich? Sie schaut ihn mit aufrichtiger Verwunderung an, was sein Unbehagen noch verstärkt. Warum entgegnet er nicht schlicht Ja, in einem natürlichen Ton, so wie sie ihn gefragt hat? Weil er aus einer anderen Zeit stammt. Seine Verlegenheit ruft es ihr wieder in Erinnerung. Zwischen ihnen beiden tut sich eine Kluft auf. Für sie stellt der LOve Day keinerlei Problem dar. Sie ist damit groß geworden. Den LOve Day hat es immer gegeben. Sie wird es wie jedes Jahr handhaben: Sie wird mit Männern und Frauen schlafen, die ihr zufällig im Laufe des Abends begegnen, mit Arbeitskollegen, mit dem Kellner des Restaurants, in dem sie zweimal pro Woche essen geht, mit dem Erstbesten, der sie mit Begierde anschaut. Alle Leute ihrer Generation machen es so. Weil GoldTex meint, das sei toll, das sei sogar nötig, damit die BiFs Glück empfinden, und nach langen PhadaKs sei es normal, sich etwas Schönes zu gönnen. Sie wird Sex haben. Was sie nicht davon abhalten wird, am nächsten Tag wieder mit den Kollegen zu arbeiten und in dem Restaurant um die Ecke zu essen, sie verliert kein Wort über die Ereignisse am Abend zuvor und wird nicht rot, wenn der Kellner sich nähert, um ihre Bestellung aufzunehmen. Sie ist einfach so. Er ist kurz davor anzukündigen, dass es schon spät ist und er nun nach Hause fährt, doch sie wirft einen Blick auf ihre Uhr und sagt:

»Du willst doch nicht jetzt in die Zone 3 rüber? Das ist ja lächerlich. Ich mache uns was zu essen.« Und noch bevor er irgendeinen Einwand erheben kann, steht sie schon hinter dem amerikanischen Tresen, der Küche und Wohnzimmer teilt:

»Magst du was trinken?«

Sie holt eine Flasche Rotwein und zwei Gläser aus dem Schrank und stellt alles auf ein Tablett.

»Woher kommt der Name eigentlich, Sparak?«

»Wie meinst du?«, fragt er und greift nach dem Glas, das sie ihm reicht.

»Das klingt ja nicht gerade sehr griechisch. Zem übrigens auch nicht. Dahinter steckt doch bestimmt irgendeine Geschichte …«

Sie lächelt, um Missverständnissen vorzubeugen. Sie erinnert sich, wie heftig er reagiert hat, als sie ihm im Restaurant eine Frage zu Griechenland gestellt hat, er soll verstehen, dass sie sich nur um eine Unterhaltung bemüht. Er zögert mit seiner Antwort. Sie will ihn nicht verletzen, da ist er sich sicher, er wird wohl oder übel etwas erzählen müssen, weil man das halt so macht, wenn es ein angenehmer Abend werden soll. Er nimmt zuerst einen Schluck.

»Das ist nicht mein richtiger Name.«

Sie wirkt überrascht. Er erklärt, derlei würde öfter vorkommen: Die Leute ändern ihre Namen, wenn sie bei GoldTex anfangen. Weil die Angestellten, die in der Registrierung arbeiten, die Namen nicht richtig verstehen, weil ihnen bei der Transkription Fehler unterlaufen oder weil die Neuen ihre alte Identität auslöschen wollen.

»Ich habe die Geschichte jetzt ein bisschen gekürzt.«

»Ich will aber die Langversion!«, sagt sie lachend.

»Ich heiße in Wirklichkeit Sparakos. Beim Vorstellungsgespräch habe ich mir gedacht, dass jetzt eine neue Zeit beginnt und ich deswegen meinen Namen unmöglich behalten kann.«

Er verschweigt den wahren Grund. Dass er um jeden Preis verhindern musste, dass GoldTex an den herankam, der er wirklich war. Dass er wollte, dass sein Name unantastbar bleibt. Er ist ein anderer geworden, damit GoldTex den Namen Sparakos nicht beschmutzen kann.

»Und Zem?«, fragt sie, froh, dass er anscheinend in Plauderstimmung ist, und neugierig, mehr zu erfahren.

»Das wirst du mir wahrscheinlich nicht glauben …«

»Na los, erzähl!«

Er lächelt und versucht, sich die Szene genau vor Augen zu führen. »Das Büro, in dem das Gespräch stattgefunden hat, befand sich im Erdgeschoss einer breiten Avenue. Es hatte riesengroße Fenster, vor denen ein Lastwagen parkte, während der GoldTex-Mitarbeiter sich über meine Unterlagen beugte. Als der Angestellte mich nach meinem Vornamen fragte, schaute ich auf, und mein Blick fiel auf die rote Aufschrift des LKW: Gazprozem. Allerdings waren die ersten sechs Buchstaben von meinem Platz aus nicht zu sehen, und so las ich nur: ... Zem. Ich fand, das wäre doch ein guter Name.«

Sie lacht. Und schenkt ihnen noch einmal ein.

»Und was ist dein echter Vorname?«

Er zögert, verzieht das Gesicht und verkündet dann mit einem Lächeln:

»Den habe ich vergessen ...«

Nachher stellt sie ihnen zwei Teller hin, und nun ist sie an der Reihe und erzählt von sich. »Ich weiß nichts von mir.« Er guckt sie staunend an. Ihr wird klar, dass der Satz rätselhaft klingt, und sie fügt hinzu: »Es ist, als hätte vor mir nichts existiert.« Ihr Tonfall hat sich geändert. Sie spricht von ihrer Mutter, die an einem zu spät diagnostizierten Krebs gestorben ist, als sie gerade sieben Jahre alt war. Sie berichtet von der Zeit danach, in der sie mit ihrem Vater allein gelebt hat. »Und irgendwann wollte er nicht mehr. Ich kann mich nicht an alles erinnern, aber ich sehe ihn vor mir, wie er seine Tage zu Hause verbringt. Er hat immer öfter Krankenurlaub beantragt. Schon bald kamen Kontrollen. Man erklärte ihm, dass es so nicht weitergeht, dass man seinen Betrug bestrafen würde. Doch das hat nichts bewirkt. Er ist nicht mehr zur Arbeit gegangen. Der Employment Service hat ihn mehrmals vorgeladen. Keine Ahnung, was er den Leuten dort erzählt hat. Nicht sicher, ob er versucht hat, sie davon zu überzeugen, dass er sich wieder berappeln wird. Man hat ihm wohl gesagt, dass er sich umtun muss, wenigstens seiner Tochter zuliebe. Wahrscheinlich war von einer Sanktion die Rede, von Degradierung oder sogar Entlassung. Ich weiß nicht, ob er noch in der Lage war abzuschätzen, was passieren würde. Das Ganze hat sich über Jahre hingezogen. Bis zu dem Tag, an dem der Bescheid einging: Versetzung in Zone 3. Das war an meinem zehnten Geburtstag.«

Sie hält inne. Sparak merkt, dass er besser nichts sagt, womöglich vertraut sie diese Dinge zum ersten Mal jemandem an und braucht etwas Zeit. Er hatte geahnt, dass sie innerlich irgendwie gebrochen ist, aber mit so einer Geschichte hat er nicht gerechnet.

»In der Schule hatte ich weit überdurchschnittliche Noten«, fährt sie fort. »Auf meinen Zeugnissen stand immer: eine ausgezeichnete Schülerin. Nachdem mein Vater so ein Wrack war, dachte sich GoldTex anscheinend, dass es schade um mich wäre. Man hat mir angeboten, mich in ein Schnupperprogramm aufzunehmen. Die Teilnehmer dieses Programms wohnen in Zone 2, nur eben im Heim. GoldTex wollte sich um meine Ausbildung kümmern, und ich würde meinen Vater beim Interzonenbesuch treffen. So haben wir es gemacht. Bis ich fünfzehn war. Ich habe ihn einmal in der Woche in einer Kabine am Checkpoint gesehen. Es war traurig, diesem Typen zu begegnen, der zunehmend geistesabwesend und von Mal zu Mal kaputter war. Und ich habe mich für ihn geschämt, wenn ich ins Heim zurückkam. Schon bald hatte ich keine Lust mehr. Weder auf die Interzonenbesuche. Noch darauf, seine Tochter zu sein. Mit fünfzehn habe ich darum gebeten, dass die Treffen aufhören. Ich glaube, er ist per Post darüber informiert worden, aber ich bin mir nicht einmal sicher. Vielleicht hat man ihn einfach nicht mehr einbestellt. Er hat es hingenommen. Ein Jahr später waren die Schweren Unruhen. Ich habe einen Brief erhalten, in dem mir mitgeteilt wurde, dass mein Vater bei den Protesten ums Leben gekommen ist. Als ich vor ein paar Jahren meine Stelle angetreten habe, habe ich einige Nachforschungen angestellt. Er ist an dem Tag gestorben, an dem die Avenue VIII eingestürzt ist. Er war einer von den vielen. Vermutlich ist er im Drogenrausch dem Strom gefolgt … Keine Ahnung. Vielleicht hat er aber auch wütend demonstriert …«

Sie unterbricht sich und schlägt die Augen nieder.

»Wie bist du überhaupt zur Polizei gekommen?«, fragt Sparak mit einer so sanften Stimme, dass sie den Kopf wieder hebt.

»Dombro hat ziemlich viele Jugendliche aus dem Heim rekrutiert. Die Mündel bringen die besten Voraussetzungen mit, hat er oft gesagt. Weil sie gelernt haben, dankbar zu sein. Er hat mich da rausgeholt.«

Schweigen. Sie trinken beide einen Schluck Wein. Salia fühlt sich erstaunlich gut. Die Befangenheit, die sie beim Reden über ihren Vater anfangs gespürt hat, ist gewichen. Sie erhebt sich, räumt die Teller ab und geht in die Küche.

»Salia?«

»Ja?«

Er möchte nur, dass sie sich umdreht, damit sie sein Gesicht sieht. Und sie dreht sich auch um. Einen Augenblick steht sie still da. Sie stellt die Teller ab. Sie liest in seinem Blick: Verlangen. Sie nähert sich ihm, berührt seine Hand, küsst ihn. Zärtlich, mit unendlicher Vorsicht. Der Bedacht ihrer Gesten hat etwas Ergreifendes, das er als Geschenk empfindet. Ihn überkommt ein Gefühl der Erleichterung und zugleich der Ungeduld. Sie zieht mit einer schnelleren Bewegung ihren Pullover aus. Ihre nackten Brüste streifen seinen Oberkörper. Nun küsst sie ihn leidenschaftlicher, den Moment in vollen Zügen genießend. Es ist lange her, dass er das letzte Mal eine solche Süße gekostet hat. Er schließt die Augen, ihre Hand gleitet über seine Brust und streichelt durch die Hose sein Geschlechtsteil. Er weiß gar nicht mehr, wo er ist, aber das spielt keine Rolle. Er gehört ganz ihr. Sie beugt sich langsam herunter, um seinen Schwanz in den Mund zu nehmen, aber er fasst sie am Arm und zieht sie wieder hoch. Er will sie packen, sie an sich drücken und festhalten. Er will mit ihr schlafen, und so wirft er sie aufs Bett. Da liegt sie, unverhofft, ein straffer, junger Leib. Er dringt in sie ein. Ihre Körper passen zueinander. Sie haben sich gefunden, beschleunigen den Rhythmus, verzögern spielerisch, im Rausch. Ein Moment der Verzückung, vor den Augen der Welt verborgen, unzerstörbar. Sie sind füreinander da, für niemanden erreichbar, und als er kommt, spürt er, dass auch sie heftig erschaudert, sie streckt die Brust heraus, reißt den Mund auf und atmet tief ein.

18

DIE LEICHE
AUF DEM SEZNEC-HOCHAUS

Er hat zwar nicht vorgehabt, den Vormittag mit ihr zu verbringen, zusammen zu frühstücken und dabei zu besprechen, was sie nun unternehmen wollen, aber er wundert sich doch, als er allein aufwacht. Es ist fünf Uhr morgens. Schon seit zwei Minuten klingelt sein Armband. Er registriert als Erstes, dass sie nicht da ist. Ein Blick auf die Nachricht. Es ist die Aufforderung, sich dringend an einem Tatort einzufinden. Der Tod hat ihn geweckt. Er steht auf, überlegt einen Moment, weil er nicht mehr weiß, wo das Badezimmer ist, macht die Tür auf und steigt wie ein Automat unter die Dusche. Als er wieder herauskommt, schaut er sich seine Nachrichten genauer an. Er stellt fest, dass sie ihm um zwei Uhr dreißig eine geschrieben hat, also etwa eine Stunde nachdem sie miteinander geschlafen haben, eine Nachricht, in der sie ihm mitteilt, sie sei in der Bar Rouge in Spada, sie wolle noch den LOve Day und die Nacht genießen. Er kann sich nicht daran erinnern, dass sie gegangen ist. Er muss tief und fest geschlafen haben.

Die Nacht genießen ... Die Worte tun ihm ein bisschen weh. Haben sie das gestern auch gemacht? Die Nacht genossen?

Es ist noch nicht Tag. Die Straßen sind ruhig, es sind jede Menge Bierdosen und Konfetti verstreut. Die ausschweifende Nacht hat Spuren hinterlassen. Hier und dort liegen schlafende Menschen, meist nackt, hingesunken nach exzessivem Trinken und Tanzen. Sie bieten sich schamlos den Blicken der Passanten dar. Allein der Himmel über ihnen wogt und wechselt seine Farben.

Mir war nicht klar, dass Forderungen auch tödlich enden können. Dass die ganze Stadt einen mit fiesen Blicken durchbohren kann. Ich bin Ira Cuprack, und ich habe Angst. Ich habe es nicht schlau genug angestellt. Oder die Welt ist zu kompliziert, was aber auf dasselbe hinausläuft. Da sind Schritte hinter mir. Ich begegne bösen Augen. Ich weiß, dass Informationen über meine Aktivitäten ausgetauscht werden, wann ich das Haus verlasse und auf welchen Wegen ich in die Zone 2 gelange. Was hat man über mich in Erfahrung gebracht? Mir scheint, alle wägen ständig ab, was sich aus mir herausholen lässt. Zu viele Leute zählen meine Besuche und wollen ihren Anteil. Sie haben keine Ahnung, zu wem ich gehe. Wüssten sie es, hätten sie schon versucht, mir weitere Geheimnisse zu entlocken. Aber sie können das Geld, das mich umwittert, förmlich riechen. Sie ahnen, dass mein Kunde – wer auch immer er ist – bezahlen würde, um anonym zu bleiben. Bin ich zu klein für diese Stadt? Muss ich mich damit abfinden, Ira Cuprack zu sein, das arme Ding mit zu großen Träumen? Ich habe noch nicht gekriegt, was ich wollte. Ich werde weiter kämpfen. Ich bin schön. Ich kann Männer über ihr Alter und ihr Leid hinwegtrösten. Ich gebe nicht auf. Noch nicht. Ich bin Ira Cuprack, aber nicht mehr allzu lange, denn ich schwöre: Ich werde mich trotz all der Drohungen von mir und allem anderen befreien.

Am Eingang der Bar Rouge steht kein Türsteher mehr. Niemand verlangt etwas von ihm. Man bemerkt ihn nicht einmal. In dem großen, runden Saal am Fuß der prunkvollen Treppe schlafen Leute. Der Schweiß ist getrocknet. Die nachlassende Wirkung der Drogen versetzt alle in eine tiefe Lethargie. Er steigt über junge, unbekleidete Körper hinweg, die ihn mit halb geschlossenen Augen ansehen, aber keinerlei Regung zeigen. Unter der Kuppel erblickt er sie. Ein Mann und eine Frau kuscheln sich an sie, sie ist fast hüllenlos. Ihm ist, als wäre sie eine andere als die, die er tags zuvor in seinen Armen gehalten hat. Sie kommt ihm zierlicher und dünner vor. Er möchte sich die Sanftheit in Erinnerung rufen, mit der sie ihn berührt hat, doch es gelingt ihm nicht. All das scheint in weiter Ferne zu liegen. Eine Weile betrachtet er sie schweigend und überlegt, ob er sie schön findet oder nicht. Ja. Sie ist schön, auch wenn es sie nicht schert, dass sie sich im Schlaf obszön mit gespreizten Schenkeln und offenem Mund ausstellt.

»Salia …?«

Er ruft sie.

»Salia …?«

Er muss sich bücken und sie anfassen.

»Salia …?«

Er rüttelt leicht an ihrem Arm. Sie macht schließlich die Augen auf und deutet kaum merklich eine Bewegung an. Erkennt sie ihn überhaupt wieder? Er liest in ihrem Blick, dass sie sich fragt, ob sie in ihrem Schlafzimmer ist und gerade mit ihm gevögelt hat oder ob sie sich anderswo befindet, doch dann hebt sich ein Schleier, und sie kommt zu sich.

»Was ist hier los?«, sagt sie. Und es spricht die Polizistin in ihr, nicht die Frau, mit der er geschlafen hat. Diese ist soeben an einen unerreichbaren Ort aufgebrochen, der vielleicht erst am nächsten LOve Day wieder zugänglich sein wird, aber bestimmt nur für andere, fürchtet er und stellt überrascht fest, dass ihm der Gedanke großen Schmerz bereitet.

Ich hatte es bereits geahnt, aber jetzt weiß ich es sicher: Ich werde nie jemand anderes sein als die kleine Ira Cuprack, die sich an ihre Träume klammert und glaubt, dass die Welt ihr offensteht und man sie überall durchlässt. Ich war der Sache ganz nahe. Ich bin nicht misstrauisch geworden. Ich dachte mir, dass Geld Geld anzieht und es richtig so ist. Er hat mich mit meinem Namen angesprochen: »Fräulein Cuprack?«, was ich sehr taktvoll fand. Angst habe ich erst bekommen, als er mich gefragt hat, wie lange ich Herrn Kanaka schon treffe. Aber er hat gelächelt. Er hat mich gebeten, in seinen Wagen zu steigen, wo er mir die Hand auf den Oberschenkel gelegt hat, und ich habe angenommen, dass er einfach ein neuer Kunde ist. Ich dachte, Männer sind berechenbar, und Schönheit weckt auf jeden Fall das Tier in ihnen. Ich dachte, ich bin schon fast am Ziel. Ich habe nicht gemerkt, wie die Tür sich schließt und die Falle zuschnappt, und ich wusste nicht, dass niemand meine Schreie hören würde.

Als sie den Fahrstuhl verlassen und die Panoramaterrasse des Seznec-Hochhauses betreten, blendet sie das grelle Licht der Sonne. Das dicke, solide Hochhaus wurde im vorigen Jahrhundert erbaut, ihm fehlt die Eleganz der neueren Architektur, was jedoch zu seiner Berühmtheit beiträgt. Die jungen Leute mögen es. Im obersten Stockwerk sind eine extrem angesagte Bar und ein Club eingerichtet. Immer voll. Ein Treffpunkt mit herrlichem Ausblick über die Stadt. Über den Mount Liberty und sogar den Mount Alliance sowie den Park Rami in der fernen Zone 1. Auch gestern Abend war das Lokal gerammelt voll. Und die junge Generation hat sich wie viele andere Generationen vor ihr geschworen, dass sie eines Tages über die Viertel herrschen wird, die sich zu ihren Füßen erstrecken.

Als Sparak sieht, was für eine Miene der Polizist macht, der sie erwartet, ist ihm sofort klar, dass der Fall ähnlich gelagert sein muss wie der in Citizens' Dump.

Der Kollege ist bleich und stammelt, so etwas habe er noch nie gesehen, sie sollen sich festhalten.

»Was haben wir denn heute im Angebot?«, erkundigt sich Sparak.

»Weiblich. Vierundzwanzig. Wohnhaft in Zone 3. Von der Luftröhre bis zum Schambein aufgeschnitten. Kein schöner Anblick …«

Zem geht voran. Er schaut sich die Leiche aus der Nähe an. Die junge Frau liegt mit aufgeschlitztem Bauch auf dem Rücken, die Beine gespreizt, die Arme zur Seite gestreckt, den Kopf gerade, wie eine Nachbildung des vitruvianischen Menschen. Der Mörder hat sie offensichtlich auf dieser Terrasse abgelegt, um sie zur Schau zu stellen, weil er sie entweder den Blicken der ganzen Stadt darbieten oder provozieren wollte. Wieder derselbe Täter, daran besteht nicht der geringste Zweifel. Die gleiche Inszenierung, die gleiche Art, den Mord zu einem Monument des Schreckens zu erhöhen.

Sparak streift sich Plastikhandschuhe über und beugt sich über die Tote. Vorsichtig greift er nach dem Zeigefinger ihrer rechten Hand und legt ihn auf das Display seines mobilen biometrischen Authentifizierers. Das Gerät aktiviert den Suchmodus und zeigt dann einen Namen an: »Ira Cuprack. Ohne Beschäftigungsverhältnis. Wohnhaft in Zone 3. Adresse unbekannt. Keine Inhaftierungen.«

Er wendet sich Salia zu, um ihr die Informationen weiterzugeben. Die junge Frau steht etwas im Hintergrund und macht einen todmüden Eindruck. Sie hat keine Lust mehr. Oder zumindest heute hat sie keine Lust, nicht nach der Nacht, die sie hinter sich hat. Zem guckt sie an. Denkt sie noch an die Gestalten, die sie gestreichelt, geleckt und an sich gedrückt haben? An den Bericht, den sie schreiben muss, oder an Captain Monk, der ihnen bestimmt vorhalten wird, dass ein weiterer Mord hätte verhindert werden können, wenn sie ihren Job besser erledigt hätten? Vielleicht denkt sie aber auch an gar nichts und will einfach in Frieden gelassen werden. Sie nimmt ein bisschen abseits auf einem Mäuerchen Platz. Ihr Blick ist leer. Ihr Gesicht strahlt eine unglaubliche Abgeschlagenheit aus. Er verspürt den Wunsch, ihr zu sagen, dass sie sich keine Sorgen zu machen braucht, dass die Sache hier nicht wichtig ist, dass sie sich verziehen und die Hässlichkeit der Welt hinter sich lassen werden, doch er schweigt, weil er sie nicht anlügen will. Ihre Aufgabe gleicht der von der städtischen Müllabfuhr. Er fragt den Polizisten, ob er ihnen zwei Kaffee organisieren kann, und setzt sich still neben sie. Er möchte nah bei ihr sein. Und während er auf Magnapolis hinunterschaut, fällt ihm ein, dass in diesen Straßen irgendwo jemand ist, der einen Mord verübt hat und nun lächelt. Der Gedanke erfüllt ihn mit Traurigkeit, mit unendlicher Traurigkeit.

19

SPUREN EINES ARMSELIGEN LEBENS

Sie müssen Ermittlungen aufnehmen, und das tun sie auch. All den kleinen Spuren folgen, die jedes Leben unweigerlich hinterlässt. Menschen haben einen Namen. Eine Wohnung. Sie stehen mit anderen Leuten in Verbindung. Sie haben Nachbarn. Freunde. Es gibt die Händler aus dem Viertel. Zeugen, die sich vielleicht an Dinge erinnern können. Sie bringen Stunden und Tage damit zu, dieselbe Frage zu stellen: »Haben Sie sie gekannt?« Überall zeigen sie ein Foto von Ira Cuprack her. Die einen sagen, sie sei eine freundliche, unauffällige junge Frau gewesen, andere äußern sich weniger wohlwollend, so etwas habe ja passieren müssen, so wie sie immer angezogen war, und sie habe die seltsame Angewohnheit gehabt, zu später Stunde spazieren zu gehen und frühmorgens nach Hause zu kommen, man habe sich gefragt, wo sie sich die ganze Nacht um die Ohren geschlagen hat ... Geduldig gehen Salia und Zem jeder winzigen Fährte nach, die dieses unbedeutende Leben hinterlassen hat, und so erreichen sie schließlich ein Gebäude in der Nähe des Checkpoints Nevra in der Wander

Avenue im sechsten Distrikt, wo sie im Erdgeschoss den Hausmeister antreffen, der ihnen widerwillig und mit finsterem Argwohn gegen Ira, die Polizei und den Rest der Welt bestätigt: »Ja. Das ist die junge Frau aus dem vierten Stock.«

Ihr werdet nichts finden. Ich bin nicht mehr da. Ich bin nirgends mehr. Sie haben mit mir gemacht, was sie wollen. Mein Körper hat immer nur den Vergnügungen der Männer gedient, sie haben sich in meinem Mund erleichtert und mir an den Allerwertesten gelangt, wie man einem Pferd auf den Hintern klopft. Ich war für kurze Zeit Ira Cuprack und danach niemand mehr. Ich bin aus einem Leben geschieden, das mir nichts geboten hat, ich hinterlasse eine Wohnung, in der fast nichts mehr von mir ist. Ich war noch nicht die, die ich werden wollte. Ich werde in Vergessenheit geraten, von meinem ganzen belanglosen Leben werden nur wenige undeutliche Spuren bleiben, es wird in Vergessenheit geraten, und dann wird nichts mehr sein.

Die Wohnung ist nicht allzu groß. Der Flur mündet in einen Raum, der anscheinend als Wohnzimmer fungiert hat und in dem ein amerikanischer Tresen steht, hinter dem sich eine kleine Küche auftut. Ein Sofa nimmt gut ein Drittel dieses Zimmers ein. Auf einem Couchtisch liegen diverse Unterlagen und einige Menüboxen eines Lieferservices. Es muffelt. Ein schmaler Balkon geht auf den großen Boulevard hinaus, und in der Ferne sind die ersten Häuser von RedQ zu erkennen. Die Aussicht ist nicht sonderlich prickelnd. Sparak geht weiter. Eine weitere Tür führt ins Schlafzimmer. Es ist winzig. Gerade genug Platz für ein Bett und einen Kleiderständer, an dem ein Durcheinander aus Wintermänteln, Sommerkleidern, Hosen und Blusen hängt. Man braucht kein Experte zu sein, um zu bemerken, dass die junge Frau nicht unbedingt Geld wie Heu hatte oder es zumindest nicht für ihre Wohnungseinrichtung ausgeben wollte. Sie wühlen ein wenig herum, begreifen jedoch sehr schnell, dass im Schlafzimmer nichts zu holen sein wird. In der einzigen Nachttischschublade finden sie ein Foto, auf dem das Opfer mit einer anderen jungen Frau zu sehen ist, eine Aufnahme, die wahrscheinlich in einem unbeschwerten Sommer vor vielen Jahren entstanden ist, als die Welt noch nicht die war, die sie heute ist. Sparak schlendert zurück ins Wohnzimmer, öffnet das Fenster, um die Essensgerüche zu verscheuchen, die den Raum erfüllen, und macht sich über die Papiere her, die verstreut auf dem Couchtisch liegen. Allerlei Rechnungen und Mahnungen. Prospekte, die für ein Destiny-Abo werben. »Jeder Tag bietet eine neue Chance … Bestimme selbst über dein Schicksal …« Würde er bei der Bank des Opfers anrufen, würde man ihm die Auskunft erteilen, dass die junge Dame alle Lotto-Abos abgeschlossen hatte, die man sich nur vorstellen kann, da ist er sich sicher. Die Wohnung strahlt die unheilvolle Lust aus, dem eigenen Leben zu entfliehen, ein Fernweh der Armen, das die Leute nur noch tiefer ins Unglück

169

stürzt. Die Lose, für die sie sich bestimmt verschuldet hat, belegen ihre ausweglose Lage. Ein Umschlag auf dem Tisch erregt seine Aufmerksamkeit: Er stammt von Flashpost, einer Firma, die für Dienstleistungsunternehmen Korrespondenzen abwickelt. Sparak holt den Brief heraus. Der Inhalt ist wirklich verblüffend. Er ruft Salia. Sie kommt näher. Es ist ein abgelehnter Antrag auf ein Eternytox-Implantat. Die Absage ist einen Monat vor der Tat datiert. Er liest noch einmal, überprüft den Empfängernamen. Die Mitteilung richtet sich tatsächlich an sie. Es ist alles genau angegeben. Fräulein Ira Cuprack hat einen Antrag auf eine Implantation gestellt, die ihr verweigert wurde.

»Das heißt, dass sie bis vor ein paar Wochen garantiert kein Implantat gekriegt hat.«

»Genau.«

»Und auch zum Zeitpunkt des Mordes nicht.«

»Ja«, stimmt Salia zu. »Denn hätte sich ihr nach Erhalt dieses Briefes auf wundersame Weise die Möglichkeit eröffnet, sich operieren zu lassen, wären die Spuren frisch und ein paar Narben zu sehen.«

Sie schließen das Fenster und verlassen die Wohnung in dem Gefühl, sich Ira Cuprack angenähert zu haben, auch wenn das arme Ding, das immer nur Ablehnung erfahren hat, sein Geheimnis nicht preisgegeben hat.

»Was machen wir jetzt?«, fragt Zem, als sie wieder draußen auf der Straße sind.

»Wir brauchen Edmundo.«

»Wen?«

»Den, der die Toten zum Reden bringt«, sagt sie und gibt ihm ein Zeichen, in den Wagen zu steigen.

»Ich kann es nicht leiden, wenn du einfach so hier reinplatzt!«, ruft Edmundo breit grinsend aus. Als er Sparak bemerkt, fügt er hinzu: »Und wer ist das?«

»Mein Hündchen.«

»Na, hoffentlich beißt es nicht!«

Salia lächelt, wirft Sparak aber vorsichtshalber einen kurzen Blick zu, um sich zu vergewissern, dass er nicht beleidigt ist.

»Ich dachte, du bereitest mir einen etwas freundlicheren Empfang! Wenn ich dich schon mal besuchen komme.«

Edmundo verdreht die Augen und legt das Skalpell zur Seite.

»Was willst du?«

»Es ist wegen der Leiche vom Seznec-Hochhaus. Ich weiß, es ist nicht deine einzige Arbeit, und ich würde nicht bei dir antanzen, wenn es nicht so wichtig wäre. Ich stehe höllisch unter Druck.«

»Ihr seid doch alle gleich«, stößt der Arzt hervor. »Ihr wollt alle den Fall des Jahrhunderts, und wenn ihr ihn dann habt, beschwert ihr euch, weil ihr unter Stress steht ... Die meisten Polizisten in Zone 2 wären gern an deiner Stelle.«

»Du machst wohl Witze«, gibt sie zurück. »Die anderen sind alle hinter Jon Mafram her.«

Der Gerichtsmediziner geht nicht darauf ein. Er schaut Sparak an.

»Und was ist mit ihm? Sagt er gar nichts?«

»Besser nicht«, antwortet Salia lächelnd.

Edmundo starrt ihn an, als würde der schweigsame Kerl ihn magisch anziehen. Schließlich holt er eine Mappe von dem Blechtisch neben dem Lastenaufzug.

»Ich warne dich: Es wird dir nicht gefallen, was da drinsteht.«, meint er und reicht Salia die Mappe, die diese sofort an sich nimmt. »Tod durch Strangulieren … Öffnung des Bauches erst post mortem … Reste von Sperma …«

»Von wem stammt das Sperma?«, erkundigt sie sich gierig.

Edmundo sieht sie an und sagt ernst:

»Es wäre mir lieber gewesen, wenn irgendein anderer Name herausgekommen wäre, aber das Testergebnis ist eindeutig. Ich habe es zweimal nachkontrolliert, es besteht kein Zweifel.«

»Wer ist es?«

»Kanaka.«

Salia verzieht verärgert das Gesicht.

»Und was ist mit Eternytox?«

»Nein, nichts.«

»Sicher?«

»Garantiert. Es wurden keine Organe herausgerissen. Da fehlt nichts. Das Opfer ist bloß aufgeschnitten worden.«

Salia mustert den Gerichtsmediziner.

»Was hast du für einen Eindruck von der Sache?«

»Vielleicht derselbe Täter, der ein Implantat gesucht und nicht gefunden hat. Oder ein anderer, der die Vorgehensweise des ersten imitiert.«

Salia guckt ein wenig betreten drein.

»Bist du dir bei dem ersten Opfer eigentlich sicher? Der Implantationsdienst behauptet, dass an Pamuk keine Operation vorgenommen wurde.«

Edmundo guckt sie beleidigt an.

»Ob ich mir sicher bin? Jedes Teil, das mit dieser wunderbaren, hochmodernen Technologie ausgestattet ist, hat eine winzige Signatur, damit die Schmuckstücke nicht verlorengehen. Und die Teile, die ich gefunden habe, tragen alle die Signatur des Labors, das die Exklusivrechte an Eternytox hat. Also ich bin mir hundertprozentig sicher.«

»Warum gibt es dann keine Akte dazu?«, sagt sie. Eine wohl eher an sich selbst gerichtete Frage.

»Das ist nicht mein Problem. Die Toten können die Fälle nicht lösen. Sie liefern mir nur ein paar Informationen über sich, und ich lege meine Hand dafür ins Feuer, dass bei Pamuk eine Implantation stattgefunden hat und bei Cuprack nicht. Sonst nichts.«

Sie machen sich auf den Weg und lassen den Gerichtsmediziner weiter sezieren.

»Und nun?«, fragt Salia seufzend.

»Wir haben eigentlich keine Wahl«, entgegnet Sparak. »Wir müssen noch mal zu Kanaka.«

»Ja, aber diesmal werden wir nicht so ehrfürchtig sein.«

Ihr Tonfall war erstaunlich streng. Aber sie hat recht. Das ist die einzige Spur, und es ist an der Zeit, Kanaka ein bisschen mehr auf den Zahn zu fühlen.

20

BELEIDIGUNGEN

Auf der gesamten Fahrt herrscht Schweigen. Sparak lässt sich von nichts ablenken, als sie den Checkpoint Harmony erreichen. Er beachtet weder die protzigen Avenuen noch die beeindruckenden Gebäude aus Glas. Salia spricht mit den Leuten, die ihre Papiere verlangen, wissen wollen, ob sie einen Termin haben, sie anweisen, sich hier- oder dorthin zu setzen, sie auffordern, kurz zu warten oder nach oben zu gehen. Er hört und sieht sie nicht. Seine geballte Wut wächst. Er schreitet mit gesenktem Kopf durch die große Eingangshalle, um seine Gedanken nicht zu zerstreuen. Auch als Kanaka ihnen die Tür zu seinem Büro öffnet und dabei ein Gesicht macht, das ihnen zu verstehen gibt, dass sie ihn gerade stören, nimmt er davon keine Notiz. Nichts und niemand kann ihn aufhalten. Er sagt kein Wort, als Salia sich bei Kanaka lang und breit dafür bedankt, dass er sie erneut empfängt, und ihm anschließend erklärt, man sei nun wieder da, weil eine junge Frau ermordet wurde, die gleichfalls aufgeschlitzt worden sei, er sagt nichts, als Salia Kanaka fragt, ob er die junge Frau, Ira Cuprack, gekannt habe, und Kanaka verneint, er sagt die ganze Zeit nichts, in der sie höfliche Floskeln austauschen und Kanaka ihnen Lügen auftischt, denn er ist dabei, Schwung zu holen. Und dann stellt er plötzlich eine Frage, die den Raum wie eine Klinge zerschneidet.

»Haben Sie sie oft gevögelt?«

Kanaka ist völlig überrumpelt. Sparak, in Fahrt gekommen, fährt fort:

»Ziemlich peinlich, ich weiß. Aber ich muss Ihnen diese Frage stellen.«

»Sie blasen sich hier ganz schön auf ...«, murmelt Kanaka, dem angesichts von so viel Frechheit der Atem stockt.

»Die Leiche der jungen Frau ist untersucht worden«, unterbricht ihn Zem. »Man hat Spuren von Sperma gefunden, und dieses Sperma stammt von Ihnen, Herr Kanaka. Ich frage Sie daher noch einmal, weil ich das Gefühl habe, dass Sie bisher nicht recht bei der Sache waren: Sind Sie sich wirklich sicher, dass Sie diese Person nicht gekannt haben?«

»Sie platzen hier rein ... und stellen mir solche Fragen ...«, zischt er leise.

»Herr Kanaka, vielleicht können Sie einfach antworten?«

»Nein«, verkündet er entschieden. »Ich werde nicht antworten. Was glauben Sie denn? Dass ich die Frau ausgeweidet habe? Das trauen Sie mir zu? Wirklich?«

»Es gibt viele Arten, einen Menschen zu töten. Wenn

man viel Geld hat, braucht man sich dabei gar nicht die Hände schmutzig zu machen.«

»Sie wagen es, mich zu beschuldigen?«

Salia schreitet ein, um den Wortwechsel ein bisschen zu moderieren.

»Herr Kanaka, bisher sind Sie die einzige Verbindung zwischen den beiden Opfern.«

»Weil Sie diese Verbindung konstruiert haben!«, wettert er plötzlich heftig, ein Indiz dafür, dass er die Beherrschung verliert. »Ich habe Ihnen neulich gesagt, dass ich den Mann, der ermordet wurde, nicht gekannt habe. Es gibt keine Verbindung zu mir! Und das Einzige, was die zwei Opfer verbindet, ist, dass sie beide aufgeschlitzt wurden. So sieht's nämlich aus. Ich verstehe nicht, wie sie mit mir in Verbindung stehen sollen.«

»Beim letzten Mal haben Sie uns erzählt, dass Sie Malek Pamuk nicht gekannt haben, aber wir wissen, dass Sie Streit mit ihm hatten. Heute erzählen Sie uns, dass Sie Ira Cuprack nicht gekannt haben, obwohl Spuren Ihres Spermas an ihr gefunden wurden. Also entschuldigen Sie, Herr Kanaka, wenn Ihnen die Frage missfällt, aber was für ein Spiel treiben Sie hier eigentlich mit uns?«

Sparaks Stimme klingt fest, unversöhnlich.

»Die Frau ... Ich weiß es nicht ... Das muss wohl beim LOve Day gewesen sein ...«

Irgendetwas an dieser Aussage stimmt nicht, Zem spürt es. Er gibt dem Schreibtisch mit dem Knie einen kräftigen Stoß. Kanaka schreckt auf und starrt Sparak dann an, als hätte der eine Waffe gezückt.

»Das fällt Ihnen als einzige Antwort ein?«, fragt Sparak schroff, in dem Gespräch nun endgültig das Kommando übernehmend. »Dass die Frau möglicherweise eine von denen war, mit denen Sie am LOve Day Geschlechtsverkehr hatten, dass Sie sonst nichts von ihr wissen? Können Sie uns dann noch sagen, wo dieser Geschlechtsverkehr stattgefunden hat? Damit wir nach Zeugen suchen können, die Ihre Aussage bestätigen. Jetzt hören Sie mir mal zu, Herr Kanaka. Wir haben hier zwei Tote. Beide sind aufgeschlitzt worden. Die Spur führt zu Ihnen, ob Ihnen das in Ihrer kleinen Welt passt oder nicht, ob Sie sich aufregen oder nicht. Wir tappen im Dunkeln. Komplett. Sie sind als Vorsitzender des Gesundheitsausschusses für die Genehmigung von Implantaten zuständig, aber Sie verschaukeln uns total: Sie beantworten meine Frage nicht, Sie beantworten keinerlei Fragen. Die junge Frau! ... Wer war sie? Woher haben Sie sie gekannt? Seit wann war Sie Ihre Geliebte oder Hure? Sie sehen, ich habe noch weitere Fragen! Jede Menge Fragen! Darf ich fortfahren? Hat sie Sie erpresst, mit dem Ziel, ein Implantat bewilligt zu bekommen? Ist Ihnen die Sache lästig geworden, weil Sie als Kandidat für einen Posten im Kommissionsdirektorium mitten im Wahlkampf stecken? Wo sind Ihre Antworten, Herr Kanaka?«

Sparak hat sich so weit nach vorne gebeugt, dass er Kanaka fast berühren kann. Er hat seiner Wut freien Lauf gelassen und nicht darauf geachtet, dass Tonfall und Handbewegungen immer aggressiver geworden sind. Kanaka stiert ihn zornig an, und es scheint, als wäre Sparaks Furor auf ihn übergesprungen.

»Jetzt reicht's! Raus aus meinem Büro! Ich werde auf keine ihrer verdammten Fragen antworten. Was denken Sie eigentlich? Dass Sie aus eigenem Antrieb hier sind? Reden Sie sich das etwa ein? Dass Sie ein tüchtiger Polizist sind, der einfach seiner Intuition folgt? Wenn Sie jetzt da sitzen, dann nur, weil jemand will, dass Sie da sitzen. Kapieren Sie das, oder ist das zu hoch für Sie? Man hat dafür gesorgt, dass Sie hier auftauchen. Sie sind ein Nichts. Oder vielleicht ein guter Hund. Der brav an der Leine geht. Wer hat Sie aufgefordert, bei mir aufzukreuzen und mir all diese Sachen an den Kopf zu werfen? Haben Sie sich darüber mal Gedanken gemacht? Nein. Natürlich nicht. Sie glauben, Sie tun bloß Ihre Arbeit. Soll ich Ihnen sagen, warum ich Ihnen nicht antworte? Weil ich in Wahrheit gar nicht mit Ihnen rede, auch wenn es vielleicht so scheint. Weil in Wahrheit gar nicht Sie die Fragen stellen, sondern Leute, die im Hintergrund agieren, ohne dass Sie es merken. Im Übrigen stellen diese Leute überhaupt keine Fragen. Sie rücken mit ihren Figuren Zug um Zug vor. Sonst nichts. Sie, mein Guter, sind da, damit sich herumspricht, dass Ermittlungen im Gange sind, die Polizei eine Fährte verfolgt und ich mit den beiden Morden irgendwie zu tun haben könnte, auch wenn es dafür nicht den geringsten Beweis gibt, auch wenn niemand Zeit hat, diese Dinge zu überprüfen, Hauptsache, das Gerücht hält sich bis zu den Wahlen und verbreitet sich bis dahin noch weiter.

Also hauen Sie ab! Und richten Sie den Leuten aus, die Sie heute Abend dazu beglückwünschen werden, dass Sie hier waren und mich vernommen haben: Ich habe ein zuverlässiges Gedächtnis, und sie werden dafür bezahlen, wenn die Zeit reif ist!«

21

DER ZYKLON

Jon Mafram raucht die dritte Zigarette hintereinander und späht dabei durch die heruntergelassenen Fensterjalousien. Er will raus, aber er kann nicht. Er weiß, es wird nicht mehr lange dauern, bis sie ihn gefunden haben. Es ist wohl nur noch eine Frage von wenigen Stunden … Seit zwei Tagen kommt ihn niemand mehr besuchen. Die anderen sind wahrscheinlich alle verhaftet worden. Das Netz bricht zusammen. Zungen lösen sich. Irgendjemand wird ihnen verraten, wo er sich versteckt hält. Und das wird den Lauf der Dinge beschleunigen. Die Fahndung nach ihm genießt seit Langem oberste Priorität. Vielleicht liegt das entsprechende Geständnis bereits vor, nach einem peinlichen Verhör im dreckigen Keller eines Polizeireviers, vielleicht ist die Sache auch ohne jegliche Gewalt, indem einfach ein Bündel Geldscheine über den Tisch gereicht wurde, in einem kalten Büro vonstattengegangen. Werden sie ihn in dieser oder erst in der nächsten Wohnung festnehmen? Er wird natürlich anderswo unterschlüpfen, versuchen, ihnen zu entkommen, aber er weiß, dass er nicht gewinnen kann. Der

Tag rückt näher, an dem sie mit Gebrüll ein Schloss aufbrechen werden, eine Wohnung in blendendem Scheinwerferlicht erstrahlen und der Lautsprecher einer Drohne ihn wiederholt auffordern wird, keinen Widerstand zu leisten, er sei verhaftet. Zu welcher Tageszeit wird das geschehen? Möglicherweise mitten in der Nacht … Er wird von dem Knall geweckt werden, mit dem sie die Tür aufsprengen, und dann wird es schnell gehen. Sein Name wird in aller Munde sein und die Schlagzeilen beherrschen. Jon Mafram endlich gefasst. Man wird unerwähnt lassen, dass er ein Mitglied der Direktionskommission war, wird vergessen, dass er der Erste war, der sich ein eingepflanztes Organ wieder entfernen ließ, wird kein Wort über seinen politischen Kampf verlieren, sondern man wird alles um seine Person in den Schmutz ziehen, die ganze Geschichte auf die Bilder seiner Verhaftung reduzieren, auf denen er wie ein Drogendealer aussieht, unrasiert, eine entwürdigende Darstellung seiner Niederlage, Boxershorts, Handschellen, Hände auf dem Rücken, böser Blick, das Gesicht eines Typen, der Schuld trägt. So wird man ihn zeigen. Als Flüchtling, der sich monatelang in einem Loch verkrochen hat und nun seinen Schlupfwinkel verlassen muss, geblendet vom Licht der Wahrheit, die Hände schützend vor die Augen haltend, als könnte die pathetische Geste den Moment der Bestrafung irgendwie hinauszögern.

Auf dem Rückweg redet Sparak keinen Ton. Plötzlich blinken die Armbänder. Sie kündigen die Annäherung eines Zyklons an. Die außerhalb der Kuppel lebende Bevölkerung wird aufgefordert, so rasch wie möglich in unterirdischen Zentren Zuflucht zu suchen. Innerhalb von wenigen Minuten werden die Straßen der Zone 3 leergefegt sein. Der Wirbelsturm wird alles niederreißen, was schlecht gebaut ist, die ganzen geflickschusterten und zurechtgefriemelten Buden. Der Hagel wird Fensterscheiben in die Luft jagen. Sicherungen werden durchbrennen. Gegenstände durch die Gegend fliegen. In Zone 2 wird ein ohrenbetäubender Lärm dröhnen. Die Kuppel wird von den Einschlägen durchlöchert werden. Vielleicht bricht sie an einigen Stellen. Und dann wird sich die Lage beruhigen, und GoldTex wird die Vorzüge der Kuppel rühmen, die die BiFs vor Stürmen und Eisfluten schützt. In Clips wird man bei der Gelegenheit Yehu Rami, den Architekten der Kuppel, feiern. Sein Porträt wird auf sämtlichen Bildschirmen der Stadt zu sehen sein und die Leute daran erinnern, was sie diesem Gold-Tex-Helden zu verdanken haben. Es ist ein seltsames Gefühl zu wissen, dass all das passieren wird, man ist sich dessen völlig sicher, obwohl im Augenblick eigentlich nichts auf eine Entfesselung der Naturgewalten hindeutet, von der Warnung auf dem Armband einmal abgesehen. Noch ein paar Minuten erscheint alles im hellen Licht, und die Blätter in den Bäumen glitzern. Vögel werfen im Vorüberfliegen merkwürdige Schatten an die Häuserfassaden. Sparak möchte den schönen, lieblichen Moment festhalten, in dem die Dinge im Gleichgewicht sind, doch er weiß, er wird ihm entfallen. Gleich wird der Himmel sich verdunkeln, der Regen prasseln und alles fortschwemmen. Warum kann man sich nicht aussuchen, woran man sich erinnert?, denkt er, während die Vögel verschwinden.

Als sie die Polizeiwache Pinto erreichen, bemerken sie sofort, dass dort große Hektik herrscht. Sie gehen spontan davon aus, dass die Aufregung mit dem nahenden Zyklon zu tun haben muss, dass man die Polizei zur Verstärkung in diverse Ecken von Zone 3 gerufen hat, doch es ist etwas anderes. Sie verlassen gerade den Fahrstuhl, als sie auf Cal und Ronnie stoßen. Die Augen der beiden glänzen, und sie fuchteln nervös mit den Händen herum.

»Malberg, willst du immer noch zum Team gehören?«, schleudert Cal ihr entgegen, während er seine kugelsichere Weste zurechtrückt. Und ehe sie recht begreift, erklärt ihr Ronnie, aufgekratzt wie ein Jagdhund am frühen Morgen: »Wir nutzen den Zyklon, um Mafram zu schnappen! Wir brauchen die gesamte Mannschaft. Geh mal zu Monk … Beeil dich, wir haben keine Zeit zu verlieren!« Und schon sind sie draußen auf der Treppe, Schlachtrufe anstimmend, ihre Kampfeslust demonstrierend. Auf dem ganzen Stockwerk packen Polizisten eilig ihre Sachen zusammen, greifen nach ihren Waffen und kontrollieren noch einmal, ob sie am Arm auch ihre Abzeichen tragen. In einem der sich leerenden Büros steht Monk da wie ein General auf einem Feldzug. »Ich will jeden, verstanden? Zack zack!« Sein Blick fällt auf Salia. »Warten Sie auf Ihre Einladung, Malberg?« Sie dreht sich zu Sparak um und macht eine entschuldigende Geste, kann ihren inneren Aufruhr jedoch nur schlecht verbergen. Sie kann es kaum erwarten, zu den anderen zu kommen, sich ihnen anzuschließen. Sparak schweigt. Er hat kein Bedürfnis, sich zu äußern. Er breitet lediglich die Arme aus, was heißen soll, dass er versteht. Sie lässt noch ein paar beschwichtigende Sprüche los, weil sie ihn einfach so stehen lässt, aber egal, die Sprüche drücken genau das Gegenteil von dem aus, was sie denkt. Er sieht, wie sie bereits die Treppe hinunterrennt, glücklich, zum Rudel zu gehören.

Auf einmal donnert es, und einen Augenblick später sind schon die ersten auf die Kuppel niedergehenden Hagelkörner zu hören. Anfangs ist es nur ein sporadisches Getrommel, das jedoch bald anschwillt. Im Nu entwickelt es sich zu einem ununterbrochenen Grollen. Der Konvoi der Polizeiwagen prescht durch die Stadt. Kein Mensch ist auf der Straße. Der Zyklon zeigt sofort Wirkung. Die Leute verschanzen sich verschreckt in ihren Häusern. Die Fahrzeuge flitzen hintereinander her, am Ufer der Saule entlang, durch die Revizor Avenue Richtung Checkpoint Western Fosse, hinter dem die Avenue I anfängt. Sie entfernen sich vom Zentrum. Der Lärm des Hagels wird immer heftiger. Die öffentliche Straßenbeleuchtung ist aus Sicherheitsgründen ausgeschaltet. Nur die Autoscheinwerfer erhellen den Polizisten den Weg.

Sie rasen durch den Checkpoint und sind nun nicht mehr unter der Klimakuppel. Es ist, wie plötzlich von einer Büffelherde angegriffen zu werden. Ein infernalischer Krach. Der Sturm knüppelt auf die Wagen ein, man hat das Gefühl, dass er gleich die Panzerung durchschlägt. Die Windstöße sind so stark, dass sie auch im Inneren der Fahrzeuge zu spüren sind. Der Zyklon bläst und brüllt. Die Polizisten rücken eng zusammen, halten sich aneinander fest. Salia kommt es vor, als säße sie in einem Flugzeug, das in Turbulenzen gerät. Die Außenluft ist gefroren und dringt durch die kleinen Ritzen zischend in den Fahrgastraum ein. Die Nervosität und auch die Angst um sie herum sind beinahe mit Händen zu greifen, aber sie ist guter Dinge. Sie ist gespannt und ungeduldig, möchte aussteigen, losrennen und Jon Mafram suchen.

Und dann hält die Kolonne an. Der reine Nervenkitzel. Die Sekunden verrinnen langsam. Schließlich knistert im vorderen Teil des Einsatzfahrzeugs ein Mikrofon: »Alles klar, wir steigen aus!«, verkündet der Fahrer, indem er sich zu ihnen umdreht. Die Polizisten öffnen die Türen, und der Sturm klatscht ihnen ins Gesicht.

Es dauert einen Moment, bis sie wieder etwas sehen. Anfangs kann Salia nicht einmal die Kollegen um sie herum voneinander unterscheiden. Wenige Meter von ihr entfernt steht Cal. Er schreit alle an: »Setzt eure Helme auf!« Eine überflüssige Empfehlung, denn es ist vollkommen unmöglich, sich ohne Schutz im Freien aufzuhalten. Die walnussgroßen Hagelkörner prallen von überallher zurück. Cal deutet auf ein Gebäude und ordnet an, dass sie sich in drei Gruppen aufteilen und dorthin laufen werden. »Malberg, du kommst mit mir!«, ruft er ihr zu, und die Truppe setzt sich in Bewegung.

Ich höre euch kommen. Ich richte mich im Bett auf. Ich weiß, dass meine Stunde geschlagen hat. Auch wenn der lärmende Wirbelsturm eure Schritte und euer Geschrei übertönt. Ich brauche mich nicht ans Fenster zu stellen, um euch zu sehen, ich kann euch spüren. Mein Körper sträubt sich gegen die drohende Gewalt. Gut, dass es geschieht, während der Zyklon wütet. Während die Natur sich gegen euch aufbäumt und überschwappt. Es ist eure eigene Ungeheuerlichkeit, die euch ins Gesicht peitscht. In eurem Sturm werde ich mich davonstehlen. Meine Flucht wird in eurem Getöse untergehen, und der Schatten, der über der Stadt liegt, wird mir Wege weisen, die ihr nicht findet.

Mit kurzen, schnellen Schritten überqueren sie die Rue des Grandes-Eaux. Hintereinander, die Waffe in der Hand. Vor dem Gebäude machen sie halt und lassen zuerst die SoE, die Sondereinheit durch. Salia steht direkt hinter Cal. Sie atmet ruhig. Sie hat das Gefühl, dass sie gut drauf ist, klar im Kopf, dass das Adrenalin sie nicht blendet, sondern nur antreibt. Bald wird alles in die Luft fliegen. Erst werden Kommandos gebrüllt, dann wird die Tür aufgebrochen, sie werden ruck, zuck in die

Wohnung stürmen und sämtliche Personen, die sich dort befinden, neutralisieren, sie zu Boden werfen, in Bauchlage bringen, Hände auf den Rücken, sie werden sich anplärren und gegenseitig warnen, und dann wird er vielleicht in einem ganz normalen, unscheinbaren Zimmer, wie es sie in jeder Wohnung gibt, vor einem Fernseher oder beim Essen sitzen: Jon Mafram.

Nein. Ihr kriegt mich nicht zu Gesicht, ich bin schon über alle Berge. Der Sturm ist mein Versteck. Der Hagel mein Verbündeter.

Die Mitglieder der SoE sprengen die Wohnungstür auf und stürzen in den Flur. Wahrscheinlich durchforsten sie gerade die Räume und suchen laut rufend mit ihren Taschenlampen die Bude ab. Auf einmal sieht sie ihn. Aus den Augenwinkeln. Eine Silhouette, die in entgegengesetzter Richtung des Angriffs durch den Sturm eilt. Das kann unmöglich ein Polizist sein. Sie denkt nicht lange nach, sondern ruft sofort »Cal!«, damit er nicht in das Gebäude läuft, sondern augenblicklich die Verfolgung des Schattens aufnimmt, den sie erspäht hat.

Das ist er. Sie ist sich hundertprozentig sicher. Sie rennt so schnell sie kann. Er hat nicht allzu viel Vorsprung. Merkt er, dass sie ihm auf den Fersen ist? Das ist ihre große Chance. Sie versucht, den Abstand zu ihm zu verringern. Er ist nur noch etwa hundert Meter entfernt. Sie fragt sich, ob Cal ihr Rückendeckung gibt. Bestimmt, aber das ist jetzt nicht so wichtig. Sie kommt immer näher. Sie hat ihn vor sich. Fast eingeholt. Nur noch wenige Meter ... Als sie nah genug ist, wirft sie sich auf ihn. Sie wälzen sich über den Gehsteig. Die beiden Körper verhaken sich und bleiben dann reglos liegen. Der Regen platscht auf sie herab und macht die Szene unübersichtlich. Salia versucht aufzuspringen. Sie packt ihn, spürt überhaupt keinen Widerstand. Vermutlich ist er benommen vom Sturz. Er will sich anscheinend auf den Rücken drehen, um besser atmen zu können, doch sie klemmt ihn zwischen ihren Schenkeln ein und schreit: »Ich hab ihn!« Hinter ihr taucht Cal auf. »Okay«, stößt er hervor. Er geht in die Knie und wendet den Kerl, damit er sein Gesicht sehen kann. »Jon Mafram?«, erkundigt er sich, indem er ihm Handschellen anlegt. Er steht auf und brüllt: »Hier! Ich hab ihn!« Salia richtet sich ebenfalls auf und holt Luft. Ihr ist klar, was jetzt passieren wird. Sie hat es an Cals Blick erkannt. Er hat Mafram das Handwerk gelegt. So sieht's aus. Das ist die Version, die nun verbreitet wird. Anders kann es gar nicht gewesen sein. Sollte sie irgendwelche Ansprüche erheben, macht er sie fertig. Egal. Cal weiß genau, wem er den künftigen Ruhm zu verdanken hat, und das ist doch auch was. »Gut gemacht, Malberg«, steckt er ihr übrigens in einem recht männlichen Ton, um ihr zu verstehen zu geben, dass er sich erkenntlich zeigen wird, wenn sie das Spiel mitspielt, dass sie zur Eingreiftruppe gehören kann, und das ist ja alles, was sie will. Inzwischen rücken Ronnie und die anderen an, die vor Freude grölen, als sie des

Schauspiels ansichtig werden. Sie beglückwünschen sich, und Salia trollt sich, während der Regen allmählich nachlässt. Der Zyklon beruhigt sich. Die Bilder von Jon Mafram, elend, erbärmlich und in Handschellen, werden um die Welt gehen.

22

ABNEHMENDES LICHT

Das Taxi fuhr bis zum Checkpoint an der Trajan Bridge. Der auf die Kuppel trommelnde Hagel übertönte alles andere. Er hatte nicht auf der Polizeiwache Pinto warten wollen, bis Salia zurückkam. Der Chauffeur hatte gezögert. Er hatte Angst, dass sein Auto beschädigt wird. Sparak ließ jedoch nicht locker und bezahlte für eine normale Strecke fast das Doppelte. Er hatte gute Laune. Der Zyklon hielt ihm das Leben vom Hals. Er konnte seinen Gedanken nachhängen. Die Welt um ihn herum langweilte ihn. Nur die Ermittlungen in diesem Fall hielten ihn bei der Stange.

Am Checkpoint weigerte sich der Fahrer, den Weg fortzusetzen. Während des Wirbelsturms wagte er sich nicht in die Zone 3. Sparak blieb nicht hartnäckig. Er machte es sich auf der Rückbank gemütlich, legte den Kopf zurück und dachte an Athen und die Frau, die er dort einmal geliebt hatte.

Lena Farakis. Er sieht sie in all ihrer triumphierenden Jugend vor sich. Er spürt die Erregung, die ihre Schönheit in ihm ausgelöst hat. Er versucht, ihren Körper im Geiste exakt zu rekonstruieren, doch es gelingt ihm nicht ganz. Wo waren gleich noch mal ihre Muttermale? Wie wölbte sich ihr Nacken? Er würde alles darum geben, wenn er diese Details noch einmal betrachten könnte. Er schließt die Augen und erinnert sich an das Gespräch, das sie hatten, als der Staatsbankrott sich abzeichnete. Er hatte lange auf sie eingeredet und sie überzeugen wollen, dass man Widerstand leisten muss und die einzige Möglichkeit darin besteht, sich den Aktionsgruppen anzuschließen. Sie hat ihm erst schweigend zugehört, sich dann über seine leicht soldatischen Anwandlungen amüsiert, schließlich aber seine Sprachgewandtheit bewundert, die sie bislang nicht gekannt hatte. Sie hat genickt und zu ihm gesagt, dass sie gemeinsam auf die Barrikaden gehen und gemeinsam für eine bessere Welt schreien würden. Und sie hat ihn – er weiß es noch genau – mit einem zuvor nie dagewesenen Ernst in der Stimme gebeten, ihr zu schwören, dass ihm das Leben immer wichtiger bleiben würde als die Politik. Er wollte ihr erklären, dass GoldTex Griechenland in den Würgegriff genommen habe und jetzt das ganze Leben politisch sei, doch sie hat wiederholt: »Schwörst du es mir? Dass das Leben für uns beide immer mehr zählen wird als alles andere?« Und er hat geschworen, weniger, weil er an die Sache glaubte, sondern weil er einen Grund gesucht hat, sein Gesicht an ihren Hals zu schmiegen. Lena. Danach kämpfte sie tatsächlich an seiner Seite, sie war sogar das hitzköpfigste Mitglied der Gruppe. Aber sie hatten diesen Pakt. Auch auf den Gipfeln der Wut, auch angesichts der dringendsten Angelegenheiten bedeutete das Leben immer mehr als alles andere. Manchmal gab sie ihm auf einer Demonstration einen Kuss, manchmal bestand sie darauf, dass sie das Auto parkten und baden gingen, obwohl sie den Kofferraum voller Flugblätter hatten oder vielleicht eine Versammlung verpassten. »Denn wenn man vergisst zu leben, hat der Kampf keinen Sinn mehr«, hat sie gemeint. Nun blickt er zurück und stellt fest, dass die Politik alles verbrannt und vernichtet hat. Zwar nicht sie als Paar, dafür aber alles um sie herum. Die Politik hat sie vom Leben abgeschnitten, ihnen das Blut aus den Adern gesaugt und jegliche Freude genommen. Er denkt zurück an den jungen Mann, der er damals war. Lang ist's her … An die Autos, die er und seine Kameraden angezündet haben, an die Eisenstangen, mit denen sie zuschlugen. Es hat das Ende des Landes nicht abwenden können. Der Vertrag wurde unterschrieben. Die insolvente, ruinierte Nation aufgekauft. Die Proteste haben nicht verhindert, dass Griechenland Stück für Stück auseinanderfiel, wie ein Schiff, das zu lange am Kai gelegen hat und schließlich in seinen Einzelteilen an profitsüchtige Schrotthändler verhökert wird. Er denkt zurück an jene Tage, in denen das Kämpfen noch einen Sinn gehabt hat, weil er und Lena zusammen waren. Das Chaos überwältigt ihn, und der Hagel, der auf die Kuppel hämmert, erinnert ihn daran, wie die Polizei die Tür zu der Wohnung aufgebrochen hat, in der sie zu sechst oder siebt geschlafen haben. Das war an dem Morgen, nachdem ein Typ von den Spezialeinheiten getötet worden war, die Wohnung war in dem besetzten Haus, das die Bewegung ihnen zur Verfügung gestellt hatte. Die Bullen waren auf einmal mit Sturmgewehren und Taschenlampen hereingeplatzt. Sie nahmen den Raum brutal in Besitz. Schläge. Handschellen. Die Leute wurden mit dem Gesicht auf den Boden gedrückt. Abführen. Er war so froh, dass Lena nicht da war. Das Wissen, dass sie draußen frei herumlief, hat ihm Kraft gegeben. Dann wurde er von den anderen getrennt. Jeder in einen Verhörraum. Was er in den darauffolgenden Stunden erlebte, hat ihn tief geprägt.

So plötzlich, wie der Sturm losgebrochen ist, ist er auch vorbei. Innerhalb von wenigen Augenblicken ebben Regen und Wind ab. Stille kehrt ein. Es wird wieder hell. Der Chauffeur lässt den Motor an, und sie fahren hinüber in die Zone 3. Es herrscht ein unbeschreibliches Durcheinander. Die Straßen sind mit seltsamen Dingen übersät: umgestürzten Mülltonnen, auf dem Dach liegenden Autos, abgerissenen Werbetafeln. Die Stadt ist einmal durchgeschüttelt und auf den Kopf gestellt worden, jetzt erwacht sie zerschlagen und betrachtet ungläubig die Spuren der Verwüstung. Die GoldTex-Drohnen werden nicht lange auf sich warten lassen. Er will es gar nicht sehen, wie sie durch die Lüfte schwirren und zur Mobilisierung aufrufen. »Holt euch die Kontrolle über

eure Straßen zurück! Eine gute Stadt steht wieder auf!«
Sie überfluten die Gemüter mit Slogans, die sie in fern-
ab von all dem Chaos gelegenen Büros ausgetüftelt haben. Er möchte in seine eigene Sphäre eintauchen, allein
sein. Was kümmern ihn die anderen. Welt, ade. Und als
der Fahrer ihn fragt, wo er ihn absetzen soll, entgegnet
er: »In RedQ, vor dem Dreamshop in der Rue Tallarès.«

»Was für ein Wirbelsturm!« ruft der Besitzer ihm zur Be-
grüßung zu.

»Wie immer«, gibt er lakonisch zurück.

»Keine Sorge, hier ist alles intakt.«

Sparak bewegt sich sicheren Schrittes zu dem Raum
und nimmt dort zwei Pillen, ja, zwei, weil er am liebsten
sein gesamtes Hirn auslöschen würde. Was soll's, wenn
er einen Knacks abbekommt. Magnapolis ist schließlich
auch toxisch.

Er liegt mit geschlossenen Augen da und lächelt, denn
vor ihm erscheinen die Straßen Athens. Die Szene ist
von einer ihm wohlvertrauten Trägheit bestimmt. Das
wollte er haben, das beruhigt ihn, das ist seine Rettung.

Doch er spürt von Anfang an, dass irgendetwas nicht
stimmt. Er fühlt sich schwach. Er muss die Bilder wohl
oder übel zulassen. Er ist im Stadtteil Monastiraki, in der
Nähe des Mitropoleos-Platzes. Er schlendert durch die
Gegend und gelangt zur Voulis-Straße. Merkwürdig. Er
kennt diese Straße gut. Hier hat sein Freund Herakles
Mourikos gewohnt. Ist das ein Zufall? Die Autos fahren

im Schritttempo vorbei. Alles ist langsamer als in der Wirklichkeit. Normalerweise geschieht in diesen Bildern nie etwas. Das ist eine Regel. Die Aufnahmen sind so ausgewählt, dass sie keinerlei Ereignisse enthalten. Man sieht lediglich lebendige Kulissen, vor denen sich das Schauspiel der Menschheit zuträgt. Aber da tauchen plötzlich zwei Autos auf. Sie parken schräg auf dem Bürgersteig, und sechs tatkräftige Männer steigen aus. Vier verschwinden in einem Gebäude, zwei bleiben davor stehen. Es dauert einen Moment, bis er begreift, dass er mit seiner Vergangenheit konfrontiert ist. Ist das ein Programmierungsfehler? Ist die Begebenheit der Überwachungssoftware entgangen? Es vergeht ein bisschen Zeit. Auf einmal kommen die Männer aus dem Gebäude wieder heraus. Einer von ihnen schubst einen jungen Kerl vor sich her, der nur mit einer Unterhose bekleidet und mit Handschellen gefesselt ist. Zem erkennt ihn auf der Stelle. Herakles. Was passiert hier? Sein Herz schlägt schneller. Wie kann das sein? Wird er gerade zum Zeugen eines Vorgangs aus seinem eigenen Leben? Herakles war in der Tat verhaftet worden, Sparak war allerdings nicht vor Ort gewesen. Er schüttelt lethargisch den Kopf, aber das Mittel, das er geschluckt hat, ist zu stark, als dass er sich dem Anblick entziehen könnte. Er muss warten, bis die Wirkung nachlässt. Inzwischen befindet er sich anderswo. In der Plaka. Es ist Nachmittag. Die Sonne steht im Zenit. Auf den Straßen sind nur wenige Menschen unterwegs, weil es so heiß ist. Die kleinen Händler haben ihre Verkaufsstände zusammengeräumt, man hält

Siesta. Es ist Ruhe. Auf einmal rennt ein Mann an ihm vorbei. Sein T-Shirt ist zerfetzt. Er ist offenbar verprügelt worden, aber ihm ist die Flucht gelungen. Er wird von zwei Typen mit Pistolengurten und Polizeiabzeichen verfolgt. Hundert Meter weiter holen sie ihn ein und reißen ihn zu Boden, einer drückt ihm das Knie auf die Wange, um ihm Handschellen anzulegen. Der festgenommene junge Mann dreht Sparak nur für einen kurzen Moment den Kopf zu, aber die Zeit reicht, um ihn zu erkennen. Mikis Papangou, ein Mitglied seiner Aktionsgruppe. Auch in dieser Szene sind die Bewegungen der Leute zu schleppend, das darf eigentlich nicht sein. Zem Sparak stöhnt und windet sich. Er erinnert sich. All diese Verhaftungen haben am selben Tag stattgefunden. Wird er jetzt jeder einzelnen beiwohnen müssen? Wie ist es möglich, dass das Programm solche Aufnahmen enthält? Das geht ja drunter und drüber. Sparak will den bösen Traum verlassen, aufstehen und zur Schwerkraft des echten Lebens zurückkehren, aber er kann nicht. Er spürt, dass die Bilder ihn zu den Vorfällen im Keller des Polizeireviers führen werden, in den man ihn unmittelbar nach seiner Ergreifung gebracht hat. Er hat nicht länger oder kürzer durchgehalten als andere. Er hatte sich wie seine Waffenbrüder geschworen, nicht zu singen, wenn man ihn verhaften sollte, denn es steckte so viel Wut in ihm, dass er überzeugt war, hart zu sein, härter als der ganze Rest. Und vielleicht hätte er sich ja tatsächlich zum Helden aufgeschwungen, wenn es darum gegangen wäre, grenzenlose Gewalt schweigend zu erdulden. Doch darum ging es nicht. Sie haben ihn nicht geschlagen. Oder kaum. Sie hatten andere Waffen. Er erinnert sich noch genau: an den Moment, in dem das Gehirn merkt, dass es gerade nicht vorbereitet ist, an seine Verwirrung, diesen Zustand, in dem man nicht denken kann. Sie haben ihn gefragt, ob er lieber schweigen oder zehn Namen aus seinem Umfeld preisgeben möchte. Sollte er schweigen, würden sie Lena Farakis verhaften. Er war zusammengefahren. Woher kannten sie Lena? Sie hatten ihm Fotos unter die Nase gehalten und dabei gelächelt, weil sie sahen, dass diese Fotos ihre Wirkung nicht verfehlten. Ja, sie wussten, wer sie war und wo sie wohnte. Sie kannten die Leute, mit denen sie verkehrte, und die Geschäfte, in denen sie einkaufte. Er war völlig sprachlos. Er begriff, dass er verloren hatte. Aber da er sich noch nicht recht dazu entschließen konnte, seine Freunde zu verraten, verhielt er sich wie andere in der Situation auch: Er schrie, das könnten sie doch nicht machen, sie habe nichts damit zu tun. Er sprach all die nutzlosen Sätze aus, die doch nur allmählich seine Kapitulation vorbereiteten. Lena. Die Polizisten brauchten ihn nicht zusammenzuschlagen. Er war schon zerstört, als er bloß den Namen aus ihrem Mund hörte, ihm war, als hätten sie sie bereits angefasst und besudelt. Als hätten sie sie betatscht, an ihr gerochen und ihr zwischen die Schenkel gelangt. Lena. Er hatte begriffen, dass er in der Falle saß. Es setzte keine Prügel, und es gab keinen heldenhaften Widerstand. Jeder hat seine Schwachstelle, und sie hatten die seine gefunden. Nichts zu machen. Er konnte höchstens entscheiden, wen er jetzt fallen ließ. Er musste sich noch einverstanden erklären, und er willigte ein. Innerhalb von wenigen Minuten wurde er zum Verräter. Er senkte die Augen und nannte die Namen: Herakles Mourikos, Mikis Papangou, Georges Seferidès, Yannis Carapharos. Ihm war klar, dass er sie in den Tod oder zumindest in einen feuchten Kerker schickte, und er selbst daran zugrunde gehen, bis ans Ende seiner Tage auf sein eigenes Spiegelbild spucken würde, aber er nannte die Namen. Das Unheil nahm seinen Lauf. Wagen fuhren los, Einheiten der Zivilpolizei durchstöberten jede Ecke der Stadt, um seine Kameraden aufzuspüren. Und sie erwischten sie, wie sie gerade aus dem Haus gingen, sie traten ihre Wohnungstüren ein und legten ihnen, die nackt und verdattert auf den kalten Fliesen ihrer Badezimmer lagen, Handschellen an. Die Dinge hatten ihren Lauf genommen ... Und das wird ihm jetzt vorgeführt. Die Verhaftungen, von denen er nichts mitbekommen hat, weil er in seiner Zelle saß. Was für grausame Mächte sind hier am Werk? Oder schlägt sein eigenartiger Selbstbestrafungsdrang durch? Alles ist da. Vor seinen Augen. Vielleicht hat ja der Zyklon das Programm durcheinandergewirbelt? Er hört, wie an Türen gedonnert wird. Wie Schlösser mit dem Brecheisen aufgebrochen werden. Er sieht Verfolgungsjagden. Er sieht alles und möchte am liebsten weinen. Was für eine Tortur. Und dann waren die Polizisten wiedergekommen, stolz lächelnd. Sie beglückwünschten ihn, klopften ihm auf die Schulter und meinten, er habe ganze Arbeit geleistet. Um ihn nicht vollends zur Strecke zu bringen, erklärten sie, hätten sie nicht alle zehn verhaftet. Sie waren schlauer als gedacht. »Du bist uns wichtig, Sparakos«, nuschelte der Typ, der ihn verhörte. »Sehr wichtig, und deshalb haben wir ein raffiniertes Spiel für dich ausgeheckt.« Zwei waren auf freiem Fuß geblieben. »Du siehst, wir denken an dich.« Er hat die trockene Stimme des Kerls, der sich bemühte, eine komplizenhafte Atmosphäre zu schaffen, noch gut im Ohr. »Drei von euch sind davongekommen, und einer ist der Verräter«, sagte er. »Das ist deine Rettung. Wir haben dir ein Hintertürchen offengehalten.« Er hätte sterben können in dem Moment. Doch es war zu spät. Sein Gehirn war wie betäubt. Er fühlte sich benommen. Er stellte sich vor, wie Verdächtigungen, Misstrauen und Angst die Gruppe zerrütten würden. Und genauso war es gewesen. Nach seiner Freilassung hatte er seine Mitstreiter wiedergetroffen, aber ihre Mienen hatten sich verändert. Man wich dem brenzligen Thema aus. Alle trieb dieselbe Frage um: Wer ist der Verräter? Bis zu dem Tag, an dem einer der drei mit einer Kugel im Kopf auf einem Schuttabladeplatz gefunden wurde. Die anderen glaubten, die Bewegung habe endlich den Judas ausgemacht und ihn gerichtet. Zem war erleichtert und doch am Boden zerstört. Das Kalkül der Polizei ging auf: Diese Leiche sprach ihn frei. Der Ermordete war es, der seine Kumpane verpfiffen hatte. Außer Sparak wusste niemand, dass die Geschichte hinten und vorne nicht stimmte, der Tote ein Partisan war und Zem den Mann umgebracht hatte, so wie er zuvor die anderen ausgeschaltet hatte … Die Polizei deckte ihn durch die Inszenierung einer Vergeltungsaktion innerhalb der Gruppe. Und es funktionierte. Der Verräter war tot. Die beiden anderen waren entlastet. Niemand stellte irgendwelche Fragen. Jeder dachte, die Führung der Bewegung habe die Entscheidung gefällt. Zem war am Leben. Er würde weitermachen, als Verräter, für immer an sein Herrchen gebunden, das ihn an der Leine hatte. »Sparakos, du bleibst bei uns …« Wieder diese Stimme, sanft und brutal zugleich. »Weil du ungeheuer begabt bist.« Er erinnert sich an das Kompliment. Das schmerzhafter war, als ein Hieb es hätte sein können.

23

HELDEN

Als Helden betreten sie die Büros der Polizeiwache Pinto. Salia steht neben Cal. Die Kollegen klatschen Beifall. Cal reckt zum Zeichen des Sieges den Arm in die Höhe. Die wochenlange Arbeit, alles für diese Augenblicke. Sie unterhalten sich laut und begießen den triumphalen Erfolg mit Bier. Salia freut sich, dabei zu sein. Sie möchte nicht nachdenken, sie möchte bloß einen schlagfertigen Kommentar parat haben, wenn sie ihre Witze machen, und zum x-ten Mal die Verfolgungsjagd erzählen, was soll's, wenn Cal das Ganze jetzt für sich in Anspruch nimmt, wenn er sich eine Geschichte zurechtgelegt hat, die er nun ununterbrochen wiederholt, als müsste er sich selbst von ihrem Wahrheitsgehalt überzeugen, was soll's? Sie ist glücklich oder sollte es zumindest sein. Davon hat sie immer geträumt. Cal wird ihr anbieten, Teil seiner Einheit zu werden. Sie merkt es daran, dass er ihren Blick sucht, an der Art, wie er ihren Namen sagt und ihn in seine Erzählung webt, damit die Kollegen sich schon einmal an die Vorstellung gewöhnen, dass sie bald dazugehören wird. Und doch ist sie in Gedanken weit weg. Innerlich kehrt sie immer wieder zu Sparak zurück. Sie lässt die anderen singen und lachen und geht in ihr Büro, um ihre Waffe zu verwahren.

In dem Moment, in dem sie sich in ihrem Sessel niederlässt und ein wenig verschnaufen will, gesellt sich Gadjo zu ihr, der Mann für die Datenanalyse. Er drückt vorsichtig die Tür auf.

»Darf ich?«, klopft er schüchtern an.

Sie winkt ihn herein.

»Geschafft?«, erkundigt er sich in einem scherzhaften, aber auch etwas traurigen Ton. »Bist du jetzt bei den Cowboys?«

Sie weiß nicht, was sie darauf sagen soll, und setzt eine fragende Miene auf. Was ihn in Verlegenheit zu bringen scheint. Er schlägt die Augen nieder, fasst sich dann aber:

»Weißt du, woran ich gerade arbeite?«

»Nein.«

»Ich bin dabei, das ganze Material auszuwerten, das in Maframs Wohnung gefunden wurde.«

»Jetzt schon?«

»Ja. Das ist die neue Methode. Sobald ihr in der Wohnung seid, werden wir mit der Haustechnik verbunden und können die Daten abrufen. Mafram war noch nicht mal gefesselt, da haben wir schon Bescheid gewusst, wo er sich in den vergangenen Monaten überall herumgetrieben hat.«

Es kommt ihr so vor, als wollte er ihr beweisen, dass er auch einen Anteil an der Festnahme hat und ihm insofern ebenfalls Applaus und ein paar Bravorufe zustehen.

»Weißt du, Gadjo«, antwortet sie. »Mir ist schon klar, dass zu einer Fahndung mehr gehört als nur eine Verfolgungsjagd.« Sie redet mit ihm wie mit einem Kind, das ein Lob verdient hat.

Die Äußerung scheint ihm zu gefallen. Er wird leicht rot und deutet ein Lächeln an. Sie schweigt und überlegt, warum er wohl bei ihr auftaucht und was er von ihr will.

»Was die kleinen Leute leisten, ist nicht spektakulär, aber irgendjemand muss die Arbeit doch machen, oder?«, fährt er mit bescheidenem Stolz fort. »Ich bin kein Cowboy, aber ich weiß, wann er nach Hause gekommen ist, wie hoch er die Heizung aufgedreht hat und für wie viele Leute er gekocht hat. Ich habe sämtliche Informationen. Es wird ein bisschen dauern, bis ich sie alle in den Bericht eingearbeitet habe, aber du ahnst nicht, worauf ich gestoßen bin. Dieser aufgeschlitzte Kerl, der hieß doch Pamuk, oder?«

»Ja …«, sagt sie, überrascht, dass der Name auf einmal in diesem Gespräch auftaucht.

»Also die zwei haben miteinander gesprochen. Mindestens fünfmal.«

»Pamuk und Mafram? … Bist du sicher?«

»Guck, hier ist es. Die Telefonate. Das war alles im Dezember. Immer abends. Und der Anrufer war jedes Mal Pamuk.«

Er hat die Akte auf dem Schreibtisch platziert und

schaut nun, wie diese Enthüllung Salias Gesichtsausdruck verändert.

»Ich habe die Cowboys noch nicht davon unterrichtet«, sagt er und erhebt sich mit einem breiten Lächeln.
»Sie sind so damit beschäftigt, den Reportern Rede und
Antwort zu stehen und ihre Orden in Empfang zu nehmen, dass mich noch keiner gefragt hat, was meine Analyse ergeben hat. Aber das ist ganz sicher. Hier ist die
Akte. Vielleicht hilft das ja.«

Sie wartet, bis der Jubel sich gelegt hat. Bis alle an ihre
Schreibtische zurückgekehrt sind. Als auch Cal im Auf-
bruch begriffen ist, geht sie auf ihn zu, schaut ihm in die
Augen und sagt:

»Cal, ich muss ihn sehen …«

»Wen? Mafram? Aber der wird doch gleich in die
Haftanstalt eingeliefert.«

»Du musst das verschieben. Bitte. Lass ihn mir, bloß
für ein kurzes Gespräch.«

Er zögert. Sie könnte jetzt hinzufügen, das sei er ihr
schuldig, doch sie lässt es sein. Damit würde sie ihr Geheimnis missbrauchen, und das würde er ihr übel nehmen. Sie versucht, es nicht mit Worten, sondern mit
den Augen zu sagen. Das bist du mir schuldig. Denn
du erntest den Ruhm, wirst befördert, gibst allerlei In-
terviews, und ich halte den Mund, also bist du mir das
schuldig … Schließlich stößt er einen Seufzer aus, nachdem er sich wohl überlegt hat: dass er ihr einen Gefallen
tun wird, weil er ihr zeigen will, dass er nicht nur der

beste Polizist der Abteilung, sondern auch ein gerechter Mensch ist. Dann wendet er sich seinen Leuten zu und ruft: »Ronnie! Wir verschieben die Einlieferung von Mafram um eine Stunde. Malberg wird noch mit ihm quatschen!«

24

REALTEST

Sie steigt hinab in den Keller und sammelt ihre Gedanken. Ihr ist klar, dass das die einzige Gelegenheit sein
wird, mit ihm zu sprechen, sie hat keine Zeit gehabt,
Zem Bescheid zu geben, dass er herkommen soll, folg-
lich wird sie nun allein versuchen müssen, Mafram zum
Reden zu bringen. »Es ist wichtig, sich mit denen zu unterhalten, die einen nicht ausstehen können«, hat Dombro immer gesagt. »Man muss ihren Hass spüren. Um
den Fall zu begreifen.«

Sie betritt den Raum. Die Wärter haben Mafram auf
einen Blechstuhl gesetzt. Er ist mit Handschellen und
Ketten an einen Stahltisch gefesselt. Sie schaut ihn an
und muss sich eingestehen, dass sie beeindruckt ist.
Als sie im Sturm hinter ihm hergerannt ist, war er nur
ein Körper. Aber jetzt steht sie Jon Mafram gegenüber,
dem Gesicht, das sie tausendmal am Bildschirm gesehen hat. Dem Mann, nach dem mit vereinten Kräften
gefahndet wurde, dem Rebellen. Jon Mafram, dem ehemaligen Mitglied der Direktionskommission. Sie muss

sich zwingen, dass kein Gefühl der Ehrfurcht in ihr auf-
steigt. Sie nimmt Platz. Irgendwie hat sie den Eindruck,
dass er sie neugierig betrachtet. Sie sagt erst einmal gar
nichts, lässt sich Zeit. Endlich fängt sie an zu reden,
ganz schlicht, ohne Drohungen, mit einer Höflichkeit,
die er sofort bemerkt. Sie spricht ihn mit »Herr Mafram« an. Sie gibt ihm keine Befehle. Sie erklärt, sie arbeite an der Aufklärung einer Mordserie, die auf den
ersten Blick in keinerlei Verbindung zu ihm steht. Trotzdem könne er ihr vielleicht helfen. Seine Aussage hier
habe absolut nichts mit den Ermittlungen gegen ihn zu
tun. Sie drückt sich so freundlich wie möglich aus. Bis
er sie unterbricht:

»Sie waren es, oder?«

Sie starrt ihn verständnislos an.

»Sie waren es, die mich verhaftet hat.«

Sie kneift die Lippen zusammen.

»Ja«, antwortet sie knapp. Das abzustreiten, wäre absurd.

»Warum überlassen Sie ihm die Bühne?«

Erneut schweigt sie und fragt sich, ob sie seine Anspie-
lung richtig verstanden hat.

»Dem, der sich jetzt vor den Kameras brüstet …«,
stellt er klar und bewegt dabei die Hände so, dass seine Ketten rasseln. »Warum lassen Sie sich von ihm die
Show stehlen?«

»Was macht das schon?«, gibt sie mit einer Gelassen-
heit zurück, die sie selbst erstaunt. In ihrer Stimme liegt
keinerlei Bedauern, sie stellt keine falsche Attitüde zur

Schau. Sie merkt, dass Cals Verhalten sie wirklich völlig kaltlässt.

Mafram mustert sie einen Augenblick und lächelt, die Fältchen an seinen Augenwinkeln zucken. Er erweist sich erneut als gesprächsbereit, da er sich erkundigt:

»Was wollen Sie von mir?«

»Sie kramt ein Foto von Pamuk hervor und hält es ihm hin.

»Kennen Sie diesen Mann?«

Er betrachtet es eine Weile und hebt dann den Kopf.

»Ja.«

»Können Sie mir sagen, wie Sie ihn kennengelernt haben?«

»Er hat sich in einer bestimmten Angelegenheit an mich gewandt.«

Sie wundert sich, dass das Ganze so einfach geht. Sie wartet darauf, dass die Unterhaltung eine Wendung nimmt und er ihr mit einem spöttischen Lächeln zu verstehen gibt, dass er sie bloß zum Narren gehalten hat und dann nichts weiter zu dem Thema sagt.

»Was war sein Anliegen?«, möchte sie wissen.

Jon Mafram sieht sie scharf an.

»Man wird mich verurteilen«, sagt er. »Keine Ahnung, wo ich den Rest meines Lebens verbringen werde. Wahrscheinlich werden sie mich irgendwie um die Ecke bringen. Was lässt Sie annehmen, dass ich Ihnen helfe? Möchten Sie sich BreakWalls anschließen? Lachen Sie nicht. Es ist vielleicht an der Zeit, dass Sie sich die Welt um sich herum genauer anschauen.«

»Herr Mafram, ich bin nicht zum Vorstellungs-gespräch hier.«

»Schade. Denn wenn Sie Auskünfte haben wollen, müssen Sie sich anstrengen, um mich für Ihr Projekt zu begeistern.«

Sie denkt nach. Sie hat das Gefühl, dass sie ehrlich zu ihm sein muss.

»Sie haben recht. Ich lege die Karten auf den Tisch. Was ich Ihnen jetzt sage, ist vertraulich. Wenn Sie das später verwenden, streite ich alles ab.«

»Solche Ankündigungen habe ich gern«, flüstert er lächelnd.

»Ich ermittle in zwei Kriminalfällen. Dem Mord an Pamuk und dem an einer Frau. Die Spur führt zu einem Mitglied des Gesundheitsausschusses. Das macht die Dinge kompliziert. Ich muss mir meiner Sache absolut sicher sein, um die Untersuchungen voranbringen zu können. Und deswegen brauche ich Sie. Ich will heraus-finden, wer Pamuk war, welche Absichten er verfolgt hat und wer ein Interesse daran hatte, ihn aus dem Weg zu räumen.«

»Schwören Sie mir ...«

Gespannt wartet sie darauf, dass er sich etwas deut-licher ausdrückt.

»Wenn tatsächlich ein Mitglied des Gesundheitsaus-schusses den Mord begangen hat, schwören Sie mir, dass Sie alles tun werden, um ihm das Handwerk zu legen.«

»Das ist mein Beruf«, antwortet sie ein bisschen re-flexartig.

»Hören Sie auf! Das sind nur schöne Worte. Schwören Sie mir, dass Sie alles unternehmen werden, damit die Affäre nicht unter den Teppich gekehrt wird, dass Sie sich Ihrem Vorgesetzten widersetzen werden, der Sie erst freundlich auffordern und Ihnen dann befehlen wird, die Sache zu vertuschen.«

Sie weiß, er hat recht. Genau so wird es kommen, wenn Kanaka tatsächlich nervös wird. Recht weit wird sie nicht gehen können.

»Ich schwöre es«, sagt sie ernst.

»Wie heißen Sie?«

»Salia Malberg.«

»Nach dem, was ich Ihnen jetzt erzähle, Salia, werden Sie anders als die anderen sein. Wenn Sie glauben, was ich Ihnen sage, können Sie nicht mehr mit ihnen lachen und arbeiten. Das ist einfach so. Aber ich nehme an, wenn Sie mich hier ganz allein aufsuchen, haben Sie sowieso schon irgendwie begriffen …«

Er redet mit ruhiger Stimme und wirft ihr von Zeit zu Zeit einen prüfenden Blick zu, um sich zu versichern, dass sie seinen Ausführungen folgt und sie versteht.

»Pamuk hat mich über einen BreakWalls-Aktivisten kontaktiert. Wir haben ein Treffen vereinbart. Er hat mir erklärt, dass er zwar meine politischen Ziele nicht teilt, aber etwas für mich hat. Etwas ganz Großes, das die Kommissionen ins Wanken bringen würde.«

Er macht eine Pause.

»Haben Sie schon mal von den Eternytox-Implantaten gehört?«, fährt er in didaktischem Ton fort.

»Ja.«

»Die sogenannten Besten von uns bekommen so etwas. Die Auserwählten. Ein Geschenk der Meritokratie. Die Implantate halten nicht ewig, aber fast. Man stirbt garantiert nicht an einem Herzinfarkt oder einem Schlaganfall. Und zieht sich keine neurologischen Krankheiten zu. Kurzum, man lebt zehn, zwanzig Jahre länger und bleibt auch noch bei guter Gesundheit. Stellen Sie sich vor, was man alles anstellen kann, wenn man weiß, dass man mit fünfundsechzig oder sogar noch mit neunzig topfit ist. Dann ist das hohe Alter auf einmal nicht mehr die Zeit, in der man an zahlreichen Gebrechen leidet, sondern der Moment, in dem man das Leben genießen kann.«

»Ich kapiere nicht, was das mit dem Fall zu tun hat …«

»Ich komme gleich darauf. Die Eternytox-Implantate sind Spitzentechnologie. Ultra sophisticated. Aber wie jede andere Technologie auch, muss sie ständig angepasst und verbessert werden. In Phase zwei und drei übergehen. Jeder Körper ist anders. Es müssen immer alle Möglichkeiten in Betracht gezogen werden. Der Worst Case wäre, wenn einer der Auserwählten infolge eines technischen Problems sterben würde. Darum hat sich die Direktionskommission etwas einfallen lassen: die RealTests.«

»Was ist das?«

»Das sind Tests, die an gewöhnlichen Männern und Frauen durchgeführt werden.«

»Wollen Sie damit sagen, dass ihnen Implantate eingesetzt werden?«

Jon Mafram seufzt. Er ist kurz davor, wertvolle Informationen preiszugeben, die großes Aufsehen erregt hätten, wenn ihm Zeit geblieben wäre, sie selbst zu veröffentlichen. Doch jetzt ist es vorbei.

»Ja. GoldTex fertigt auch Duplikate an. Die Operationen dienen dazu, Daten zu sammeln und Reaktionen des Organismus auf das Implantat zu testen. So braucht man die Auserwählten nicht mit lästigen Nachsorgeuntersuchungen zu behelligen.«

»Heißt das, die Leute wissen, dass sie nur Versuchskaninchen sind?«

»Das Ganze wird ihnen natürlich etwas anders verkauft. Es ist ein geniales System. Man verklickert ihnen, dass in der überwiegenden Mehrheit der Fälle nichts passiert. Und das stimmt auch. Das bedeutet, ein RealTest ist die einmalige Gelegenheit, an ein Implantat heranzukommen, von dem man im Grunde nie zu träumen gewagt hätte. Ein unglaubliches Glück. Wer lehnt so etwas ab?«

»Und wenn doch etwas passiert?«

»Das wird alles vorher vertraglich vereinbart. Die Testpersonen nehmen das Risiko in Kauf. Wenn Funktionsstörungen auftreten, besteht kein Entschädigungsanspruch, das ist explizit festgelegt. GoldTex legt Wert darauf, in jedem Fall auf das Material zurückgreifen zu dürfen, damit der Konzern seine Datenbank erweitern und sein Produkt verbessern kann.«

»Also lassen sie die Menschen einfach verrecken?«

»So ungefähr.«

»Und wer wählt die Kandidaten aus?«

»Destiny.«

»Das steht in Zusammenhang mit der Lotterie?«

»GoldTex bietet den Gewinnern, die ja immer aus der Zone 3 kommen, ein Eternytox-Implantat an. Und wenn man in Zone 3 wohnt und einem jemand einen solchen Vorschlag unterbreitet, klingt das erst mal wie ein Wunder.«

»Erzählen Sie mir gerade, dass Pamuk eine RealTest-Person war? Das wäre ja eine Erklärung dafür, dass er nicht im offiziellen Implantationsregister auftaucht.«

»Genau. Aber sein Herzfrequenzregulator hat verrückt gespielt. Er hatte seltsame Schmerzen in der Brust. Er hat sich Sorgen gemacht. Panik gekriegt. Er ist zum Gesundheitsausschuss gegangen und hat um eine Untersuchung gebeten. Kanaka hat davon nichts hören wollen. Er hat nur auf die vertraglichen Vereinbarungen verwiesen.«

»Was hätte es sie denn gekostet, ihn zu behandeln?«

»Sie nutzen die RealTests, die Probleme bereiten, zu Forschungszwecken, um ihr Wissen zu erweitern. Würden sie die Leute medizinisch versorgen, wäre das Ganze kein wissenschaftliches Labor, sondern ein Krankenhaus.«

Salia überlegt. Dann fragt sie:

»Meinen Sie damit, dass die Sache völlig legal ist?«

Jon Mafram lächelt.

»Wenn legal ist, was die Direktionskommission beschließt und genehmigt, dann ja. Absolut legal und perfekt organisiert. Ich hatte vor, das Verfahren an den

Pranger zu stellen. Das wäre unser nächstes Projekt gewesen, wenn ich nicht verhaftet worden wäre.«

Salias Miene verfinstert sich.

»Hat Pamuk mit Ihnen darüber gesprochen, dass er Kanaka erpressen will?«

Mafram sieht sie mit einem bedauernden Blick an.

»Sie werden nicht beweisen können, dass Kanaka ihn getötet hat.«

»Sie glauben, dass ich dazu nicht fähig bin?«

»So war das nicht gemeint. Es wird Ihnen nicht gelingen, weil Kanaka es nicht war.«

Salia schweigt. Sie ahnt, dass er ihr wohl gleich etwas Wichtiges mitteilen wird.

»Kennen Sie den Mörder?«

»Nein«, antwortet er postwendend. »Aber ich habe eine interessante Information für Sie.«

»Ich höre.«

Mafram betrachtet sie, wie um zu sehen, ob sie bereit ist, und schießt dann los:

»Pamuk ist zu mir gekommen. Er wollte sich für das, was ihm widerfahren ist, irgendwie am System rächen. Ihm war klar, dass er bald sterben würde, und er wollte mit seinem Tod ein Zeichen setzen. Das mit dem Aufschlitzen war seine Idee. Seine Leiche sollte so gefunden werden, das Implantat gut sichtbar. Die Geschichte, sagte er, muss hohe Wellen schlagen, bis in die Vorstandsetagen hinauf. Einen bleibenden Eindruck hinterlassen. Je grausamer die Inszenierung, desto beschämender für GoldTex.«

»Wollen Sie mir erzählen, dass Pamuk sich selbst den Bauch aufgeschnitten hat?«

»Natürlich nicht. Er hat mir einen Deal angeboten: BreakWalls verpflichtet sich, ihn zu einem ihm nicht bekannten Zeitpunkt gemäß seinen Vorstellungen zu töten. Das war sein Vergeltungsplan.«

»Und sind Sie auf den Vorschlag eingegangen?«

»Nein. Ich habe abgelehnt. Ich habe ihm erklärt, dass es doch interessanter wäre, Beweise zu sammeln und den Fall an die Öffentlichkeit zu bringen. Da ist er wütend geworden. Er hat mich angeschrien, er habe keine Zeit. Er würde sowieso verrecken. Das Ganze sei eine hervorragende Art, dem Konzern einen Strich durch die Rechnung zu machen. Wenn ich ihn nicht umbringen wolle, würde es eben jemand anderes tun. Er hat zu mir gesagt, sein Vorhaben werde mein Ansehen beträchtlich steigern. Sozusagen eine Win-win-Situation. Er hat schnell geredet. War wie besessen von dem Gedanken. Ich habe ihm zu verstehen gegeben, dass das nicht infrage kommt. Er hat sich wahnsinnig aufgeregt, und ich habe das Gespräch beendet. Aber ich habe mich geirrt. Er hatte eigentlich recht. Sein Konzept hatte das hundertprozentige Potenzial, für Schlagzeilen zu sorgen. Unsere Aufklärungskampagnen bewirken nichts. Und sehen Sie, am Ende habe ich nicht einmal mehr Zeit gehabt, Beweise zu sammeln.«

»Wie kann es dann sein, dass das Implantat verschwunden ist, wo es doch hätte auffallen sollen?«

»Keine Ahnung ... Irgendetwas ist wohl anders gelaufen als geplant. Wenn so ein Teil in Zone 3 offen herumliegt, weckt das bestimmt Begehrlichkeiten.«

»Hat er Ihnen gegenüber noch weitere RealTest-Personen erwähnt?«

Mafram kippelt mit seinem Stuhl leicht nach hinten, nimmt sich Zeit zum Nachdenken und antwortet dann:

»Nein ...«

»Eine Frau namens Ira Cuprack?«

»Nein. Er hat im Grunde einen ziemlich vereinsamten Eindruck gemacht ... Ich kann Ihnen nur sagen, dass er unbedingt den RealTest-Skandal ans Licht bringen wollte. Er war stinksauer auf Kanaka, aber man kann Kanaka nicht die ganze Schuld in die Schuhe schieben. Über das Thema haben wir auch diskutiert. Die Verantwortung liegt nicht beim derzeitigen gewählten Vorsitzenden des Gesundheitsausschusses. Das RealTest-Programm geht auf die Ära El Fatongs zurück. Man kann Kanaka vielleicht vorwerfen, dass er es nicht abgeschafft hat, aber er hat es nicht erfunden. Sie wirken niedergeschlagen. Wollen Sie Kanaka jetzt nicht mehr hinter Gitter bringen?«

»Sie haben ihn gerade für unschuldig erklärt.«

Jon Mafram sieht sie streng an. Aus seinem Blick spricht kalte Wut.

»Sagen Sie so was nicht. Er ist keineswegs unschuldig. Er steht an der Spitze eines absolut zynischen, ausbeuterischen Systems, das die Elenden von Zone 3 als Versuchskaninchen für die Reichsten der Reichen benutzt ...«

Salia unterbricht ihn:

»Herr Mafram, ich bin nicht hier, weil ich mich erkundigen wollte, ob die Welt gerecht ist. So schockierend die RealTests auch sein mögen, wenn es sie seit Jahren gibt, liefern sie kein Motiv für ein Verbrechen. Ich dachte, Pamuk wollte Kanaka erpressen.«

»Nein, er wollte das System bestrafen.«

Salia steht auf, ist bereits im Begriff, die Tür der Zelle aufzumachen, hält dann aber inne. Sie geht noch einmal zurück und tritt erneut an den Tisch heran. Denn sie hofft, dass diese Unterredung für sie doch noch eine Enthüllung bereithalten könnte.

»Glauben Sie, dass er letztlich jemanden gefunden hat, der sein Angebot angenommen hat?«

»Da bin ich mir sicher. Als ich ihn angerufen habe, um ihm mitzuteilen, dass ich einen organisierten Mord nicht mittrage, habe ich ihm den Vorschlag unterbreitet, ein ausführliches Interview mit ihm aufzunehmen. Aber davon wollte er nichts hören. Er war wahnsinnig aufgewühlt. Er hat erzählt, dass er jemanden getroffen hat, der sich für seine Geschichte interessiert. Und wenn wir solche Schlappschwänze sind, würde er sich eben an diese andere Person wenden.«

»Hat er gesagt, wie diese Person heißt?«

»Skyros, glaube ich …«

»Und wissen Sie, wie er diesen Skyros aufgegabelt hat?«

»Wenn ich richtig verstanden habe, war das einer aus Barsoks Team. Aber die Story klang verwirrend. Pamuk hat ständig gesagt, dass die dicken Fische sich gegenseitig fressen. Und er sich im Grab vor Lachen kugeln wird.«

Salia spürt, dass ihre Erregung steigt.

»Skyros ...«, wiederholt sie. Es scheint tatsächlich so, als würde Jon Mafram sie auf eine heiße Spur setzen. Sie schaut ihm tief in die Augen und murmelt:

»Danke. Sie haben mir echt geholfen.«

Als sie die Tür öffnet – anscheinend möchte er den Moment noch hinauszögern, in dem er von den Wärtern abgeholt wird –, ruft er ihr nach:

»Vergessen Sie nicht, Salia: Sie entscheiden, wie es weitergeht. Wenn ich von der Bildfläche verschwinde, braucht die Bewegung Leute wie Sie. Legen Sie diesen Verbrechern das Handwerk. Wer auch immer sich hinter der Sache verbirgt. Wenn die Kerle vor Ihnen im Dreck liegen, bestellen Sie ihnen schöne Grüße von Jon Mafram: Ich spucke auf ihre miese Welt.«

25

DIE KUPPEL

»Das war der Letzte«, gab Yehu Rami mit tiefer Stimme in seiner offiziellen Ansprache kund. Sein Gesicht war bleich. In Magnapolis war der »Wirbelsturm 28« losgebrochen. Ein unvorhergesehener Zyklon, der die Stadt mit unerhörter Wucht getroffen und binnen achtundzwanzig Minuten die Straßen verwüstet hatte. Ein wahres Gemetzel. Achtundzwanzig Minuten hatten genügt, um ganze Viertel zu überfluten. In der kurzen Zeit fiel so viel Regen wie normalerweise in zwei Jahren. Ein dichter Vorhang zog sich zu, der von reißenden Winden gepeitscht wurde. Später spülten Schlammlawinen weg, was bis dahin noch standgehalten hatte. »Das war der Letzte«, wurde zum Motto des Widerstands gegen eine wilde, unberechenbare Natur, die bei heiterem Himmel Chaos barg. Kurz bevor der Wind die Wände hatte wackeln lassen, war noch schönes Wetter gewesen. Kurz nach der Katastrophe erfreute man sich erneut milder Temperaturen, und es sangen die Vögel, die überlebt hatten. GoldTex machte sich ans Werk. Zum ersten Mal wurde der Ausnahmezustand verhängt und eine PhadaK, eine Phase der außergewöhnlichen Kraftanstrengung ausgerufen. Die BiFs erklärten sich dazu bereit, ohne die Miene zu verziehen. Es war unglaublich viel zu tun. Es galt zum einen, die Stadt wieder in Gang zu bringen, und zum anderen, die Kuppel zu errichten. Monatelang wurde wie verrückt gerackert. Die Arbeiten verschlangen Unsummen. Yehu Rami hatte es ja angekündigt: Gold-Tex würde keine Kosten und Mühen scheuen. Die Leute schwirrten herum, schwitzten und waren rund um die Uhr beschäftigt. Man schuftete Tag und Nacht. Die Arbeiten schritten zügig voran, doch große Taten zehren häufig ihren Schöpfer auf, und so starb Yehu Rami wenige Wochen vor Eröffnung der Kuppel. Zur selben Zeit wurde GoldTex vom Konkurrenzunternehmen Moloch-First des unlauteren Wettbewerbs bezichtigt. Moloch-First hatte ebenfalls mit dem Bau einer Klimakuppel begonnen, die Arbeiten verzögerten sich jedoch. Gerüchte kursierten, denen zufolge bei GoldTex unmenschliche Zustände geherrscht hatten. Es war von Sklaverei die Rede, die Baustellen seien regelrechte Friedhöfe gewesen. Nach dem Tod von Yehu Rami besprach das Management das weitere Vorgehen. Sollte man nun verkünden, der Architekt habe im Bemühen um die Sicherheit der BiFs Fehler begangen und zweifelhafte Anweisungen gegeben? Sollte man alles offenlegen? Die Ikone beschmutzen, um ein Problem aus der Welt zu schaffen? Man entschied sich für das Gegenteil. Die Freude gönnte man MolochFirst nicht. Yehu Rami wurde zum Helden erkoren. Am Tag der Einweihung der Kuppel entrollte man ein riesiges Banner mit seinem Konterfei, auf dem es unter dem Porträt schlicht hieß: Danke. Und was die Arbeitsbedingungen auf der Baustelle anging, wurden sämtliche Vorwürfe zurückgewiesen. Man erklärte der Öffentlichkeit, es handele sich hierbei um Destabilisierungsversuche der Konkurrenz. MolochFirst wolle den Ruf des Kontrahenten verunglimpfen und ihn schwächen. Alles wurde kategorisch abgestritten. Bei der Eröffnung setzte ein plötzlicher Platzregen ein. Das Konsortium hätte sich keine bessere Inszenierung ausdenken können. Die Hagelkörner krachten wütend auf die Kuppel. Die Menschen auf den Straßen, Terrassen, Avenuen und Balkonen schauten instinktiv ängstlich zum Himmel auf. Das Geprassel wurde immer heftiger. Die Spannung stieg. Dann, als die Leute sahen, dass die Kuppel hielt, stimmten sie lautes Hurrageschrei an. Man begegnete dem Grollen des Zyklons mit Freude auf den Straßen. Die Kuppel bot wirklich Schutz. Nur auf den Baustellen wurde das Trommeln des Regens ruhig und schweigend aufgenommen. Die Arbeiter sangen und tanzten nicht. Denn sie wussten, wie viele Kollegen für das große Ziel hatten sterben müssen. Sie wussten um die Einschüchterungen, die sie hatten ertragen müssen. Vor allem wussten sie, dass sie mit ihrem Blut und ihrem Schweiß ein Dach gebaut hatten, das für sie keinerlei Nutzen hatte, weil sie wieder in die Zone 3 zurückkehren würden, wo die Bauarbeiten noch nicht begonnen hatten. Sie waren ihr Leben lang ausgebeutet worden und wussten, dass die Arbeiten in Zone 3 ins Stocken geraten, die Sache nicht vorangehen würde und sie wohl nie den Kopf erfreut zum Himmel heben und zufrieden feststellen würden, dass sie von einem Unwetter nichts abbekamen. Ihnen wurde ein für alle Mal bewusst, dass ihr Tod nichts bedeutete, ihre Leistungen später nicht gewürdigt und nirgends erwähnt werden würden, und das schmerzte sie vielleicht am meisten. Man würde sie für immer vergessen, jede Erinnerung an sie war in den Fundamenten der Kuppel begraben, des monumentalen Denkmals zu Ehren von Yehu Rami. Und wie die Soldaten einer Armee, die für ihren eitlen Herrscher in den Tod geht, verfluchten sie heimlich den Zyklon, der zu schwach war, um ihr trauriges Schicksal zu rächen und die Reichen zu treffen.

26

DER ALTE TOBO

Als Sparak aus dem Dreamshop herauskommt, fühlt er sich um dreißig Jahre gealtert. Er taumelt, streckt die Hand nach einer Hauswand aus, weil er sich abstützen muss. Er tappt vorsichtig, kneift die Augen zusammen. Die Neonlichter von RedQ beißen. Die Rückkehr in die Realität wird von Mal zu Mal schwieriger. Er braucht immer länger, um seine Kräfte zu sammeln. Er sucht nach einem Plätzchen, wo er sich hinsetzen kann, bis er wieder menschliche Züge annimmt. An der Ecke Rue Tallarès / Spector Boulevard stößt er auf den alten Tobo. Der ihn aufmerksam mustert.

»Am Ende haben wir alle einen kompletten Dachschaden«, meint der Alte, der anscheinend gleich Drogenbrüderschaft schließen will. Sparak weiß nicht, was er sagen soll. Und er hat Angst, etwas zu sagen, fürchtet, Tobo könnte aus seinen Worten heraushören, dass er total erledigt ist. Der alte Mann weist ihm mit einer Handbewegung eine Bank. Sie setzen sich nebeneinander. Passanten ziehen vorüber. Auf der Straße herrscht hektisches Treiben, alles außer ihnen ist in Bewegung. Niemand beachtet sie. Tobo holt gemütlich zwei Biere aus der Innentasche seines großen, schmutzigen, von den Jahren gezeichneten Regenmantels.

»Hier, Sparak«, vermeldet er spitzbübisch. »Der alte Tobo gibt ausnahmsweise mal einen aus.«

Zem nimmt das Bier dankbar entgegen.

»Danke«, sagt er und nimmt einen Schluck, der ihn sofort aufrüttelt.

»Sparak, weißt du, was ich bin?«, fragt der Alte mit neckischem Unterton.

»Das Orakel der Straße.«

»Genau«, entgegnet er zufrieden, als hätte Zem Sparak ihm soeben ewige Gefolgschaft geschworen. »Aber nicht nur …«

»Der größte Biertrinker von Zone 3?«

»Sparak, nicht ausfallend werden«, antwortet der Alte lächelnd. Dann wird er wieder ernst und sagt: »Ich bin ein Alchemist. Ich verwandle Dreck in Gold.«

»Das musst du mir erklären.«

»Es ist vorbei mit mir, Sparak. Für den alten Tobo geht's nicht mehr weiter. Ich merke, wie ich innerlich immer müder werde. Aber ich möchte noch eine letzte Sache machen. Eine Spur hinterlassen. Damit diese verdammte Welt ein winziges bisschen gerechter wird. Ich bin kein anständiger Kerl. Und ich bin auch nicht sonderlich freundlich. Ich habe mich in der Hölle der Straße durchgeschlagen. Aber ich lasse das alles wie einen alten Mantel im Staub zurück. Es ist vorbei. Bei mir ist nichts mehr zu holen. Was soll's, wenn sie mich verdreschen, ich bin der alte Tobo, und ich werde die Welt hinbiegen. Nur ein bisschen, damit sie gerechter wird. Sparak, ich spitze schon ein Leben lang die Ohren. Und stecke meine Nase in jeden Dreck. Ich schnappe Gerüchte auf. Höre, was es Neues gibt, wie die Stimmung im Viertel ist, wo es wieder eine kleine Schlägerei gegeben hat, das ganze Gequassel, das doch nur ein Zeichen dafür ist, dass die Straße lebt. Höre alles, aber kann noch mehr hören. Das habe ich von meiner Mutter gelernt. Augen zu und Nase in den Wind halten. Herz auf die Lebenden und die Toten aufteilen. Den Stimmen lauschen, die wie ein Wasserfall rauschen. Das ist das Gold.«

»Keine Sorge, Tobo, ich zahle«, sagt Sparak, der allmählich begreift, dass der Alte ihm etwas verraten möchte.

»Du kapierst nicht. Ich verlange kein Geld. Die alten Regeln gelten nicht mehr. Jetzt geht's um Gerechtigkeit, Sparak. Ich habe die kleine Ira gemocht. Die Welt ist schlecht, und es wird Zeit, dass diese Bastarde bluten.«

Er wirft Zem einen kritischen Blick zu, als wollte er noch einmal die Vertrauenswürdigkeit seines Gesprächspartners prüfen, und fährt dann mit ernsterer Stimme fort:

»Es heißt, dass Panotis Probleme hat. Er hat es wohl für einen schlauen Einfall gehalten, ein Implantat zu klauen, aber einigen Leuten hat das nicht gefallen. Anscheinend hat er seine Haut in letzter Sekunde retten können, aber seitdem sieht ihn niemand mehr. Die Zeiten ändern sich. Die Könige von heute sind die Zwerge von morgen.«

»Wer hat ihm auf die Finger geklopft?«

»Die Typen, die wollten, dass das Teil bleibt, wo es ist, und zusammen mit der Leiche gefunden wird.«

»Woher hat Panotis gewusst, dass Pamuk dieses Teil eingepflanzt worden ist?«

»Man sagt, Bareïm hat ihm Bescheid gegeben, kurz bevor er dich angerufen hat. Als Panotis dann eingetrudelt ist, hat er das Implantat rausgerissen, weil er sich gedacht hat, dass es wahnsinnig wertvoll ist.«

Sparak prostet ihm dankbar zu. Der alte Tobo hebt ebenfalls seine Dose.

»Dafür sollen die Schweinehunde büßen.«

»Ich tue mein Bestes, Tobo, versprochen.«

Er bestellt Bareïm auf die Polizeistation Gabu, gibt vor, er wolle Bareïms Meinung zu einem Punkt bei den Ermittlungen einholen. Und der dicke Bareïm kommt angezwitschert und freut sich riesig, weil er bestimmt Neuigkeiten erfahren wird, die sich möglicherweise zu Geld machen lassen.

Als er eintrifft, fordert Sparak ihn mit einer Geste auf, ihm in eine Zelle zu folgen. »Ich muss dir was zeigen«, erklärt er.

Der Dicke ist ziemlich aufgeregt, denn er denkt, dass Sparak ihm gleich den Zugang zu Geheimnissen eröffnen und endlich sein Talent anerkennen wird. Sowie er die Zelle betreten hat, schließt Zem die Tür hinter ihm, und dann dauert es einen Moment, bis Bareïm begreift. Als Sparak ihm die erste Frage stellt, ist er wie vor den Kopf geschlagen.

»Bareïm, nachdem du die Leiche gefunden hattest … was hast du getrieben bis zu dem Augenblick, in dem ich aufgetaucht bin?«

»Was soll das, Sparak?«

Zem hat das Gefühl, dass sich das Ganze in die Länge ziehen wird, Bareïm wird erst mal den Überraschten und anschließend den Empörten spielen, er wird etwas von Freundschaft und Loyalität faseln, und darauf hat Sparak keine Lust. Also haut er ihm eine runter. Damit die Rollenverteilung klar ist. Bareïm jault. Sein Curasix meldet sich zu Wort: »Sie haben noch vierundsiebzig Monate, drei Wochen, acht Stunden und …« Er schreit um Hilfe, beruft sich auf seine Rechte und führt alles an, was man nur anführt, wenn man auf verlorenem Posten steht. Sparak fällt ihm ins Wort:

»Bareïm, Rumbrüllen hat keinen Sinn. Wir sind hier in einer Verhörzelle. Glaubst du echt, dass jemand kommt und dich rausholt?«

Erst jetzt scheint er zu verstehen. Er starrt Sparak entsetzt an und hört auf zu plärren.

»Mit wem hast du in der Steppe telefoniert, bevor du mir Bescheid gesagt hast?«, setzt Sparak wieder an und rückt ein bisschen näher, um den Druck zu erhöhen.

»Panotis …«, stammelt Bareïm.

»Wieso?«

»Einfach so. Das hat doch nichts geändert. Wir haben nichts Schlimmes gemacht. Der Kerl war doch schon tot.«

»Ist Panotis gekommen?«

»Er war innerhalb von fünf Minuten da. Er war ganz aufgedreht, hat gemeint, dass so ein Implantat eine fette Stange Geld kostet und man es auf keinen Fall den Bullen überlassen sollte.«

»Habt ihr das Dings zusammen rausgeschnitten?«

»Nein, bloß er. Ich wollte ihm helfen, aber er hat mir geraten, dass ich mir lieber nicht die Finger schmutzig mache. Wenn die Polizei kommt, könnte ich dann sagen, dass ich die Leiche nicht angerührt habe.«

»Hat er das Teil behalten?

Bareïm zögert. Er guckt beschämt zu Boden.

»Nein«, antwortet er. »Er hat es noch am selben Tag verkauft. Deswegen sind sie ja auf ihn losgegangen.«

»Wer?«

»Ich schwöre dir, ich weiß es nicht. Also ich weiß nicht, wie sie heißen. Die Typen, die für Barsok arbeiten. Sie sind mit mehreren Männern zwei Tage später im Hauptquartier von Panotis im Quartier de la Forêt aufgekreuzt. Als er ihnen erzählt hat, dass er das Teil schon verscherbelt hat, haben sie ihn fertiggemacht, er hätte eine Kugel verdient, haben sie gesagt.«

»Hast du ihn danach noch mal gesehen?«

»Er ist abgetaucht, hält sich versteckt. Aber gestern habe ich ihn getroffen.«

»Wo?«

»Er hat mir berichtet, dass er nach Zone 2 abdampft und dass das mit den Kerlen zu tun hat, die ihm die Hölle heiß gemacht haben. Dass er sich mit ihnen geeinigt hat. Er müsste ihnen einen Gefallen tun, und anschließend wären sie quitt.«

»Du meinst, dass er jetzt für sie arbeitet?«

»Kann ich mir vorstellen. Aber mehr weiß ich nicht, Zem. Ich schwöre es dir.«

Man könnte mit dem dicken Bareïm geradezu Mitleid haben. Sein Gesichtsausdruck hat etwas Klägliches. Sein schlaffer, massiger Körper zittert nur so vor Angst. Aber Sparak erinnert sich noch gut daran, wie sie beide bei der Leiche standen, wie Bareïm vor Ekel das Gesicht verzogen hat, als Sparak das Opfer umgedreht hat und die weit geöffnete Brust zutage trat. Alles nur vorgetäuscht: seine Überraschung, sein Widerwille, die gut gemeinten Ratschläge. Insofern kann Sparak es sich nicht verkneifen, ihm noch einmal eine runterzuhauen, bevor er geht.

27

EINE STADT, EINE ZONE

Salia versucht, Sparak zu erreichen, aber er geht nicht ans Telefon. Im Kopf schwirrt ihr der Name herum, den Jon Mafram ihr genannt hat: Skyros. Es gilt, keine Minute zu verlieren. Sie schließt ihre Bürotür und dreht den Bildschirm ihres Computers so, dass niemand erkennt, was sie da tut. Sie schaut sich auf der Website der Sicherheitskommission nach einem Mitarbeiterverzeichnis um. Nachdem sie fündig geworden ist, klappert sie sämtliche Namen ab, ohne Erfolg. Kein Skyros. Und doch hat sie das Gefühl, dass sie der richtigen Fährte folgt. Zwei politische Clans bekriegen sich und sind bereit, Menschenleben zu opfern. Sie spürt, dass Pamuk und Cuprack nur zwei Bauern in einer großen Schachpartie waren und ihre Ermordung keine privaten Gründe gehabt hat. Wer wollte sie töten, wer wollte damit wen ausschalten, das sind die entscheidenden Fragen. Sie muss unbedingt mit Sparak reden. Sie braucht seine Spürnase. Sie probiert erneut, ihn zu erreichen, umsonst. Was soll's. Sie ist sich sicher: Die einzige Lösung besteht darin, sich noch einmal mit Kanaka zu unterhalten.

Sie hat eine unbändige Lust, bei ihm aufzutauchen und ihn festzunehmen. Ihm Handschellen anzulegen und ihn wie einen gewöhnlichen Verbrecher aus seinem tollen Haus in Zone 1 zu führen. Sie erinnert sich, wie arrogant er Sparak und sie empfangen hat, sie würde sich freuen, wenn er der Mörder wäre. Es wäre ihr ein Vergnügen, die Sache bis zu seiner Verhaftung konsequent durchzuziehen. Nicht bloß, weil sie es Jon Mafram versprochen hat, sie hat von Anfang an den Drang verspürt, ihn für sein schönes Leben bezahlen zu lassen. Für den Wohlstand, der ihn umgibt, für das Privileg, darüber bestimmen zu können, wie viel Zeit er seinen Besuchern widmet, welche Fragen er freundlicherweise beantwortet und welche nicht, dieser ganze Rahmen war ihr sofort extrem zuwider gewesen. Aber mittlerweile ist sie davon überzeugt, dass er unschuldig ist. Unanständig und schlecht, aber unschuldig.

Sie wartet am Hintereingang des Versammlungsgebäudes auf ihn. Er hat dort vor einer Menschenmenge, die aus dem gesamten Stadtteil Outresaule zusammengeströmt ist, eine Rede gehalten, die nun seit zehn Minuten zu Ende ist. Der Wahlkampf ist in vollem Gange. Die Kandidaten eilen von einer Kundgebung zur nächsten. Sie weiß, wenn er herauskommt, wird er von einem strammen Team von Mitarbeitern, Journalisten und Meinungsmachern umringt sein, und sie wird nur ein paar Augenblicke Zeit haben.

Die Tür geht auf. Ein Leibwächter tritt hervor und sieht

sich um. Er mustert sie aufmerksam, doch da erscheint schon der Vorsitzende des Gesundheitsausschusses.

»Herr Kanaka?«, ruft sie ihm von Weitem zu. Sie versucht gar nicht näherzukommen, ihr ist klar, der Koloss würde sie daran hindern. »Ich brauche Ihre Hilfe …«

Kanaka schaut sie an. Wie bei ihrem zweiten Zusammentreffen drückt sein Blick nur Verachtung aus. Könnte er sie wie eine Laus zerquetschen, würde er es wohl tun. Sie muss irgendetwas sagen. »Ich weiß nicht, wer Sie stürzen will, aber ich denke, Sie wissen es bestimmt … Sie müssen mir helfen.«

Er hält inne. Ihr Spruch hat anscheinend sein Interesse geweckt, oder er ist zumindest so neugierig geworden, dass er die Richtung ändert, den Bodyguards ein Zeichen gibt, sich einen Moment zu gedulden, und auf sie zukommt.

»Was wollen Sie von mir?«

»Geben Sie mir fünf Minuten.«

»Warum sollte ich mit Ihnen meine Zeit verschwenden?«

»Derjenige, der die beiden Morde begangen hat, wollte eigentlich Sie damit treffen. Und wahrscheinlich wissen Sie besser als ich, wer Ihre Feinde sind.«

»Ich habe viele Feinde.«

»Fünf Minuten. Vielleicht in Ihrem Wagen …«

Er ist einverstanden. Er signalisiert dem Koloss, dass die Dinge ihre Ordnung haben, und dann geht alles sehr schnell. Daran lässt Macht sich messen: Wahrlich mächtig ist derjenige, der Dinge beschleunigen und verlangsamen, vereinfachen und erschweren kann. Macht ist, wenn etwas flutscht, weil man es so beschlossen hat. Die hinteren Türen seines Wagens öffnen sich. Sie steigen beide ein. Niemand glotzt sie mehr schief an. Sie befindet sich nun in einem Raum, den sie erst wieder verlassen wird, wenn er es bestimmt.

Sie erklärt, dass sie über die RealTests Bescheid weiß. Sie gibt das wieder, was Jon Mafram ihr erzählt hat. Dass Pamuk sterben und die ganze Geschichte ans Licht bringen wollte, dass er schließlich jemanden gefunden hat, der bereit war, ihn zu töten. Pamuk, führt sie aus, habe einen gewissen Skyros erwähnt. Sie studiert Kanakas Mienenspiel, als sie den Namen ausspricht, es passiert jedoch nichts, sie erkundigt sich daher: »Kennen Sie ihn?«

»Nein«, antwortet er. In ihren Augen, meint sie, sei zwischen dem Gesundheitsausschuss und der Sicherheitskommission ein Krieg ausgebrochen.

»Wie kommen Sie darauf?«, fragt er mit wiedererwachtem Interesse an der Unterhaltung.

»Meinem Informanten zufolge arbeitet dieser Mann namens Skyros für Barsok.«

Kanaka beobachtet sie aufmerksam. »Von einer Sache profitieren und ein Geschäft anleiern ist aber nicht das Gleiche«, äußert er sich vorsichtig.

Er hat recht. Vielleicht ist Barsok nur auf den Zug aufgesprungen, als er die Möglichkeit gesehen hat, seinem Kontrahenten zu schaden, aber Salia möchte trotzdem bei ihrer Linie bleiben. Kanaka durchbohrt sie mit Blicken.

»Glauben Sie, dass wir den Täter haben, wenn wir Skyros finden?«

»Da bin ich mir sicher.«

»Und glauben Sie, dass wir ihn bei der Sicherheitskommission finden?«

»Ja.«

»Skyros …«, wiederholt er. Dann verstummt er. Sie begreift, dass sie jetzt nichts sagen darf, dass sie ihn in Ruhe nachdenken, Zusammenhänge knüpfen, Hypothesen aufstellen und Erinnerungen heraufbeschwören lassen muss. Sie spürt, dass sein Verstand mit voller Kraft arbeitet, er will ihr anscheinend Informationen geben, hat verstanden, dass ihm das nur von Nutzen sein kann. Und nach einer ganzen Weile redet er. Mit harter, entschlossener, kalter Stimme, so wie man in einer Schlacht Befehle erteilt.

»Bevor Barsok zur Sicherheitskommission gewechselt hat, war er zehn Jahre lang Mitglied des Migrationsbüros. Möglicherweise ist dieser Skyros ja von dort. Man fasst immer am Anfang einer Karriere Vertrauen zu Leuten, später, nach dem Aufstieg zur Macht nicht mehr. Barsoks Laufbahn hat im Migrationsbüro begonnen. Da müssen Sie sich umsehen.«

Und er nennt ihr einen Mann, der Barsok treu ergeben ist, Vince Chaoui.

»Nehmen Sie Kontakt zu ihm auf. Aber sagen Sie ihm nur das Allernötigste. Reden Sie mit sonst niemandem.

Das Migrationsbüro ist immer noch Barsoks Reich. Sobald Sie dort auftauchen, wird er über Ihren Besuch informiert.«

Am Square of Fire hält Barsok eine Rede. Wenige Wochen vor der Wahl will er verstärkt die Zone 3 mobilisieren.

Beim Verlassen der Polizeistation Gabu wundert sich Sparak über die sich um den Kandidaten drängende Menschenmenge. Der Auflauf weckt seine Neugier, und er tritt etwas näher heran. Er wird auf einmal stutzig. Barsok erwähnt das Opfer.

»Wissen Sie, was Malek Pamuk umgebracht hat?«

Barsok hat eine laute, kräftige Stimme. Er stützt sich mit seinem ganzen Gewicht auf das Pult, als wollte er es aus der Verankerung reißen oder eins mit ihm werden.

»Ich werde es Ihnen sagen: die Verachtung der Zone 2. Das Ghetto hier, in dem er gelebt hat, und die Tatsache, dass für einen Mann wie ihn die einzige Hoffnung darin besteht, bei der Destiny-Lotterie zu gewinnen. Das ist ein Skandal, das hat ihn umgebracht, und das bringt auch euch um.«

Die Leute grummeln zustimmend.

»Ich bin Barsok. Ihr kennt mich. Ich bin einer von euch. Und ich sage euch: Es wird Zeit, dass die Dinge sich ändern.«

Sparak kommt es so vor, als würde Barsok ihn ansehen.

»Magnapolis könnte das Paradies sein. Manche glauben, dass es das bereits ist, aber wisst ihr was? Die, die das glauben, wohnen alle in Zone 2. Wir hingegen wissen, dass Magnapolis kein Paradies ist. Die Stadt ist lediglich gut bewacht. Genau das muss sich ändern. Es ist Zeit, den Kreis zu erweitern. Daher habe ich den Sitz der Sicherheitskommission in Zone 3 verlegt. Das war kein einfaches Unterfangen. Aber ich habe es geschafft. Seitdem ich im Amt bin, arbeite ich hier, unter euch. Und ich habe es so gewollt, damit ihr seht, dass Veränderungen möglich sind. Ich will es so und ich sage euch: Es wird Zeit, dass ihr das Recht bekommt, in Zone 2 zu arbeiten. Es wird Zeit, dass ihr das Recht bekommt, dort zu wohnen, wenn ihr wollt, und zwar ohne Lotterie. Es wird Zeit, dass ein Kerl wie ich, der aus Zone 3 stammt, in die Direktionskommission gewählt wird und den Herren mal ein bisschen was erzählt. Es wird Zeit, dass die Zonen 2 und 3 sich vereinigen, anstatt sich voneinander abzugrenzen. Eine Stadt, eine Zone! Die Checkpoints müssen endlich verschwinden, die Barrieren fallen! Wir haben den Mut auf unserer Seite, uns lacht die Zukunft!«

Die Menge jubelt. Die Jüngeren skandieren: »Eine Stadt, eine Zone! Eine Stadt, eine Zone!« Sparak guckt sich um. Erstaunt liest er Begeisterung in den Gesichtern der Menschen. Und am meisten überrascht ihn, dass auch er eine Glut in sich spürt: die Glut der Leidenschaft. Als hätte Barsok mit seiner Rede dieses uralte Gefühl in ihm geweckt.

Er will gerade aufbrechen, da kommt einer von Barsoks Mitarbeitern auf ihn zu:

»Herr Barsok würde Sie gern sprechen.« Zem hebt den Kopf. Barsok steht am Fuß der Tribüne, gibt mit der einen Hand ein Autogramm und winkt ihn tatsächlich mit der anderen herbei. Sparak folgt bedächtig und neugierig seinem Ruf.

»Kommen Sie. Wir gehen zusammen ein paar Schritte.«

Die beiden laufen nebeneinander her, in Richtung Barsoks ungefähr hundert Meter weiter stehenden Wagen.

»Wie haben Sie meine Rede gefunden?«, erkundigt sich Barsok, um irgendwie ein Gespräch in Gang zu bringen.

»Ich kann so etwas schlecht beurteilen …«

»Aber Sie kennen die Zone 3 besser als jeder andere«, redet Barsok dazwischen. »Und Sie können sich vorstellen, wie es hier sein könnte.«

Da Sparak nichts sagt, fügt er im Brustton der Überzeugung hinzu:

»Alles ist möglich. Es ist schwierig, aber es ist möglich. Wir können diese demütigende Einteilung in Zonen überwinden. Eine Neuordnung würde die Position von GoldTex stärken.«

»Ich denke, es hat schon immer Sklaven gegeben, die dafür geschuftet haben, dass sich ein paar Privilegierte die Wangen pudern und die Bäuche vollschlagen konnten.«

»Geben Sie zu, dass Sie auf meiner Seite stehen. Ich habe vorhin Ihren Blick gesehen. Sie sind ganz meiner Meinung. Und ich brauche Leute wie Sie, Sparak.«

»Leute wie mich?«

»Leute, die verschiedene Wirklichkeiten erlebt haben. Die wissen, wie schmutzig es hinter den Kulissen aussieht, und die bereit sind, zu kämpfen.«

»Wie kommen Sie auf die Idee, dass ich bereit bin zu kämpfen?«

»Sie wollen herauskriegen, wer Pamuk umgebracht hat.«

»Das ist mein Job.«

»Sie hätten die Ermittlungen längst einstellen können. Mal wieder ein Mord in Zone 3, was bedeutet das schon? Ein ungelöster Fall mehr, was macht das schon? Wem bereitet so etwas schlaflose Nächte? Wem, außer Ihnen? Sehen Sie. Das ist ein Zeichen. Sie glauben immer noch daran. Ich merke so etwas. Sie haben den Drang, Missstände zu beseitigen und eine gerechte Welt zu schaffen. Wir beide würden gut zusammenarbeiten.«

Sparak schweigt vornehm. Er weiß auch nicht, was er sagen soll. Dass ihn Barsoks Podiumsauftritt eben wirklich ergriffen hat und er echte Bewunderung empfunden hat?

Der gewählte Vertreter der Sicherheitskommission schüttelt ihm die Hand. Er hat sich bereits zum Gehen gewandt, als er sich noch einmal umdreht und sagt: »Denken Sie darüber nach! Und melden Sie sich bei mir, wenn Sie sich entschieden haben!«

28

SKYROS

Sich allein auf den Weg zum Migrationsbüro zu machen, war wohl keine gute Idee. Ihr Auftauchen im Verwaltungsviertel von Spada wird sicher auffallen. Der Typ am Empfang gibt gewissenhaft ihre Personalnummer ein und scannt ihre Karte, anstatt sie ihr gleich wieder auszuhändigen. Sie darf das Haus betreten, ist jetzt aber erfasst, wird überwacht und durchleuchtet. Sie hat natürlich erzählt, sie sei hier in einer Angelegenheit, in der sie eine Aussage von Herrn Chaoui brauche, doch die Wände des Migrationsbüros haben scharfe Augen und wache Ohren, und die Leute lassen sich nicht so leicht hinters Licht führen. Ihr ist klar, dass sie sich Gefahr aussetzt. Trotzdem will sie keinen Rückzieher machen. Sie ist so nah dran wie noch nie, muss zu Ende bringen, was sie · begonnen hat. Sie geht zu dem angegebenen Büro, tritt ein, und noch bevor sie Chaoui richtig anschaut, eröffnet sie:

»Ich kann meinem Chef sagen, dass ich wegen eines Falls von Identitätsmissbrauch hier war, in Wahrheit schickt mich Herr Kanaka, gucken Sie nicht so verwun-

dert. Ich brauche jetzt einen reibungslosen Gesprächs-
ablauf. Ich heiße Salia Malberg, ich bin Inspector und
ermittle in einer Affäre, in der jemand versucht, Herrn
Kanaka zu verleumden.«

Vince Chaoui verfällt zunächst in Schockstarre, die
Erwähnung des Namens Kanaka versetzt ihm dann anscheinend einen Ruck. Nun ist sein Blick lebhaft und
konzentriert. Als müsste er sich etwas höchst Kom-
pliziertem widmen, das seine gesamte Aufmerksamkeit
fordert.

Sie spricht leise, damit man sie in den benachbarten
Büros nicht hören kann. Sie erklärt, dass sie so viele
Informationen wie möglich über einen Mann namens
Skyros braucht. Dass er vielleicht im Migrationsbüro ge-
arbeitet und Spuren hinterlassen hat.

Chaoui holt wortlos einen Laptop aus einer Tasche,
die an einem Schreibtischbein lehnt, und schaltet ihn
ein. Als er ihre verdutzte Miene bemerkt, erläutert er:

»Wenn ich in der zentralen Datenbank recherchiere,
weiß man sofort, was ich gesucht und gefunden habe.«

Der Vorgang dauert ein paar Minuten. Sie reden kein
Wort.

»Hacken Sie sich gerade ins System?«

»Sagen wir lieber, ich umgehe einige Firewalls.«

Er tippt flott etwas in die Tasten, den Blick immer auf
den Bildschirm gerichtet. Sie ist in gespannter Erwar-
tung.

»Skyros ... Skyros ...«, murmelt er. »Da ist er, aber das
ist ja seltsam ...«

Es hält sie nicht länger auf ihrem Stuhl, sie steht auf und wechselt auf die andere Seite des Schreibtischs.

»GoldTex hat vor vierundzwanzig Jahren einen gewissen Skyros als BiF engagiert. Hinweis: ›Dank für erbrachte Leistungen‹.«

»Und steht da auch, was aus ihm geworden ist?«

»Nein«, sagt Chaoui leicht zerknirscht. »Keine Spur mehr von ihm … Er hat bei GoldTex angeheuert und sich dort in Luft aufgelöst.«

Sie setzt sich hin und vergräbt den Kopf in den Händen, um besser nachdenken zu können. Auf einmal kommt ihr in den Sinn, was Zem ihr am LOve Day erzählt hat. »Warten Sie mal … warten Sie mal …« Sie richtet sich ruckartig auf. »Mancher Angestellte hat seinen Namen geändert.«

»Glauben Sie, dieser Skyros hat das auch gemacht?«

»Warum nicht? Das ist doch ein griechischer Name, oder?«

»Ja, kann sein …«

»Wenn er jetzt einen anderen Namen hat, können Sie ihn trotzdem finden?«

Chaoui fährt sich mit der Hand durch die Haare. Er wirkt plötzlich unschlüssig. Sie bemerkt es und sieht ihn fragend an.

»Ich kann mit meiner Hackerei nicht auf das New-Identities-Portal zugreifen. Dazu müsste ich über die Zentrale gehen.«

»Können Sie sich über die Zentrale einloggen?«

»Ja.«

»Von hier aus?«

»Ja.«

»Dann tun Sie das doch.«

»Sie begreifen anscheinend nicht. Sobald ich den Namen eingebe, weiß irgendwo jemand, dass ich bei der Zentrale nach diesem Datensatz gesucht und ihn abgerufen habe. Und dann … Keine Ahnung … Vielleicht passiert auch gar nichts. Oder es beginnt ein Wettlauf gegen die Zeit.«

Er hat recht. Aber sie möchte nicht die Flinte ins Korn werfen. Sie ist sich sicher, dass sich hinter diesem Namen, den sie nicht kennt, die Wahrheit verbirgt. Sie hat so ein Bauchgefühl. Sie denkt nicht nach, welche Folgen das Ganze haben könnte. Der Name strahlt für sie etwas Magisches aus. Sie muss ihn herauskriegen. Sie gibt Chaoui einen Fingerzeig, er soll ihn eintippen. Es dauert nur wenige Sekunden. Er ruft eine Website auf, gibt erst seine Kenndaten und dann den Begriff Skyros ein. Einen Augenblick später liest er vom Bildschirm das Suchergebnis ab.

»Solobek …«

»Solobek?«

»Ja.« Und er trägt vor, was da weiter steht. »Unter dem Namen Skyros zu GoldTex gekommen. Hat einige Jahre im Migrationsbüro gearbeitet. Dann einen Antrag auf Namensänderung gestellt. Ist schließlich Barsoks Sonderberater geworden.«

Sie lässt sich den Namen einen Moment durch den Kopf gehen: Solobek. Sie erinnert sich an den Anruf, den sie erhalten hat. Dieser Solobek hat sie auf Kanakas Spur und die Auseinandersetzung zwischen ihm und Pamuk gebracht. Solobek und Skyros, der Mann mit den zwei Gesichtern, der seine Späße mit ihr treibt und ihr die Zunge bleckt. Sie ist sich nicht sicher, ob sie das neue Element richtig einordnet, aber sie hat das Gefühl, dass langsam Geheimnisse ans Licht kommen. Auf einmal fällt ihr ein, was Chaoui am Anfang gesagt hat. Dass ein Wettlauf gegen die Zeit beginnt. Die Sekunden verrinnen, sie muss auf der Hut sein. Von nun an ist sie in Gefahr. Sie steht also auf, bedankt sich bei ihm und verlässt das Haus.

Sie geht schnell. Sie erreicht eine Geschäftsstraße, wo sie sich unter die Menge mischen kann, aber sie macht sich Sorgen. Sie dreht sich um und schaut, ob ihr jemand folgt. Sie würde die Dinge gern in Ruhe von allen Seiten betrachten, aber sie spürt, dass sie auf keinen Fall stehen bleiben darf. Sie nimmt die Bedrohung, die sich zusammenbraut, dennoch nicht wahr, ist in Gedanken vertieft. Sie bemerkt das Auto nicht, das ungefähr hundert Meter hinter ihr ist, sieht den Mann nicht, der ihr auf ihrer Straßenseite entgegenkommt, eine Mütze tief ins Gesicht gezogen. Sie erkennt Panotis nicht. Sie kommt gar nicht auf die Idee, den Kopf zu heben. Sie denkt, sie muss als Erstes all die aufgenommenen Informationen verarbeiten. Sie ist irgendwie überhaupt nicht da, versunken in ihre weitverzweigten Überlegungen ... Ist der Fall damit aufgeklärt? Ein raffiniertes Spiel rivalisierender Kommissionsmitglieder? Wurden Pamuk und Cuprack deshalb getötet, weil man die Taten Kanaka unterschieben wollte? Einfach weil die Umstände es erlaubten, Kanaka als den Mörder hinzustellen? War so etwas denkbar? Taten die Lebensverhältnisse der Opfer, ihre Wünsche und Sehnsüchte, wirklich nichts zur Sache? Wurden sie nur deswegen aus dem Weg geräumt, weil sie Kanaka gekannt hatten und man leicht eine Geschichte konstruieren konnte, die Kanaka wie einen kaltblütigen Mörder aussehen ließ? Kann das stimmen? Das war ja noch trauriger als irgendein sadistisches Verbrechen. Töten aus der Überzeugung heraus, dass das Leben der Betroffenen absolut nichts wert ist, keinerlei Bedeutung hat. Ekel ergreift sie. Wut steigt in ihr auf, während sie weiterläuft. Sie merkt nicht, dass Panotis auf sie zukommt. Sie sieht nicht, wie er einen Elektroschocker zückt und sie damit im Vorbeigehen am Bauch berührt ... Ein stechender Schmerz durchzuckt sie, sie ist erledigt. Das Ganze geht extrem rasch. Der Wagen, der hinter ihr war, beschleunigt, hält auf sie zu, bremst neben ihr. Zwei Männer steigen aus, packen sie unterm Arm und schubsen sie ins Fahrzeug. Sie ist völlig wehrlos. Ihr Körper fühlt sich schwer und steif an. Sie spürt Schmerz bis in die Haarwurzeln, ist total kraftlos. Man schiebt sie auf den Rücksitz, eine Stimme weist den Fahrer an, nicht lange herumzutrödeln. Es ist vorbei. Ihr Bewusstsein wird trübe. Sie kann nicht mehr klar denken, sich nicht mehr konzentrieren, sich den Namen nicht mehr einprägen. Solobek. Er schwirrt ihr noch einen Augenblick lang durch den Kopf, ganz leise, dann verschwindet er, wie alles um sie herum.

Ihr Verstand kehrt für Momente zurück. Ausschnitte der äußeren Realität ziehen vor ihren Augen vorüber, ohne dass sie weiß, wo sie sich befindet. Eine Eisentür wird zugeschlagen. Jemand schleift eine Kette hinter sich her. Eine Hand drückt ihren Arm zusammen und zieht an ihm. Es tut nicht weh. Sie nimmt den Geruch von Benzin wahr. Hört in der Ferne Stimmen, versteht aber nicht, was sie sagen. Dann wird es wieder dunkel. Wie viel Zeit wohl vergangen ist? Schwer zu bestimmen. Wahrscheinlich sitzt sie auf einem Stuhl, den Kopf nach hinten gekippt. Sie erkennt die Decke eines Hangars. Jemand fasst ihr in die Haare. Was macht er? Sie vernimmt ein seltsames Geräusch. Er fummelt an ihrem Kopf herum. Sie wird mit Klebeband geknebelt. Man fesselt ihr die Hände auf den Rücken. Ihre Kräfte schwinden, sie wird ohnmächtig.

Es ist feucht … und dämmrig … Sie wird getragen … oder geschleift, sie weiß es nicht genau … Sie versucht, sich zu sammeln. Reißt die Augen auf. Ein Tunnel … Sie ermahnt sich, das nicht zu vergessen: Dass sie durch einen Tunnel geschleppt worden ist. Eines Tages wird es wichtig sein, den Weg, den sie zurückgelegt hat, zu rekonstruieren. Sie murmelt das Wort ein paarmal vor sich hin … Ein Tunnel … Ein Tunnel … Doch dann übermannt sie die Erschöpfung. Wird sie sterben? Ja. Daran besteht kein Zweifel.

Panotis lächelt. Er sieht sie aus ungefähr zehn Meter Entfernung an. Dieses Lächeln flößt ihr am meisten Angst ein. Nicht so sehr die Tatsache, dass sie an einen Stuhl festgebunden ist. Nicht so sehr dieser offensichtlich neue Hangar, der wie dafür geschaffen scheint, ihr die Haut abzuziehen. Nein, sein Lächeln. Jetzt erkennt sie den Kerl wieder. Er ist noch dabei, eine Maschine einzustellen, doch bestimmt freut er sich schon, wenn er sich ihr gleich nähern und sie vernichten darf. Und diese Lust, sie zu quälen, sein kaum verhohlener Spaß daran lösen Entsetzen in ihr aus. Sie versucht nachzudenken. Reden kann sie nicht. Sie kann auch nicht mit den Füßen nach ihm treten, wenn er kommt. Sie hat keine Chance. Sie ist ihm ausgeliefert. Sie weiß, dass er ihr wehtun wird. Sie bemüht sich einfach, ganz ruhig zu atmen. Ihren Herzschlag zu verlangsamen. Sie erinnert sich an die Ausbildung an der Polizeiakademie, an Situationen, in denen sie der Sache nicht gewachsen war, in denen sie alles überforderte, wo sie von einer hohen Mauer springen oder gegen einen Rekruten kämpfen musste, der dreißig Kilo mehr wog als sie, sie ruft sich solche Momente ins Gedächtnis, in denen sie an Herausforderungen zu scheitern drohte, die sie am Ende aber doch meisterte. An diese Momente klammert sie sich. Sie möchte an einen unerreichbaren Ort flüchten können. Soll er machen, was er will: sie schlagen, vergewaltigen, bespucken, foltern, es muss in ihrem Innern einen Platz geben, der für ihn nicht zugänglich ist oder wo er nur eine winzige, unbedeutende Figur in der Ferne ist. Nach diesem

Winkel sucht sie. Und dann ist er da. Er setzt ihr einen Helm auf. Sie spürt das kalte Metall an ihrem Kopf. Das bedeutet: Er will sie fertigmachen. Er hat es auf ihr Gehirn abgesehen. Doch es nützt nichts, es zu erkennen, das Wissen schützt sie vor nichts, denn in dem Moment, in dem es ihr klar wird, geht es schon los, und es ist, als würde die Welt zerbrechen.

29

SQUARE OF FIRE

Warum hat ihn das Taxi am Square of Fire abgesetzt und nicht genau an der Adresse seiner neuen Wohnung? Vielleicht hat der Chauffeur sich nicht in die Rue des Myrtes gewagt. Vielleicht hat Zem auch ausdrücklich gesagt, dass er an dem Platz aussteigen möchte, weil er die letzten Meter zu Fuß laufen wollte. Es war Abend. Nachdem das Taxi abgefahren war, stand er lange still da und ließ die Geräusche auf sich wirken. Vor ein paar Monaten waren die Schweren Unruhen zu Ende gegangen, und bei den Menschen kehrte wieder der Alltag ein, sie begruben gesenkten Hauptes ihre Hoffnungen, ihren Traum von einer gerechteren Welt, von der fröhlichen Revolution, an die sie alle geglaubt hatten. Es hatte einige Zeit gedauert, bis sein Versetzungsantrag bewilligt worden war. Er hatte sich gedulden müssen. Er bereute nichts. Ihm war die Zone 2 unerträglich geworden. GoldTex hatte soeben Venezuela aufgekauft. Die Übernahme gestaltete sich nicht so schwierig wie die Griechenlands. Es war, als hätten die Leute sich damit abgefunden, dass das nun mal der Lauf der Dinge war, Widerstand gegen den globalen Trend zur Privatisierung von Staaten zwecklos war. Es war bereits davon die Rede, dass Bangladesch als Nächstes an die Reihe kommt. In Zone 3 trafen zahlreiche Venezolaner ein. An ihrem schüchternen, leicht verlorenen Gesichtsausdruck und ihrem Eifer, alles richtig zu machen, waren sie gut zu erkennen. Sie harrten zu acht oder zu zehnt in heruntergekommenen Löchern aus und sehnten sich nach etwas Besserem. Die Stadt wurde von einer Welle des Elends und des Lebensmuts erfasst.

Drei mit Koffern beladene Frauen fragten ihn am Square of Fire nach dem Weg. Sie suchten die Rue des Sept-Pôles, die die Straße, in der er künftig wohnen würde, kreuzte. Er zeigte sie ihnen und hätte fast dazugesagt, dass sie Nachbarn sein würden. Aber nur fast. Wozu sollte er das erwähnen? Jeder war seinem eigenen Schicksal überlassen. Sie zogen davon, und er sah ihnen nach. Er kannte dieses Gefühl der Unsicherheit. Alles war neu für sie. Er kannte die Unentschlossenheit, diese Art des Lächelns. Es war das Lächeln der Entwurzelten. Auch er gehörte zu diesem Volk. Die kurze Episode bestätigte ihm, dass es richtig gewesen war, in Zone 3 zu wechseln. Egal woher seine Mitmenschen stammten, er würde unter seinesgleichen sein.

Wenn der Abend hereinbrach, änderte sich das Straßenbild. Die Stimmung schwenkte um. Die Frauen hatten ihre Einkäufe erledigt und gingen nach Hause. Die Alten, die in Grüppchen beisammengesessen und besprochen hatten, was es Neues gab, verabschiedeten sich und lösten ihre Runde auf, die sich am nächsten Tag wieder zusammenfinden würde. Auf der Bildfläche erschien die etwas verlotterte Schar derjenigen, die ungeduldig der Nacht entgegenfieberten. Die Jugend ging aus. Und trieb ihre Machenschaften. Für eine kurze Weile begegneten sich die beiden Lager. Jedes stellte mit stummem Erstaunen fest, dass anscheinend noch eine andere Welt existierte.

An dem Abend hat er zum ersten Mal das Gefühl gehabt, dass er die Dinge verschärft wahrnimmt. Er stand reglos da und spürte den Geist all dieser Schatten, der einfachen Arbeiter, der alkoholkranken alten Männer, der ungewaschenen Kinder und der von den Verrichtungen des Tages erschöpften Frauen. Er blickte sie an, und ihm war, als hätte er den langen Weg von Griechenland auf sich genommen, um unter ihnen sein zu können. Um den Square of Fire zu erreichen und diejenigen anzusehen, die man nicht sieht. Vielleicht war er dazu bestimmt: die ausgemergelten Massen wahrzunehmen? Nicht dazu, sie zu beschützen, aber sie wenigstens nicht der Vergessenheit anheimfallen zu lassen. Ihr das Versprechen zu geben, den Mörder zu finden, das Unerhörte zu vergelten, wenn einer von ihnen getötet wird. Er würde sein Leben dafür aufs Spiel setzen. Das ist ihm an dem Abend klar geworden. Der Square of Fire ist sein Reich geworden. Mit einem einzigen Blick hat er sein Schicksal an diesen

Platz gebunden und sich geschworen, dass er von nun an für diese kleinen Leute arbeiten würde und eines Tages alles hier enden sollte.

30

FOLTER

Er betrachtet noch ein paar Augenblicke den Slum zu
seinen Füßen und die umliegenden Viertel. Ein leichter,
lauer Wind streicht über die Hochstraße. Von hier aus
kann er den großen Graben, den Big Fosse, der sich so
weit das Auge reicht erstreckt, genau überblicken. Ursprünglich war er als eine Art Pufferzone rund um die
Zone 2 gedacht gewesen. Doch die Arbeiten wurden ab-
gebrochen, nur der südliche Teil wurde ausgehoben. Der
Graben ist ein halbmondförmiger Krater, an die zehn Ki-
lometer lang, mit drei Brücken, über die die Avenuen
VI, VIII und VIII jeweils direkt zu einem Checkpoint
führen. Nachdem die Bauarbeiten eingestellt worden
waren, haben sich die Einwohner der Zone 3 das Gebiet zurückerobert, Elendsviertel sind entstanden. Mittlerweile gehört es zu den Gegenden mit der größten Be-
völkerungsdichte. Er lehnt sich an ein Geländer, und die
Geräusche der Umwelt dringen an sein Ohr. Er steht nur
wenige Meter vom Abgrund entfernt. Von der Stelle, wo
die Brücke bei den Schweren Unruhen nach den beiden
von den Ordnungskräften gekonnt geplanten Explosio-

nen nachgegeben hat. Das Ganze ist so lange her. Ist er der Einzige, der sich noch daran erinnert? Die Baracken, die damals unter dem Schutt begraben wurden, sind wieder aufgebaut worden. Es gibt jetzt sogar mehr als früher. Die Welt ballt sich zusammen. Sie vergisst einfach, und alles geht weiter seinen Gang. Er zieht an seiner Zigarette und denkt an Pamuk und Cuprack. Soll er seine Ermittlungen vielleicht einstellen? Soll er die zwei in die große Armee der Vergessenen eingehen, sich in die Menge all der Unwichtigen einreihen lassen, der Toten und der Lebendigen, der Verstümmelten und der Nichtverstümmelten, die sich ihre Wünsche nicht erfüllen konnten? Wen kümmert das schon? Was zählt seine eigene hartnäckige Erinnerung angesichts der Auslöschung von Generationen?

Er steht am Ende dieser abgeschnittenen Schnellstraße, und auf einmal vibriert sein Armband. Er schaut. Eine dringende Nachricht. Leiche aufgefunden. In Zone 3. Sektor Citadelle. Das Display blinkt. Es wird eine Verbindung zu seinem Fall vermutet. »Wahrscheinlichkeit des Zusammenhangs: sehr hoch.« Er drückt die Zigarette aus, lässt das Geländer zurück und geht zu seinem Fahrzeug.

Er passiert den Wasserturm Citadelle an der Ecke Rue des Anciennes-Broussailles/ Gamma 8, danach ist die Straße leer. In der Ferne erkennt er schon Bareïm, der seinen Bauch hin- und herwiegt, indem er von einem Fuß auf den anderen wippt. Als Sparak sich nähert, zieht der Informant ein schiefes Gesicht und senkt den Kopf. Er begrüßt Zem mit einem kaum merklichen Nicken.

»Bareïm, was hast du aufgespürt?«, fragt Sparak, um ihm zu verstehen zu geben, dass die Geschichte, die neulich auf dem Polizeirevier zwischen ihnen gelaufen ist, zumindest für ihn nicht mehr wichtig ist, er die Sache als erledigt ansieht und nun alles ganz normal weitergeht.

»Hier entlang«, gibt Bareïm trocken zurück, ganz offensichtlich ist es ihm ein Anliegen, seinen Unmut zu zeigen.

Sie biegen in eine Straße ein. Der füllige Bareïm marschiert voraus. Sparak folgt ihm, bis Bareïm schließlich ein wenig zur Seite tritt und sagt:

»Da …«

Sparak erblickt eine Frau, die mit dem Gesicht auf der Erde eng an einer Mauer liegt. Sie ist nackt und mit Blutergüssen übersät. Er muss sie auf den Rücken drehen, um nachzusehen, ob sie aufgeschlitzt ist, ist sein erster Gedanke, doch noch ehe er dazu ansetzen kann, bewegt sie sich, und Sparak fährt zusammen. Er war sich völlig sicher, dass man ihn aufgrund eines Mordes benachrichtigt hatte. Er bleibt einen Augenblick wie angewurzelt stehen.

»Lebt sie noch?«

»Sie ist dermaßen fix und fertig, dass ich nicht weiß, ob man ihren Zustand noch als lebend bezeichnen kann!«, antwortet Bareïm genüsslich schaudernd.

In seiner Stimme schwingt ein Unterton von Rache mit. Als wäre die bemitleidenswerte Frau misshandelt worden, um ihn für die paar Backpfeifen, die Sparak ihm verpasst hat, zu entschädigen.

»Ich verschwinde dann mal«, sagt Bareïm, womit er Sparak mitteilt, dass er sich über seine Pflicht hinwegsetzt, ihm falls nötig zu helfen. Und damit zieht er gemächlichen Schrittes davon und kehrt zufrieden zur eingehenden Erkundung der hässlichen Seiten dieser Stadt zurück.

Sparak beugt sich nach unten. Er berührt mit der rechten Hand sanft und bedächtig die Schulter der Frau. Als wäre sie ein kleines Tier, das man nicht erschrecken will. Sie dreht sich. Ihr Gesicht kommt zum Vorschein. Sparak erstarrt. Es ist Salia. Er ist wie gelähmt. Er schaut sie an, versucht zu begreifen. Sie hat etwas Seltsames an sich. Ihr Blick ist ganz anders. Sie sieht ihn an, scheint ihn aber nicht zu erkennen. Ihre Pupillen zucken. Und sie spricht. Sparak versteht zwar kaum etwas, aber er sieht, dass sie redet. Sie bewegt die Lippen. Er hält sein Ohr an ihren Mund, und ein monotoner Wortschwall ergießt sich über ihn:

»Egal … die Scheiße rinnt … ficken, ficken. Das spritzt, rein, raus … das Blut stinkt. Das gefällt dir. Spucken. Messer in den Bauch. Schreie. Rückkopplungen. Schreie. Schreie …«

Er wird kreidebleich. Alles Blut scheint aus seinen Adern zu weichen. Er fällt vor ihr auf die Knie und schließt sie in seine Arme.

»Salia? … Salia? … Ich bin's, Zem …«

Sie zeigt keinerlei Reaktion. Ihr Mund steht offen, ihr Blick ist leer. Dieser Blick prallt an allem ab, sie nimmt offenbar nur wahr, was in ihr tobt. Und sie spricht weiter. Redet ununterbrochen und kaum vernehmlich, in dem Fluss von Bildern und Szenen treibend, die in ihr sind.

»Schweinestall … massenweise Schweine … Schlachthaus … Schlachthaus! … die brüllen einem ins Ohr. Alle an den Hinterbeinen aufgehängt … Eingeweide kommen raus … Sperma auf gefesselten Mädchen, die weinen, aufgeritzte Häute. Fressen … Menschenfleisch … Scheiße … nackt, die Hündinnen … Hinrichtungen … Falltür unter den Füßen … Strick gespannt … Zack! Wirbel knacken. Da hängen sie. Lila Zungen hängen raus … Zack! Aufgehängt. Rasiert. Schädel voller Krusten und Läuse … Schweinestall … das Ganze, zack! Besser so …«

Zem nimmt sie in den Arm. Sie wehrt sich nicht, drückt sich aber auch nicht an ihn. Ihr Körper fühlt sich weich an, sie ist offensichtlich gleichgültig gegenüber allem.

»Salia, sie haben dich gefoltert … Hörst du mich? Sie haben deinen Kopf mit Bildern vollgeballert … Ich hole dich da raus.«

Und er presst sie fester an sich. Er spürt die Schauder, die sie erfassen. Die Flut der schmutzigen Bilder, die ihre Adern und ihr Gehirn durchströmen. Ihm ist klar, dass sie vielleicht nie wieder zurückkommen wird, oder dass es zumindest Monate oder auch Jahre dauern wird, bis sie sich langsam davon erholt. Sie haben sie innerlich zerstört. Es ist, als hätten sie sie zehn Jahre lang gequält, sie wird dem Meer von Albträumen nicht entrinnen können: Mord, Pornografie, Folter ... Man hat sie einer Lawine abscheulicher Darstellungen ausgesetzt, und sie muss sie aushalten und beschreibt nun unwillkürlich die Szenen, die sie vor ihrem inneren Auge sieht, aber es sind so viele, alles geschieht zu schnell, und deswegen stammelt sie in ihrem Untergang.

»Muschi auf ... es blutet ... die Hündinnen ... auf allen vieren ... kriegen eine Kugel in den Kopf ... Sperma, Blut ... ein Fleischerhaken, Köpfe wackeln ... Dreck, Aufsaugen, Zähne ... beißen ins Fleisch ... Schreie ...«

Zem weiß nicht, was er sagen oder machen soll. Er ist angesichts von so viel Schmerz wie versteinert. Er merkt nicht, dass der Krankenwagen kommt und parkt. Er merkt nicht, dass zwei Sanitäter aussteigen, ihn auffordern, zur Seite zu treten, und ihm dann ein zweites Mal sagen, sie würden die Verletzte jetzt gerne mitnehmen. Wenigstens ist er noch geistesgegenwärtig genug, um die beiden darauf aufmerksam zu machen, dass das Opfer aus Zone 2 ist und man sie dorthin bringen muss, bevor er wieder verstummt. Sein Verstand ist wie benebelt. Er hat keine Lust, die Fragen der zwei zu beantworten, er hört sie gar nicht und klammert sich fest an Salia, sodass die Rettungskräfte die beiden zusammen in den hinteren Teil des Wagens verfrachten, beschließen, ihn später noch einmal zu ersuchen, die unentwegt vor sich hin murmelnde Frau loszulassen, und sich fragen, wer nun eigentlich mehr leidet, er oder sie.

Im Krankenhaus Sanita-Santa wird er von einem Neurologen im Wartezimmer abgeholt. Er folgt ihm durch einen Flur. Alles ist ruhig, weiß und von steriler Kälte. Als er das Zimmer 413 betritt, wundert er sich, dass er sie auf der Bettkante sitzend vorfindet, mit gesenktem Kopf und in der Luft baumelnden Beinen. Da Sparak nichts sagt, ergreift der Arzt das Wort. Er erkundigt sich:

»Sind Sie der Mann, der sie gefunden hat?«

»Ja.«

»Gut, dass Sie sie in die Zone 2 gebracht haben. Hier wird sie besser versorgt. Wir werden tun, was wir können, aber die Lage ist schwierig.«

»Wie schwierig?«

»Wissen Sie, wie so etwas funktioniert?«

Zem schneidet eine Grimasse, was heißen soll, dass er zwar schon mal davon gehört hat, sich aber nicht besonders gut auskennt.

»Man wird mit Bildern und Tönen malträtiert, die direkt ins Gehirn eindringen. Stellen Sie sich vor, ein Presslufthammer bohrt sich in Ihren Kopf … Wie groß die Schäden hinterher sind, hängt von der Dauer der Einwirkung und der Intensität der Belastung ab. Mit Ihrer Kollegin ist anscheinend nicht gerade zimperlich umgegangen worden …«

»Können Sie sie heilen?«

»Wir werden es versuchen. Aber ich möchte Ihnen nichts versprechen. Es wird letztlich von ihr selbst abhängen. Im Moment ist sie noch im Schockzustand. Da kann man nicht viel machen. Für sie ist es so, als wären die Bilder immer noch Realität. Wir geben unser Bestes, um sie aus der Hölle herauszuholen, aber ich habe selten einen Patienten gesehen, der so strapaziert worden ist. Tut mir leid.«

Er verabschiedet sich mit einem Nicken, das Sparak erwidert, öffnet die Tür und verschwindet.

Zem bleibt allein zurück. Er schaut Salia an. Sie ist ganz nah bei ihm, hat aber noch immer nicht den Kopf gehoben. Vielleicht weiß sie gar nicht, dass er neben ihr sitzt. Er betrachtet diesen Körper, den er umarmt und geküsst hat, und denkt sich, dass sie im Grunde überhaupt nicht da ist, er muss sich das einschärfen. Er hat es mit einem Trugbild zu tun. Salia ist in Stücke zerrissen. Sie sitzt nicht neben ihm auf diesem Bett. Sie ist zerbrochen.

31

FREIGABE

Captain Monk bleibt nüchtern und sachlich. Er könnte Sparak per Bescheid informieren, aber er zieht es vor, ihn aufs Revier zu bestellen. Ist das nun freundliche Rücksichtnahme oder vielmehr der Drang, ihn zu demütigen? Schwer zu sagen. Als Sparak ins Büro kommt, sitzt Monk bereits mit Cal und Ronnie zusammen. Er stellt die Herrschaften einander vor und beginnt zu reden. Er erklärt Sparak, dass die beiden die Fälle übernehmen würden, die Sache damit in guten Händen sei, besser könne es nicht sein. Er bedankt sich bei ihm für die Zeit, die er in die Ermittlungen investiert habe, fügt hinzu, es tue ihm sehr leid, dass das Ganze jetzt so enden würde, er werde die kleine Malberg nicht fallen lassen, man werde die Mistkerle fassen, und sagt all die Redensarten auf, die man gewöhnlich hervorbringt, um sich selbst zu versichern, dass man das Richtige macht.

»Möchten Sie Cal und Ronnie noch etwas mitteilen, bevor Sie die Angelegenheit übergeben?«

»Nein«, antwortet Sparak knapp. »Steht alles in den Akten.«

»Prima. Dann alles Gute, Sparak. Ich erteile Ihnen hiermit offiziell die Freigabe.«

Man schüttelt sich die Hand. Ein wenig lustlos. Im Hinausgehen bleibt Zem in der Tür stehen.

»Captain Monk?«

»Ja?«

»Darf ich Salia vielleicht ...«

Er spricht den Satz nicht zu Ende. Monk sieht ihn mit bedauerndem Gesichtsausdruck an und sagt mit gespieltem Entgegenkommen:

»Ich kann nichts arrangieren ... Sie wissen ja, keine Besuche. Nur von der Familie.«

Sparak überlegt kurz, ob er entgegnen soll, dass Salia doch gar keine Familie hat, aber ihm ist klar, dass das nichts bringen würde.

»Ja, natürlich.«

Aus und vorbei. Er schlendert zu seinem Wagen, ohne sich noch einmal nach der Polizeiwache Pinto umzudrehen. Er wird nicht mehr hierher zurückkehren. Die Phase, die mit der Entdeckung von Pamuks Leiche begonnen hat, ist abgeschlossen. Sie haben versagt. Wird Pamuks Seele ihn nun dafür verfluchen? Er hat versprochen, den Mörder zu finden. Er hat, als er im Krankenwagen an der Seite des Opfers saß, geschworen, das vergossene Blut zu rächen. Salia muss der Lösung des Falls ganz nahegekommen sein, aber jetzt liegt alles in Trümmern. Die Toten stöhnen wieder.

Im Stau vor dem Checkpoint Trajan beschleicht ihn ein ungutes Gefühl. Er kann sich des Gedankens nicht erwehren, dass der Täter im selben Augenblick irgendwo jubelt. Dass er sich ins Fäustchen lacht. Denkt er an die zwei, die er aufgeschlitzt hat? Wohl eher nicht. Bestimmt genießt er einfach nur seinen Sieg. Sparak fühlt sich so bleiern, dass er sich mit beiden Händen am Lenkrad festhält, um nicht im Sitz zu versinken. Die Autos bewegen sich im Schritttempo. Es ist mächtig was los. Rushhour. Die für die Zone 2 Akkreditierten sind nach ihrem Arbeitstag auf dem Weg nach Hause. Sparak starrt auf die Ampel, die von Rot auf Grün umschaltet, woraufhin die Fahrzeuge tröpfchenweise zu den Wachposten vortuckern. Die Leute werden wie Vieh behandelt. Nichts anderes. Ein Stückchen vor. Stopp. Weiter. Stopp. Sie machen gute Miene zum bösen Spiel, bereiten keine Probleme, arbeiten. Halten die Klappe, zeigen ihre Ausweise vor, weiter. Führen Befehle aus, sagen keinen Mucks und weiter … Die Autoschlange erscheint ihm auf einmal als das schwindelerregende Sinnbild des Lebens, das vor ihm liegt. Ihm bleibt nichts anderes übrig, als in die Zone 3 zu tuckern und weiterzumachen. Auf ein paar Biere in die Nische zu gehen. Mit seinem Kühlschrank zu kämpfen und Ermittlungen in lausigen Fällen zu führen, in denen verwahrloste Typen ein paar Prostituierte überfallen oder kleine Lebensmittelläden ausrauben. Wie lange wird er das durchhalten?

»Maria, sind Sie bereit, das größte Opfer zu bringen, das man von einer Mutter verlangen kann? Sind Sie bereit? Ich kann Sie nicht hören …«

»Ja … ich glaube schon.«

»Um das Wohl Ihres Sohnes willen, Maria, sind Sie bereit, ihn gehen zu lassen?«

»Ja …«

»Warum weinen Sie jetzt, Maria?«

Auf der großen Leinwand, die am Checkpoint Trajan prangt, laufen die Ergebnisse der Destiny-Lotterie. Vor einer halben Stunde hat die Auslosung stattgefunden. Die ganze Zone 3 hängt wahrscheinlich gerade an den Bildschirmen. Ein Kamerateam hat die Gewinnerin aufgetrieben. Eine alleinerziehende Mutter, deren Mann ausgezogen ist, um jedes Bier zu trinken, das er auf seinem Weg findet, oder ein armes Ding zu schwängern, das noch an die Liebe glaubt. Sie heißt Maria. Sie wäre eigentlich ganz hübsch, wenn ihre Zähne nicht vom Elend gebrochen wären und man ihr nicht an den Augenringen ablesen würde, dass sie ohne Tabletten nicht mehr schlafen kann. Vermutlich hat sie vor sechs Jahren ein Los gekauft, weil eine Freundin ihr im Spaß dazu geraten oder sie ihrer Mutter versprochen hat, dass sie ihr Glück mit dem Geld, das die Mutter auf die Seite gelegt hat, mal versuchen wird, aber schon bald hat sie die Sache wieder vergessen. Die Zeit ist vergangen, und sie hatte straffe Tagesabläufe, musste ein Kind ernähren, es großziehen und aufpassen, dass es nicht auf die schiefe

Bahn gerät oder jedenfalls nicht so schnell. Das Leben hat sie ausgemergelt, sie ist gealtert in den sechs Jahren, aber Destiny hat ein phänomenales Gedächtnis und vergisst diejenigen, die ihr Glück einmal versucht haben, nicht. Und so fällt sechs Jahre später das Los. Der junge Jeefox tritt ins Rampenlicht. Er hat gewonnen. Er wird die Zone 3 verlassen. Eine der von Destiny betriebenen Schulen besuchen und ein braver kleiner Soldat werden, der dem System dankbar ist. Er wird seine Mutter nicht mehr sehen, nicht mehr in die Zone 3 zurückkehren. Das Leben geht weiter. Wird man ihm tatsächlich etwas Besseres bieten? Merken die Gewinner, dass es jenseits ihres kleinen Sieges – den sie für Schicksal halten, da sie sich von der schwindelerregenden Vorstellung des Zufalls lossagen müssen –, einen ungleich größeren Sieg gibt, und zwar den von GoldTex, der als Konzern mit den Leuten spielt, ihr Leben umkrempelt und auf den Kopf stellt, damit alle denken, dass jeder Tag reich an Möglichkeiten ist? Das Gesicht des jungen Jeefox erscheint auf dem Bildschirm. Riesenhaft. Die Mutter weint, weil sie sich immer erhofft hat, dass ihr Junge die Chance bekommt, sein Leben zu meistern, und weil sie nie gedacht hätte, dass sie ihn dafür gehen lassen muss, man ihn ihr entreißt. Was wird jetzt aus ihr werden, wenn sie sich nicht mehr um ihn kümmern darf? Was soll sie davon abhalten, sich von morgens bis abends mit TQX zuzudröhnen oder sich als Nutte zu verdingen, damit sie dann aus dem Mund von Kerlen, die vor Einsamkeit wahnsinnig geworden sind und gar nicht mehr wissen, wie man eine

Frau in den Arm nimmt, ein Ich-liebe-dich hört? Was soll sie davon abhalten, schön langsam zu sterben? All das würde sie gern fragen, aber sie wagt es nicht, weil sie so beeindruckt ist von dem Moderator, den sie schon oft im Fernsehen gesehen hat, sie kann es immer noch nicht fassen, dass er nun vor ihr steht, und sie hat ja auch einen Vertrag unterschrieben, sie erinnert sich zwar nicht mehr an den genauen Wortlaut, das heißt, eigentlich hat sie diesen Vertrag überhaupt nicht gelesen, aber sie weiß, dass sie sich verpflichtet hat, keinen Ärger zu machen, das Ganze erschien damals eben recht unwahrscheinlich, und jetzt sind sie lächelnd bei ihr zu Hause aufgeschlagen, mit ihren Kameras und zwei Hünen, die im Moment gar nichts sagen und sich im Hintergrund halten, die jedoch verhindern werden, dass sie sich an ihren Sohn klammert oder ihn fest an sich drückt, wenn sie ihn ihr wegnehmen wollen, das hat sie in früheren Sendungen gesehen, Mütter, die schrien, sie hätten das alles nicht gewollt, sie hätten das Recht, egoistisch zu sein, sie würden lieber ihren Sohn behalten, aber sie schreit nicht, traut sich nicht, sie weint einfach, und in ihren Augen spiegeln sich Verzweiflung, Trauer und Wut wider, die Kamera genießt das, geht noch näher heran, zieht den Moment in die Länge, das ist schön, die Hin- und Hergerissenheit der Mutter, wie sie das Gesicht verzieht, steigende Spannung, wird sie ausrasten, sich auf ihren Sohn werfen, jeden kratzen und beißen, der ihn fortbringen will, oder wie eine Stoffpuppe kraftlos in sich zusammensinken, ihr Schicksal annehmen und den

Applaus über sich ergehen lassen? Sparak schaut wie alle, die am Checkpoint warten müssen, bis sie an der Reihe sind, in ihr Gesicht und möchte selbst weinen und beißen. Das ist seine eigene Geschichte. Auch er wurde aus seinem Umfeld herausgerissen, auch ihm hat man eine bessere Zukunft versprochen. Auch ihn hat man dazu gebracht, sich von zu Hause zu lösen, seinen Weg zu gehen, und es war egal, wenn die Mütter weinten, egal, wenn man seine Herkunft schlicht vergaß. Sparak ist von Marias Anblick wie hypnotisiert und fragt sich, ob Griechenland um seine Kinder geweint und getrauert hat, die abgewandert sind, um all die jungen Menschen, die sich GoldTex angeschlossen haben, weil man ihnen erzählt hat, dass es sinnlos ist, Bürger eines bankrotten Landes zu sein, dass eine neue Zeitrechnung begonnen hat, an der sie teilhaben können. Er schaut Maria an, und die Welt um ihn herum zählt nichts mehr, bis das Hupen der Autos hinter ihm so laut wird, dass es ihn aus seinen Gedanken reißt, und er weiterzuckelt.

32

BIS ZUM BITTEREN ENDE

Er parkt sein Auto in der Rue des Myrtes, will aber noch
nicht nach Hause. Er spaziert Richtung RedQ, um sich
bei Miki eine Dosis Okios zu gönnen. Die Bilder von
Athen, die hat er gerade dringend nötig. Sie und sonst
nichts können seine Schwermut vertreiben. Doch plötzlich hält neben ihm ein Wagen, der überhaupt nicht zur
Umgebung passt, eine schwarz glänzende Limousine,
und als ein hinteres Seitenfenster heruntersurrt, kommt
Kanakas Gesicht zum Vorschein.

»Was machen Sie denn hier?«, entfährt es dem ver-
dutzten Sparak.

Kanaka nimmt keinen Anstoß an seiner informellen
Ausdrucksweise. Stattdessen sagt er nach einer kurzen
Pause:

»Wollen Sie mich vielleicht zu sich einladen?«

Sparak hält inne und schaut Kanaka scharf an. Er versteht nicht, warum der Vorsitzende des Gesundheitsausschusses hier ist und was er von ihm will. Kanaka
scheint zu merken, dass er die Gründe seines Besuchs
ein bisschen ausführlicher darlegen muss, dass Sparak

sich sonst vielleicht einfach umdreht und geht, denn er fügt an:

»Ich möchte Ihnen einen Vorschlag machen.«

Nachdem er auf dem Sofa Platz genommen und das Bier abgelehnt hat, das Sparak ihm angeboten hat, beginnt Kanaka zu reden:

»Wir zwei können einander nicht ausstehen, nicht wahr? Ich will Sie natürlich nicht beleidigen ... sicherlich verkörpere ich alles, was Sie verabscheuen, mir wiederum haben Ihr Auftreten und Ihre ziemlich unverfrorene Art auch nicht sonderlich gefallen. Ist es nicht so? Erzählen Sie mir nichts. Ist wirklich nicht nötig. Wir können uns die Sachen ins Gesicht sagen. Schluss mit der Geheimniskrämerei, einverstanden?«

Sparak grummelt etwas Unverständliches, was wohl so viel wie Zustimmung bedeutet.

»Wissen Sie, was ich glaube, Sparak?«, fährt Kanaka fort. »Dass Ihre Freundin Pamuks Mörder gefunden hatte, wenn sie so brutal überfallen wurde. Und ich glaube auch, dass diejenigen, die ... wie soll ich sagen ... sie so übel zugerichtet haben, gerade völlig aus dem Häuschen sind, weil es niemanden mehr gibt, der die Spur zu ihnen zurückverfolgen kann. Ich glaube, dass die Ermittlungen noch eine Weile um mich herumschwirren werden wie eine fette, lästige Fliege, denn laut Akte führt die einzige Fährte zu mir. Man wird herausfinden, dass ich gelogen habe, Ira Cuprack war nämlich tatsächlich meine Geliebte ... na ja, oder vielleicht bloß eine junge Frau, die ich öfter in die Zone 2 bestellt habe. Doch dieser Umstand wird ausreichen, um Verdächtigungen aufkeimen zu lassen, ich sei ein zwielichtiger Typ, ich habe etwas zu verbergen, Konkretes wisse man nicht, das allein wird genug sein, um mir bei der Wahl eine Niederlage beizubringen, und hinterher wird man den Fall ad acta legen, weil ich Pamuk und Cuprack ja nicht umgebracht habe, aber das wird für mich zu spät sein. Das ist Ihnen alles klar, oder? Ich bilde mir sogar ein, dass Sie das stört und wir da etwas gemeinsam haben. Über diese Gemeinsamkeit möchte ich mit Ihnen sprechen.«

»Was wollen Sie von mir?«, unterbricht ihn Sparak, dem die Unterhaltung allmählich unangenehm wird.

Kanaka guckt ihn an, lächelt und fährt dann fort:

»Sie wollen doch, dass die Leute, die Ihre Freundin angegriffen haben, zur Rechenschaft gezogen werden, oder? Und ich will in dieser Sache möglichst schnell entlastet werden, damit die Angelegenheit meinen Wahlkampf nicht behindert. Wenn ich auf die Justiz vertraue, brauche ich Zeit. Genau darauf setzen die Kerle, die mir die Geschichte anhängen wollen. Dass ich die ganze Zeit in die Affäre verstrickt bleibe.«

»Haben Sie eine Idee, wie Sie das vermeiden können?«

»Ja. Mit Ihrer Hilfe.«

Sparak versteht offenbar nicht.

»Ich bin gerade entlassen worden.«

»Ich weiß. Eben deshalb. Ich bin in Eile, Sparak. Das heißt, ich brauche jemanden, der auf dem Stand der Ermittlungen ist und sich nicht mit langwierigen Formalitäten aufhält ...«

»Was wollen Sie mir vorschlagen?«

»Das wissen Sie genau. Das haben Sie schon in dem Moment gewusst, in dem Sie mich vorhin gesehen haben. Ich möchte, dass Sie weitermachen. Dass Sie das Ding bis zum Ende durchziehen. Dass Sie den Schweinehund finden, der arme Leute aufschlitzt beziehungsweise aufschlitzen lässt, um mir zu schaden, der Ihrer Kollegin das Hirn ausgeschaltet hat, damit man ihm nicht auf die Spur kommt. Ich möchte, dass Sie auf meiner Seite sind und tun, womit Sie sich auskennen. Selbstverständlich werde ich einen angemessenen Preis zahlen.«

»Und warum sollte ich für einen Typen wie Sie meinen Job aufs Spiel setzen?«

Kanaka sieht Zem ernstlich verwundert an. Nicht weil er über die Frage zu strauchen droht, sondern weil er kaum fassen kann, dass Sparak nicht selbst auf die Antwort kommt.

»Weil es Ihnen gar nicht geschmeckt hat, dass man Ihnen den Fall weggenommen hat, die Freigabe erteilt hat. Weil Ihnen klar ist, dass Ihnen die Geschichte keinen Frieden lassen wird.«

»Mal angenommen, es ist tatsächlich so ...«

»Haben Sie schon mal was von den RealTests gehört?«

»Nein.«

»Das sind Probeimplantate, die Menschen eingepflanzt werden, um das Eternytox für die Auserwählten zu verbessern.«

»Hat Pamuk so etwas bekommen?«

»Ja.«

»Ist die Teilnahme an diesen Tests freiwillig?«

»Es gibt viele Wege, daran teilzunehmen. Man kann es so sagen: Den Leuten wird ein echtes Implantat angeboten, und dafür gehen sie eine Schweigeverpflichtung ein.«

»Haben Sie sich dieses System ausgedacht?«

»Nein. Es geht auf El Fatong zurück.«

»Warum erzählen Sie mir das alles?«

»Weil es ganz danach aussieht, als hätte der Mörder eine RealTest-Person getötet, um den Verdacht zu schüren, dass ich dahinterstecke. Oder jedenfalls wollte er, dass die Sache mit den Realtests mitten im Wahlkampf bekannt wird, weil das für mich äußerst unangenehm werden würde.«

»Und ist es das?«

»Natürlich. Wenige Wochen vor einer Wahl ist jedes Gerücht, das Misstrauen weckt, unangenehm. Pamuk war außer sich. Er wollte noch einmal operiert werden. Aber das war eben nicht drin. Das habe ich zu ihm gesagt. Ich kann nichts für die RealTests. Ich habe sie nicht entwickelt, und all meine Vorgänger haben sie für rechtskräftig erklärt. Doch für meine Feinde war der Fall eine willkommene Gelegenheit. Im Wahlkampf kann so etwas einen interessanten Effekt erzeugen und Dinge ins Wanken bringen.«

»Warum haben Sie uns das Ganze nicht schon erzählt, als wir das erste Mal bei Ihnen waren?«

»Es hätte ja ebenso gut sein können, dass Sie im Auftrag meiner Gegner handeln. Woher sollte ich wissen, wer Sie sind? In meinen Kreisen lernt man, die Wahrheit vorsichtig preiszugeben, häppchenweise.«

»Sie glauben, dass Barsok die ganze Chose eingefädelt hat?«

»Wer hat wohl Interesse daran, mich auszuschalten?«

»Ich kann mir vorstellen, dass die Liste der Leute ziemlich lang ist …«

»Sie haben recht. Verlieren Sie keine Zeit, machen Sie die Drahtzieher ausfindig. Und ich werde mich erkenntlich zeigen.«

Sparak sagt nichts. Er könnte jetzt anfangen, Bedingungen zu stellen, einen Haufen Geld zu verlangen, doch er tut nichts dergleichen. Er kann davon ausgehen, dass Kanaka all seinen Wünschen entsprechen würde, aber er hat gar keine. Das heißt, sein einziger Wunsch hat sich bereits erfüllt: weiter ermitteln zu dürfen. »Ich möchte Salia Malberg so oft ich will besuchen.«

»Ich kümmere mich darum«, entgegnet Kanaka mit einem zustimmenden Lächeln.

Zem setzt sein Bier ab, schaut Kanaka in die Augen und sagt mit kalter Stimme:

»Bis zum bitteren Ende?«

»Bis zum bitteren Ende«, bestätigt Kanaka, und Zem weiß, dass er sein Leben ganz dieser Aufgabe widmen wird.

33

PANOTIS

Ab jetzt kommt Gewalt ins Spiel. Stunden zählen nicht
mehr. Es ist eine Bauchentscheidung. Er wird nicht mehr
aufpassen, was er kaputt schlägt und wen er beschimpft.
Er wird kein Flehen mehr erhören. Er wird grausam sein,
so wie er es vor langer Zeit gelernt hat.

Er sagt zu Fazar, er soll Panotis anrufen und ihm ausrichten, dass er ihn sehen will, er denke darüber nach, bei
der Polizei aufzuhören, und wolle sich erkundigen, ob er
ihm ein Angebot unterbreiten möchte. Fazar entgegnet,
er würde sich gern mit Panotis in Verbindung setzen,
wisse jedoch nicht, wie er ihn erreichen kann, woraufhin
Sparak ein Bündel Geldscheine zückt und am Blick des
Wirts von der Nische sofort erkennt, dass das Getue lediglich dazu gedient hat, den Eindruck zu erwecken, er
sei ein anständiger Bürger. Fazar kündigt an, er werde
mit Panotis in Kontakt treten. Das Bündel wechselt die
Hände, Sparak muss sich nur noch ein wenig gedulden.
Panotis kommt. Er hat so lange auf diesen Moment ge-
wartet, in dem Sparak bei der Polizei seinen Hut neh-

men und zugeben würde, dass er auch nicht besser ist als er, den Moment, in dem er etwas von ihm braucht. Er kann der Verlockung nicht widerstehen. Also kommt er. Sie verabreden sich im Park am Salzwerk, auf der anderen Seite des Gabu-Geländes, nur ein paar hundert Meter von der Nische entfernt. Um diese Uhrzeit hängen dort bloß arme Schlucker und junge Drogenabhängige herum, die ihre Räusche ausschlafen oder es zu Hause nicht aushalten und ihrer Dosis TQX entgegenfiebern.

Da ist Panotis. Sparak sieht ihn schon von Weitem und ruft ihm zu: »Du hattest recht, Panotis. Wir sind uns ähnlich, wir zwei.« Und Panotis denkt, dass der andere sich ergibt. Er lächelt, freut sich über seinen Sieg, wird nicht misstrauisch. Er tritt näher, bemerkt nicht den funkelnden Hass in den Augen seines Gegenspielers, der die Faust ballt und es kaum erwarten kann loszulegen. »Ich habe dir doch gesagt, Zem, dass wir irgendwann gemeinsame Sache machen ...«, will er hervorbringen, doch er kommt nicht mehr dazu, denn Sparak trifft ihn mit voller Wucht und zertrümmert ihm das Nasenbein. Der Schlag ist so heftig, dass Panotis hintenüber auf den Boden fällt. Von den Jungs, die auf den nahen Bänken lümmeln, reagiert keiner. Sparak fällt über Panotis her. Er lässt ihn nicht mehr los, prügelt auf ihn ein. Drückt ihm das Knie auf den Brustkorb. Packt ihn am Kragen und schüttelt ihn.

»Mit wem ... mit wem hast du wegen des geklauten Implantats Probleme gekriegt?«

Er denkt sich, er muss sich beherrschen, sonst bringt er ihn noch um, bevor er etwas sagen kann. »Mit wem?« Seine Faust ist blutig. Immer wieder geht sie auf Panotis nieder, der, als er sein Ende kommen sieht, schließlich ausstößt:

»Skyros ...«

»Wer ist Skyros?«

»Ein Grieche ...«

»Wie hast du ihn kennengelernt?«

»Lange her. Er ist mittlerweile ein mächtiger Mann.«

Sparak lässt von ihm ab. Er hat das Gefühl, dass Panotis den richtigen Namen genannt hat. »Was hat er als Wiedergutmachung von dir verlangt?«, schreit er ihn an. Panotis dreht den Kopf zur Seite, spuckt das Blut aus, das er im Mund hat. Er vernimmt das Klicken einer Pistole, Sparak hat soeben die Waffe entsichert und richtet sie nun auf Panotis' Kopf.

»Er wollte, dass ich die Frau fertigmache, mit der du zusammengearbeitet hast. Sie hat zu viel gewusst ... Zem, ich hatte überhaupt keine Wahl. Wenn ich Nein gesagt hätte, hätten sie mich umgelegt. Ich wollte irgendwie aus der Sache rauskommen, sonst nichts ... Du musst mir glauben.«

Sparak steht das Gesicht der völlig zerstörten Salia noch klar vor Augen. Er beugt sich zu Panotis' Ohr herab:

»Du hast recht gehabt, Panotis. Wir sind uns wirklich ähnlich. Glaubst du, ich höre jetzt auf, dich zu verdreschen? Findest du, es hat schon genug wehgetan?

Da täuschst du dich aber. Ich habe hier alle Zeit der Welt. Es wird so wehtun, wie du es dir gar nicht vorstellen kannst, Alter. Es gibt jetzt nur noch dich, mich und meinen Hass. Hat es dir Spaß gemacht, die Kleine zu foltern? Natürlich hat es das. Und weißt du, woher ich das weiß? Weil ich merke, dass es mir auch Spaß macht.«

Doch in dem Augenblick, in dem er erneut zum Hieb ausholen will, fährt ihm so etwas wie die Erinnerung an sein eigenes Menschsein durch den Sinn, oder vielleicht ekelt es ihn auch vor dem sich krümmenden Fleisch, jedenfalls senkt er seinen Arm, steht auf und lässt Panotis im Dreck liegen.

Er hat es geschafft hineinzukommen, obwohl es schon spät ist, sie haben bestimmt Angst vor ihm. Er durchquert entschlossenen Schrittes die Eingangshalle. Wahrscheinlich ist die Security bereits benachrichtigt worden, die bald eintreffen und ihn mit aufgesetzter Höflichkeit auffordern wird, das Gebäude zu verlassen. Er weiß, dass es so enden wird. »Sir, die Besuchszeit ist vorbei.« Er weiß, welche Worte in so einer Situation fallen und in welchem Ton. Welche Bewegungen die Wachleute ausführen, die Hand geht zum Elektroschocker am Gurt. »Junger Mann, ich werde es Ihnen nicht noch einmal sagen, Sie haben hier nichts zu suchen.« Wie auch immer, ihm bleibt noch ein wenig Zeit, er will die Gelegenheit nutzen, es herrscht Stille im Zimmer, er tritt ans Bett, schließt die Patientin sanft in seine Arme, »Salia?«, spricht er sie an, mehrmals, als lautete so die magische Formel, die die Kraft hat, Türen zu öffnen oder unsichtbare Welten heraufzubeschwören, und Salia dreht ihm langsam den Kopf zu. Schaut sie ihn wirklich an? Oder geht ihr Blick nur in seine Richtung und durch ihn hindurch, er vermag es nicht zu sagen. »Salia?«, wiederholt er noch einmal und lächelt dazu, es tut gut, ihren Namen zu sagen. Sie zeigt keine Regung. Sie sitzt mit den Händen auf den Knien auf der Bettkante. Sie hat abgenommen. Sie bewegt die Lippen. Sie redet die ganze Zeit leise vor sich hin, um all den Dreck auszuscheiden, den sie in ihrem Geist und ihrem Körper hat. Die Ruhe, die ihr Gesicht ausstrahlt, steht im krassen Gegensatz zu ihren abgründigen Ergüssen. »Nutte ... Fotze ... sind zu dritt ... die Nase in der Scheiße ... Schläge, Tritte ... Aufgeschlitzt ... Pissen, Spritzen ... alles Anzünden ...« Ihm ist klar, dass ihre Heilung ein Prozess ist, der Monate oder Jahre dauern kann, aber er hat ihr etwas mitzuteilen, nämlich dass Panotis der Übeltäter war, der ihr das Ganze angetan hat, und dass er ihn aufgespürt und zu Hackfleisch gemacht hat, und er sagt es ihr, während sie kaum hörbar ihren schrecklichen Monolog hält. Er fügt hinzu: »Er hat mir einen Namen genannt ...«, und sie fährt fort: »Wichse, nacktes, schwabbeliges Fleisch, Gleichschritt ... Vergewaltigung ... ein Straßenrand, Spucke ...« Aber er lässt nicht locker, er glaubt fest daran, dass es sich lohnt, ihr diesen Namen wie auf dem Silbertablett zu servieren und zu präsentieren, deswegen ist er ja da: »Panotis hat erzählt, dass der

Typ, der Pamuk und Cuprack umgebracht hat, Skyros heißt …«, und plötzlich ist ihm, als würden ihre Pupillen sich erweitern, als würde die Vergangenheit an die Oberfläche gespült werden. Der Eindruck hält nur ein paar Sekunden an, aber er hat auf einmal das Gefühl, dass ihr Hirn arbeitet, sie gegen den Müllberg in ihrem Kopf ankämpft, bei ihm sein und mit ihm sprechen will, und so neigt er sein Ohr an ihre Lippen und taucht in den langen, schmutzigen Strom mit ein: »Leichen über Leichen … die Beine in der Luft … aufgeblähte Bäuche … Fressen … Solobek, Skyros, eine Säge … Gerippe … kaltes Fleisch … Solobek, Skyros … Schreie … bei lebendigem Leib zerstückelt … Solobek, Skyros … alles voller Blut …« Er steht auf, mit Tränen in den Augen. Es ist, als hätte er soeben eine Nachricht von einem anderen Stern empfangen. Er küsst ihre Hände. »Danke, Salia.« Er sieht sie noch einmal an, ihr Gesicht ist nach wie vor völlig teilnahmslos, und aus ihrem Mund entweicht weiter dieser endlose Dreckschwall. In dem Moment erscheint der Typ vom Sicherheitsdienst. »Sir? Ich muss Sie bitten zu gehen.« An dem Punkt beginnt normalerweise der Streit, fährt er den Wachmann an, er soll ihn in Ruhe lassen, beißt er zu, wenn der Kerl mit seinem Elektroschocker nahe genug ist, doch das tut er diesmal nicht, er hat nicht das Recht dazu, Salia schaut ihn an, sie hat ihm gegeben, was er wollte, er hebt daher beschwörend die Hände und verkündet, dass er jetzt das Feld räumt, alles erledigt und in Ordnung ist und er keinen Ärger will, und er verkündet das so laut und selbstbewusst, dass es den Typen etwas ratlos macht und er ihn einfach gehen lässt.

34

DAS GESTÄNDNIS

In den Räumlichkeiten des Gesundheitsausschusses können sie sich unmöglich treffen, das wäre zu heikel für Kanaka. Sparak hat die Möglichkeit ins Spiel gebracht, sich in Salias Apartment zu verabreden, von dem er den Schlüssel behalten hat, und Kanaka hat eingewilligt. Er erscheint bei Einbruch der Dunkelheit, spaziert in die Wohnung, ohne Guten Abend zu sagen, und setzt sich aufs Sofa, ohne seinen Mantel auszuziehen. Er hört ruhig zu, als Sparak ihm eröffnet, er habe den Täter ausfindig gemacht, er heiße Skyros.

»Das weiß ich. Das hat mir Inspector Malberg bereits erzählt, als sie bei mir war. Ich habe ihr daraufhin geraten, sich mal im Migrationsbüro umzuhören. Seitdem versuche ich, meinen Kontaktmann dort zu erreichen, aber er ist wie vom Erdboden verschluckt.«

Sparak erklärt, dass Skyros seinen Namen geändert hat. Bei dem Hinweis lässt Kanaka eine leise Regung erkennen. Er rutscht nach vorne, damit ihm ja kein Wort entgeht. Als Sparak den Namen Solobek erwähnt, sinkt er wieder zurück in die Kissen, kneift die Augen zusammen und sagt einen Moment lang nichts. Dann vermeldet er mit seltsamer Dankbarkeit:

»Ich wusste, dass Sie es schaffen würden.«

»Das ist ein regelrechter Politkrieg, stimmt's?«

»Sieht ganz danach aus.«

»Es geht darum, Sie für den Posten in der Direktionskommission in Misskredit zu bringen, richtig?«

»Genau.«

»Und was kommt als Nächstes?«

Kanaka schaut ihn eindringlich an, womöglich entsteht durch die gemeinsamen Nachforschungen zwischen ihnen eine Vertrautheit, die die sozialen Gräben überwindet.

»Jetzt will ich, dass Sie ihn aufspüren.«

»Wen? Solobek?«

»Ja. Und Sie müssen ein Geständnis aus ihm herauspressen. Er soll den Namen Barsok ausspucken. Und Sie nehmen das Ganze auf.«

»Und warum glauben Sie, dass er Barsok verpfeifen wird?«

»Weil Sie ihn dafür bezahlen werden.«

Sparak kann seine Verwunderung nur mit Mühe verbergen.

»Wollen Sie die Informationen nicht lieber an die Polizei weiterleiten? Die kann ihn doch dann einbuchten. Das würde Sie definitiv entlasten.«

»Wir führen keine Ermittlungen, Sparak. Das hier ist ein Wettlauf gegen die Zeit. In drei Wochen sind die Wahlen zur Direktionskommission. Selbst ein schnelles

Verfahren würde Monate dauern … Ich habe nicht so viel Zeit. Ich will, dass Barsok mir keine Knüppel mehr zwischen die Beine wirft und mich nicht von meinem Weg abbringt, verstehen Sie? Den Wunsch kann Solobek mir erfüllen.«

»Er hat zwei Leute umgebracht und soll aus der Geschichte so rauskommen? Mit einem hübschen Umschlag voller Geld?«

»Ich weiß nicht, wie er da rauskommt … Ihm wird klar sein, dass sein Leben nicht mehr viel wert ist, auch wenn ich ihm nun eine hohe Summe biete.«

Nach einer kurzen Pause schiebt der gewählte Vorsitzende des Gesundheitsausschusses hinterher:

»Stehen Sie auf meiner Seite, Sparak?«

Zem schweigt. Kanaka spürt, dass er drauf und dran ist, Nein zu sagen. Er setzt daher in sanftem, geradezu freundschaftlichem Ton hinzu:

»Der Betrag, den ich für ihn vorgesehen habe, ist natürlich nichts im Vergleich zu dem, den ich für Sie bereitstellen werde.«

Zem hebt den Kopf und schaut ihn müde an.

»Es geht mir nicht um Geld.«

»Ich kann mich auch anderweitig dankbar erweisen«, entgegnet Kanaka.

»Ich will, dass Salia eine gute Behandlung bekommt. Dass ihr die beste Therapie ermöglicht wird, die es gibt, und wenn sie zehn Jahre dauert.«

Kanaka überlegt einen Augenblick und erklärt dann mit ernster Stimme:

»Ich werde das in die Wege leiten, Sparak. Ich sorge dafür, dass diejenigen, die mir Dienste erweisen, belohnt werden.«

Ehe Sparak etwas erwidern kann, steht Kanaka auf und drückt ihm die Hand. »Ich zähle auf Sie.« Und er verschwindet auf die gleiche Art, auf die er hereinspaziert ist: ohne die Tür hinter sich zuzumachen.

Mord wird also nicht bestraft. Die Partie geht zu Ende, und das Resultat sind zwei Tote, die nicht wussten, warum sie sterben mussten, nicht ahnen konnten, dass sie eines Tages zu Spielbällen in einem derart wichtigen Match werden würden. Er denkt an den Pakt, den er mit der Leiche im Krankenwagen geschlossen hat, und sagt sich, dass er Pamuk wohl wieder einmal verraten muss. Dass er keine Antwort auf seine Fragen hat, dass er niemanden verhaften, niemanden bestrafen kann, dass alles von vornherein verloren war.

Er stapft durch die Straßen von Nevra. Den zwischen Spector Boulevard und Avenue VI gelegenen Teil der Zone 3, in den Barsok in einer damals aufsehenerregenden Aktion den provisorischen Sitz der Sicherheitskommission verlegt hat, um nicht mehr ständig in die Zone 1 fahren zu müssen und näher bei seiner Wählerschaft zu sein. Sparak achtet weder auf die Schaufensterauslagen noch auf die Passanten. Er ist auf die bevorstehende Begegnung konzentriert. Er stellt sich die geladene Atmosphäre zwischen ihm und Solobek vor, sein Gegenüber wird seinen Fragen wahrscheinlich ausweichen, er wird sich in die Brust werfen und ihn seinerseits bedrohen. Wird er das Geld empört zurückweisen? Wird er ein paar Sicherheitsleute rufen, damit sie den ungebetenen Gast rausschmeißen? Zem Sparak schreitet voran. Er hat keine Angst. Er malt sich dieses Zusammentreffen in allen Einzelheiten aus und ahnt nicht, dass es weder Geschrei noch großes Gehabe geben wird, die Sache völlig glatt und reibungslos über die Bühne gehen wird.

Als er das Gebäude der Sicherheitskommission betritt und am Empfang vorstellig wird, fragt der Angestellte, ob er einen Termin hat. Nein, sagt er, aber so selbstbewusst, dass der Mann den Kopf hebt. Sparak setzt hinzu, Herr Solobek sei zweifellos sehr interessiert daran, ihn zu sehen. Es vergeht ein Augenblick, die Anspannung steigt. Der Angestellte greift zum Telefon. Wieder heißt es zu warten. Und schließlich, während Sparak sich bemüht, seine Verwunderung zu verbergen, teilt der Rezeptionist ihm mit, er möge in den fünften Stock hinauffahren und dort Zimmer 525 aufsuchen.

Solobek bietet ihm einen Platz an und lauscht aufmerksam.

»Ich bin gekommen, um Ihnen zu sagen, dass ich Bescheid weiß.«

»Und worüber wissen Sie Bescheid, Herr Sparak?«

»Ich weiß, dass Sie Skyros sind. Dass Sie Pamuk umgebracht haben, zum einen, weil er Sie darum gebeten hat, und zum anderen, weil man den Mord wunderbar

Kanaka anhängen kann. Dann haben Sie Cuprack erledigt, weil Sie wahrscheinlich erfahren haben, dass sie Kanakas Geliebte war. Auch das wollen Sie Kanaka andichten, zufällig der Gegenspieler Ihres Chefs.«

Schweigen. Kein Mit-der-Faust-auf-den-Tisch-Hauen. Kein entrüsteter Aufschrei. Keine hereinstürmenden Wachen, die Sparak hinauswerfen. Sie schauen sich an.

»Ich weiß auch, dass Sie Panotis beauftragt haben, Salia Malberg zu foltern, weil sie herausgefunden hat, dass Sie der Täter sind.«

»Glauben Sie, Sie machen mir Angst, Sparak?«, antwortet Solobek ruhig. »Glauben Sie, ich fange jetzt an zu heulen wie ein Kind, das man auf frischer Tat ertappt hat?«

»Verstehen Sie mich nicht falsch, Solobek. Ich bin nicht hier, um Sie zu verhaften. Ich bin hier, um Ihnen zu sagen, dass Herr Kanaka über alles im Bilde ist. Und dass er mich daher zu Ihnen schickt, um Ihnen diesen Umschlag zu überreichen. Lassen Sie sich nicht täuschen, das ist kein Angebot. Mit einem Angebot hat das nichts zu tun. Leute wie Kanaka machen keine Angebote. Sie denken anders als wir. Mir ist dieses Vorgehen absolut unverständlich. Ich würde so etwas nie tun. Ich erzwinge Geständnisse auf andere Weise. Wenn es nach mir ginge, wären wir zwei jetzt in einer Zelle, und ich würde Ihnen heftige Schmerzen zufügen. Ich würde Sie gründlich und geduldig quälen. Das habe ich Kanaka gesagt. Aber er hat bloß gelächelt. Und vielleicht hat er ja recht. Vielleicht ist dieser Umschlag auch so etwas wie ein Folterinstrument. Ich weiß es nicht. Ich lege ihn Ihnen hierhin, genau wie er es mir aufgetragen hat. Doch das ist wie gesagt kein Angebot. Sie werden ihn nehmen müssen. Es bleibt Ihnen gar nichts anderes übrig. Sie werden sich fügen. Sie haben jetzt einen neuen Chef. Kerle wie Sie und ich verstehen so etwas. Instinktiv. Wir sind wie Hunde, wir lecken die Hand des Herrn, der das Stöckchen schmeißt. Macht nichts, wenn es ein anderer schmeißt. Das Leben geht weiter. Sie werden lernen, den Namen Kanaka mit dem gebührenden Respekt in den Mund zu nehmen. Und Sie werden ihm alles erzählen, was er von Ihnen hören will. Und zwar jetzt gleich. Es geht nur darum, sich zu vergewissern, dass Sie die Lage richtig einschätzen, sonst nichts. Sie sagen einfach, dass Herr Barsok Sie beauftragt hat, Pamuk und Cuprack zu töten. Und das sagen Sie nicht, weil es wahr ist – Leute wie Sie haben die Wahrheit längst aus den Augen verloren und ihren Wert ebenfalls –, Sie sagen es, weil es der erste Befehl Ihres neuen Herrn ist und es keine weiteren geben wird, wenn Sie nicht gehorchen. Weil sonst Ihre Welt zusammenbricht. Dieser Umschlag ist kein Geschenk, keine großzügige Geste seitens Herrn Kanakas. Es ist seine Art auszudrücken: ›Komm her!‹, und diese Art ist wirksamer als unsere. Ihr einstiger Chef hat verloren. Ihr Glück ist, dass er noch keine Ahnung davon hat, dass Sie einen anderen Herrn haben. Das ist der Grund, weshalb Sie am Leben sind, mit mir reden und den Umschlag nehmen können, denn sobald er es erfährt, wird er Sie loswerden wollen. Sie werden spurlos verschwinden, Solobek, wenn Barsok Sie nicht mehr gebrauchen kann. Sie werden ihm lästig sein, Sie sind sogar gefährlich für ihn, und das, obwohl Sie sich die ganze Zeit loyal verhalten haben. Sie wissen das schon ziemlich lange. Sie haben getötet. Sie können nicht behaupten, dass Sie es nicht getan haben. Sie haben den Auftrag angenommen. Weil Sie zu seiner Truppe gehörten und es in diesem Kampf um Leben und Tod ging. Sie haben mit der Kraft Ihrer Arme Pamuks letzte Zuckungen erzwungen. Sie, nicht Barsok. Sie haben Cuprack, die auf gar keinen Fall sterben wollte und versucht hat, Ihnen zu entkommen, an den Haaren geschleift und ihre flehentlichen Bitten nicht erhört. Sie sind der Mörder. Das lässt Sie gleichgültig, ich weiß. Man hat Sie mit diesen beiden Morden beauftragt, weil Sie schon andere Leute ins Jenseits befördert haben, Sie kennen sich aus damit. Und wenn mir etwas sofort klar war, wenn ich etwas gleich erkannt habe, dann das: Innerlich sind sie selbst schon lange tot. Tot nach all den Morden, die Sie begangen haben. Und genau deswegen hat Barsok Sie in sein Team geholt. Tote haben weniger Ehrgeiz und Skrupel als Lebende. Ich bin ebenfalls tot. Daher kann ich bis auf den Grund Ihrer Seele blicken. Sehen Sie, jetzt komme ich etwas näher, und denken Sie nicht, dass Sie sich gleich entscheiden müssen und Ihnen nur noch ein paar Sekunden zum Nachdenken bleiben, es ist alles beschlossene Sache, seitdem Kanaka und Barsok bestimmt haben, für dasselbe Amt zu kandidieren. Ich werde jetzt einen Knopf auf meinem Armband drücken, und dann

wird aufgenommen, was Sie sagen, wenn ich gleich auf-
höre zu reden, sehen Sie, ich drücke, ich zeichne auf,
und ab jetzt wird unsere Unterhaltung direkt ins Büro
von Herrn Kanaka übertragen, es ist fast so, als säße er
hier neben mir, ich quatsche noch ein bisschen weiter,
damit Sie Zeit haben, sich vor Augen zu halten, was gerade geschieht, Sie müssen sich dessen nämlich bewusst
sein, und nun stelle ich Ihnen folgende Frage: Wer hat
Pamuk und Cuprack getötet? Und in wessen Auftrag
wurden die beiden Morde ausgeführt? Ich möchte, dass
Sie sich klarmachen, dass Sie mit dem, was Sie jetzt sagen, ein neues Bündnis eingehen, und Sie anschließend
mit mir zusammen das Gebäude verlassen und mir zu
Ihrem neuen Vorgesetzten folgen werden, um ihm Ihre
Gefolgschaft zuzusichern. Ich sehe in Ihren Augen, dass
Sie bereit sind, alles in Betracht gezogen und verstanden
haben, dass Sie ein Niemand sind und keine Wahl haben,
denn an Ihren Händen klebt Blut, und das schwächt Ihre
Position, macht Sie verwundbar. Also, Solobek, der Zeitpunkt, an dem ich aufhören werde zu reden, rückt unweigerlich näher, ich höre, was Sie zu sagen haben …«

Solobek gibt erst einmal keinen Ton von sich, im Zimmer breitet sich Stille aus. Schließlich schaut er Sparak
in die Augen und sagt:

»Mein Name ist Zacharias Skyros alias Solobek. Ich
habe im Auftrag von Golan Barsok Malek Pamuk und
Ira Cuprack ermordet.«

35

DELPHI, DER LETZE
WIDERHALL DER WELT

Es war kurz nach dem Verrat gewesen. Seine Kameraden waren allesamt verhaftet worden. Er arbeitete für die Polizei, aber die hatte wenig Verwendung für ihn. Es gab einen Mann, der im Auftrag von GoldTex die Umsiedlung der Bevölkerung koordinierte. Sparak sollte ihm die Arbeit erleichtern. Ihn durch Athen lotsen und ihm die nötigen Kontakte vermitteln. Keine Aufgabe, die recht viel Zeit beanspruchte. Der Mann verbrachte manchmal ganze Nachmittage in Sitzungen. Sparak ging spazieren, bummelte ein bisschen durch die Stadt, die bald verschwinden würde. Er wollte Lena finden. Er versuchte es bei ihr zu Hause. Bei Freundinnen. Er spürte ihre alte Tante auf. Aber vergebens. Niemand wusste, wo sie steckte. Sie war weg. Als die Tante in sein trauriges Gesicht schaute, sagte sie, vielleicht sei Lena bei ihren Eltern, in dem kleinen Dorf in der Nähe von Kalamata. Er versuchte, sie dort zu erreichen, aber die Eltern waren offenbar verzogen. Er suchte weiter. Niemand konnte ihm Auskunft geben. Und plötzlich änderte sich sein

Leben. Eines Tages wurde klar, dass er in absehbarer Zeit das Land verlassen würde. Der Mann, der ihn beschäftigte, erteilte ihm eine Auswanderungserlaubnis. Dieses Papier war beinahe unbezahlbar. Ein schönes Geschenk dieses Mannes – zum Dank für Sparaks Hilfe. Es folgten merkwürdige Tage, in denen ihm bewusst war, dass er seine Stadt zum letzten Mal sah. Jedes Geschäft. Jede Kreuzung. Einen Straßennamen, die Farbe der Häuser. Er wollte sich alles einprägen. Die Händler in seinem Viertel. Fardi, den ägyptischen Schneider, der vor Kurzem Vater einer kleinen Tochter geworden war, die zwei Arkomatis-Schwestern, die den Tabakladen auf dem Anargiron-Platz betrieben. Jeder Streifzug wurde zu einem langen, stillen Abschiedsgruß. Er schwor sich, so schnell wie möglich wiederzukommen, aber er ahnte, dass er sich etwas vormachte.

Und dann saß er eines Morgens bei milder, kühler Luft vor dem Kiosk am Archäologischen Museum. Er war früh aufgestanden und trank auf der Terrasse von Yagournis einen Kaffee. Es war nur ein weiterer Gast da. Ein kleiner, untersetzter Mann mit Bart und weißem Haar, der eine alte fischerblaue Hose aus dickem Leinen trug. Zem hörte, wie er sich vom Wirt verabschiedete, und als er an Sparak vorüberkam, erkundigte sich Zem, ob er Griechenland den Rücken kehren würde.

»Nein«, antwortete der Mann. »Ich fahre nach Delphi.«

Das Territorium war bereits aufgeteilt. Es war bekannt, dass die Region um Delphi, Zentralgriechenland und Thessalien an ein Subunternehmen weiterverkauft worden waren. Es würde dort bald nichts mehr geben. Kein Leben mehr. Die Bevölkerung war angehalten, das Gebiet zu verlassen. Delphi? Der Alte blieb stehen, da Zem sich verwundert zeigte. Und in der stillen Morgenröte erzählte er mit sanfter, altersloser Stimme:

»Meine Mutter stammte aus Delphi. Als ich klein war, fuhr ich jeden Sommer dorthin. Aber nur widerwillig. Das Meer war so weit weg. Irgendwann fiel meinem Großvater ein, dass ich seine Ziegen hüten könnte. Sie können sich das wahrscheinlich nicht vorstellen … aber wie ich stundenlang hinter meinen Tieren her durch die Tempelruinenlandschaft gezogen bin, die Viecher gerufen, stumm inmitten von ihnen gestanden und den vom Tal aufsteigenden Wind gespürt habe … Von da an konnte ich nicht mehr ohne das Ziegenhüten sein. Ich habe es gemacht, bis ich achtzehn war. Dann ist mein Großvater gestorben. Das Anwesen wurde verkauft. Die Ziegen bestimmt auch. Aber noch heute, nach all den Jahren, würde ich ohne zu zögern antworten, wenn mich jemand fragen würde, was mein Leben ausgemacht hat: Ich bin der Junge, der seiner Herde auf den heiligen Berg gefolgt ist. Die Atmosphäre dort ist gewaltig. Unsichtbare Mächte umschlingen einen. Meinen Sie, dass man so etwas kaufen kann? Oder gar zerstören? Meinen Sie, dass sich der Mittelpunkt der Welt, das Innerste der Mysterien auslöschen lässt? Wenn an Sommerabenden dort langsam die Sonne untergeht, spürt man den Hauch der Unsterblichkeit auf der Haut. Heute weiß ich, dass das die schönsten Momente meines Lebens waren. Und deswegen fahre ich hin. Was soll's, wenn nun nichts mehr übrig ist. Jeder darf sterben, wo er will. Vielleicht ist ja noch jemand da, der mir Guten Tag sagen wird. Zumindest der Wind wird mich wohl wiedererkennen. Man darf Delphi nicht vergessen. Sie glauben, dass sie kaufen, verunstalten und vernichten können, was sie wollen. Aber einer von uns muss doch hinfahren. Wer sonst soll Delphi vor dem warnen, was mit der Welt los ist? Es ist mir eine Ehre, über die unveränderte Schönheit zu wachen, von vergangenen Zeiten durchdrungen zu sein. Nichts gehört uns. Im Grunde bin ich ein Hüter von Dingen, die uns nicht gehören.«

Und der alte Mann reichte ihm höflich die Hand, stieg in sein Auto und verschwand. Sparak erinnerte sich noch Jahre später an diese Begegnung und fragte sich: Wer wird sich einmal an Delphi erinnern? Wessen Blick wird segnen, was jeden Abend stirbt und jeden Morgen neu geboren wird?

36

EINE SCHRECKLICHE TORTUR

Ist er jetzt glücklich? Verspürt er ein wenig Befriedigung? Er hat die Ermittlungen zum Abschluss gebracht, doch steht er nun als Sieger da? Er hat die lange Kette der Ereignisse bis zu denjenigen zurückverfolgt, die Pamuks und Cupracks Tod wollten, aber die Sache kotzt ihn an. Das Ganze ist eine schmutzige Angelegenheit. Er hat Solobek an dem von Kanaka angegebenen Ort abgeliefert: in einer kleinen Wohnung am Fuße des Mount Liberty, in einer ruhigen, vornehmen Straße in Spada. Dann ist er gegangen. Kanaka hat sich bei ihm bedankt und ihn darüber unterrichtet, dass er die für Salia Malberg nötige Behandlung bereits veranlasst und entsprechende Anweisungen gegeben hat. Er kümmert sich um die Dinge. Hat Sparak damit gewonnen? Es ist ihm egal. Das Schicksal des Mannes, an dessen Händen Blut klebt, interessiert ihn so wenig wie Kanakas ehrgeiziger Plan. Er wird das Ende der Geschichte aus den Fernsehnachrichten erfahren. Wenn Kanaka in die Direktionskommission gewählt wird, hat er es wohl geschafft, den Rivalen aus dem Weg zu räumen. Das wäre so etwas wie

Gerechtigkeit. Eine andere Form von Gerechtigkeit wird nicht hergestellt werden. Reicht das als Rache für das, was man Salia angetan hat? Bringt das eine ins Wanken geratene Welt, in der Leichen in der Öffentlichkeit abgeladen und aufgeschlitzt werden, wieder ins Gleichgewicht? Diese unbeantworteten Fragen beschäftigen ihn auf seinem Nachhauseweg.

Als er in seine Straße einbiegt, entdeckt er zu seiner Verwunderung Mazdo und Solar, die an einem direkt vor seinem Haus geparkten Auto lehnen. Sie winken ihm aus der Ferne zu, wirken jedoch etwas verlegen.

»Er hat uns gebeten, zu dir zu fahren, Zem«, erklärt Mazdo mit gesenktem Blick.

»Ist nicht persönlich gemeint«, ergänzt Solar. »Sergeant Solomos hat darauf bestanden, uns ist gar nichts anderes übrig geblieben …«

»Wovon redet ihr?«, fragt Sparak.

»Am besten läufst du mal rauf und machst dir selbst ein Bild von der Lage.«

Langsam steigt er die Treppen hinauf. Im Hausflur seines Stockwerks trifft er auf Solomos. Der Chef sagt seltsamerweise kein Wort, sondern fordert ihn mit einer Geste des Kopfes auf, seine Wohnung zu betreten. Zem bewegt sich auf die Tür zu und stellt fest, dass sie offen ist. Er geht hinein. Es herrscht Stille. Er weicht den Milchflaschen aus, die nach wie vor im Korridor herumliegen, und erreicht das Wohnzimmer.

Auf der Couch sitzt Barsok.

»Sie sind mir doch nicht böse, weil ich einfach so hereingeplatzt bin?«, erkundigt er sich. Es ist offenbar eher eine rhetorische Frage.

Sparak schweigt. Er zieht schwerfällig seinen Mantel aus und hängt ihn über einen Stuhl.

»Was wollen Sie von mir?«

Barsok seufzt, als wollte er Luft holen, bevor er loslegt.

»Sparak, finden Sie, dass Kanaka ein besserer Kandidat ist als ich?«

»Ich glaube, darum geht's nicht.«

»Sie täuschen sich. Genau darum geht's. Würden Sie nämlich mich für den besseren Kandidaten halten, ergäbe alles andere einen Sinn. Denken Sie nicht, dass es für die Menschen der Zone 3 gut bis segensreich wäre, wenn ein Kerl wie ich in der Direktionskommission sitzen würde?«

»Was wollen Sie damit sagen?«, fällt Sparak ihm ins Wort. »Dass der Zweck die Mittel heiligt?«

»In gewisser Weise, ja. Zumindest sollten Sie nicht so tun, als diente das Ganze überhaupt keinem Zweck.«

»Verstehe ich nicht.«

»Ich bin nicht gerade stolz auf das, was geschehen ist. Das kann ich Ihnen versichern. Sie glauben mir vielleicht nicht, aber ich habe das nicht gewollt.«

»Ob Sie es jetzt gewollt haben oder nicht, was ändert das denn? Ob Sie Solobek den ausdrücklichen Befehl erteilt haben, Pamuk und Cuprack um die Ecke zu bringen, oder ob Sie ihm gegenüber bloß in Erwägung gezogen haben, die beiden abschlachten zu lassen, in der Hoffnung, er würde die Gelegenheit gleich beim Schopfe packen, was macht das für einen Unterschied? Pamuk und Cuprack sind tot. Und sie sind für Sie getötet worden.«

»Sie haben recht. Ich habe Leute um mich herum, die Dinge tun, um mir zu gefallen, um für ihren Einsatz belohnt zu werden, um sich unverzichtbar zu machen. Sind mir diese Morde gelegen gekommen? Soll ich Ihnen die Wahrheit sagen? Wenn die Sache funktioniert hätte und Kanaka seine Kandidatur hätte zurückziehen müssen, hätte ich es nicht bedauert. Wirft man einem siegreichen General etwa vor, dass ein paar Leute auf der Strecke geblieben sind?«

»Sie vergessen, dass das hier kein Krieg ist.«

»Meinen Sie das im Ernst?«

Er sieht Barsok mit einer Neugier an, die ihn selbst irritiert, doch er muss anerkennen, dass die Gemütsruhe des anderen ihn fasziniert.

»Sie irren sich, und das wissen Sie auch«, fährt der Leiter der Sicherheitskommission fort. »Denn wenn ich Ihnen sage, dass die Zone 3 zertreten und erniedrigt wird, stimmen Sie mir ja zu. Nennen Sie es von mir aus Unterdrückung, wenn Ihnen das Wort Krieg Angst einflößt, aber geben Sie zu, dass wir Gewinner und Verlierer auf der Welt haben. Jeden Tag. Und dass die Verlierer immer dieselben sind.«

Sparak holt aus der Küche einen Flaschenöffner und macht zwei Biere auf. Er stellt eines davon seinem Gast auf den Couchtisch und nimmt vom anderen einen ersten Schluck im Stehen.

»Was wollen Sie?«, fragt er.

»Was ich will? Hören Sie: Es gibt jetzt zwei Möglichkeiten. Die erste ist, dass ich durch Solobeks Kurswechsel eine Wahlniederlage einstecken muss. Das wäre sicher ärgerlich, aber ich würde wohl darüber hinwegkommen. Die zweite ist, dass diese Affäre das Ende meiner politischen Karriere bedeutet. Im Moment hängt alles davon ab, ob Solobek redet oder nicht. Und es gefällt mir nicht, dass mein Schicksal in seinen Händen liegt. Ich schlage daher Folgendes vor: Ich bin bereit, diese eine Niederlage gegen Kanaka zu akzeptieren, ich werde allerdings nicht hinnehmen, dass diese Mistkerle uns permanent unterjochen. Es ist Zeit, dass sich etwas ändert. Und ich bin der Einzige, der Sachen in Bewegung setzen kann. Schauen Sie mich jetzt deswegen so pikiert an, weil Sie gedacht hätten, dass ein Kandidat wie ich ein reines Gewissen hat? Haben Sie eine Ahnung, was Kanaka alles auf dem Gewissen hat? Haben Sie ein bisschen geforscht, wie viele Männer und Frauen er fertiggemacht hat? Wieso erwarten Sie von mir, was Sie von ihm nicht erwarten?«

»Ich kapiere nicht, was Sie von mir wollen. Dass ich Ihnen die Absolution erteile?«

»Nein, Sparak. Regen Sie sich nicht auf, es stört mich nur wahnsinnig, dass Sie schlecht über mich denken. Ich bin hier, um Sie zu engagieren. Ich habe Ihnen ja schon prophezeit, dass wir irgendwann zusammenarbeiten werden. Jetzt ist der Zeitpunkt gekommen.«

Sparak ist drauf und dran, ihn zu fragen, ob er etwa scherzt, doch er hält sich zurück. Ihm schwant, dass Barsok noch ein paar Trümpfe im Ärmel hat, wenn er so spricht, und er kriegt es mit der Angst zu tun.

»Wissen Sie, Sparak«, fährt der Kandidat fort. »Ich merke, dass Sie einen starken inneren Drang verspüren, und ich möchte diesen Drang noch verstärken.«

»Welchen Drang?«

»Den Drang nach Rache.«

Barsok legt vorsichtig eine Akte auf den Couchtisch.

»Ich bin der gewählte Vertreter der Sicherheitskommission. Ich habe Zugang zu unzähligen Daten, wie Sie sich vorstellen können. In meinen Unterlagen finden Sie die ganze Welt. Ich bin mir sicher, das hier wird Sie interessieren. Und jetzt muss ich gehen. Sie werden sehen, Sie sind der Einzige, der zu Solobek durchdringen und ihn zum Schweigen bringen kann. Sie werden es nicht für mich tun, nicht für irgendjemanden, mit dem Sie nichts am Hut haben, sondern weil die Geister, die in Ihrem Kopf herumspuken, es von Ihnen verlangen.«

Mit diesem abschließenden Satz steht er auf, knöpft seinen Mantel zu, verlässt die Wohnung und lässt Sparak sprachlos zurück.

Die Sichtung der Unterlagen wird eine schreckliche Tortur. Sparak schlägt die auf dem Tisch liegende Akte auf und vertieft sich in sie. Das Lesen fällt ihm anfangs schwer. Er ist in großem Aufruhr. Sein Herz rast. Er bemüht sich, ruhig zu atmen, kommt aus dem Rhythmus, konzentriert sich erneut. Er nimmt ein Blatt nach dem anderen zur Hand. Das Ganze ist eine disparate Mischung aus alten Archivdokumenten, Fotos von beschatteten Personen, Sitzungs- und Verhörprotokollen. Das Material enthält seine gesamte Lebensgeschichte und die komplette Geschichte der Übernahme Griechenlands. Aufsichtsanweisungen für Demonstrationen. Berichte. Mehrmals taucht sein Name auf. Er ist mit Stift eingekreist. Stammt diese Markierung von Barsok oder dem Angestellten, der die Akte damals angelegt hat? Aus den Schriftstücken geht hervor, wie das Rekrutierungssystem funktioniert hat. Er erfährt, dass jeder Rekrutierungsoffizier die Aufgabe hatte, einem Dutzend junger Militanter den Kopf zurechtzurücken. Dass die Offiziere Nummern trugen. Er war die Nummer 51, das heißt, er wurde von Offizier 5 angeworben, ebenso wie die Nummern 52, 53, 54 usw … Er durchstöbert fieberhaft die Blätter und stößt endlich auf die Identität des Offiziers 5. Und da verspürt er blanken Hass. Skyros. Zacharias Skyros. Aktivist in derselben griechischen Untergrundbewegung wie er, von GoldTex jedoch gleich zu Beginn der Unruhen angeheuert. Ein Verräter. Durch und durch. Der seine Kameraden für Geld denunziert hat. Er hat ihn verpfiffen. Sparak kann sich nicht erinnern, ihm je begegnet zu sein. Skyros, das sagt ihm gar nichts, aber ändert das irgendetwas? Es reicht zu sehen, dass der Name Skyros in einem Mitgliederverzeichnis der Bewegung über seinem eigenen steht, ob Skyros nun Angaben zu seiner Person gemacht oder die gesamte Liste preisgegeben hat. Wenn er Sparak nicht vergessen hat, hat er bestimmt geschmunzelt: derselbe Sparakos, der einst auf seinen Hinweis hin verhaftet worden war, hat ihn jetzt in einer hübschen Wohnung am Fuße des Mount Liberty in Sicherheit gebracht. Skyros hat sein Leben zerstört. Er hat sich bei GoldTex eine Zukunft aufgebaut, indem er die Bewegung hat hochgehen lassen. Die Lage ist eindeutig: Sparakos wurde aufgrund der Angaben des Offiziers mit der Nummer fünf festgenommen. Zacharias Skyros.

Sparak legt die Akte zurück auf den Couchtisch. Er taucht in die Vergangenheit ein, ruft die Gesichter seiner Freunde und die Einzelheiten jener Nacht in dem besetzten Haus auf, die damit endete, dass sie am frühen Morgen von der Polizei abgeholt wurden, erinnert sich an den Anblick seiner toten Kameraden. Wer hat darüber entschieden, wer hingerichtet wird und wer eine Gehirnwäsche verpasst kriegt? Was an ihm hat ihnen den Eindruck vermittelt, dass er beeinflussbar ist? Er lässt sich das Ganze noch einmal durch den Kopf gehen. Sie hatten recht. Er war manipulierbar. Das quält ihn vielleicht am meisten. Dass er nicht Nein gesagt hat. Er hat in dem kleinen Büro, in dem sie ihn verhört haben, nicht den Moment genutzt, in dem seine Bewacher unaufmerksam waren, um sich aus dem Fenster zu stürzen. Er hat Ja gesagt, weil er Lena retten wollte. Und danach hat er einfach weitergemacht. Dabei hätte er auch bei Gold-Tex zugrunde gehen können. Sich mit Drogen und Alkohol zerstören oder bei einer nächtlichen Schlägerei ums

Leben kommen können. Aber nein, er hat sich ein Loch in Zone 3 gesucht und für sie gearbeitet. Haben sie seine Entwicklung mitverfolgt? Hat Skyros vielleicht empfohlen, ihn nicht fallen zu lassen? Er denkt wieder an seine einstigen Kampfgenossen. Was würden sie wohl von ihm halten, wenn sie ihn jetzt als einsamen, abgehalfterten Mann sehen könnten? Neue Erinnerungen steigen auf und mit ihnen die Wut. Lenas Lächeln erfüllt seine Gedanken. Er versucht, sich ihre Stimme ins Bewusstsein zu bringen, jedoch vergeblich, er hat sie vergessen. Lena, wahrscheinlich geschändet von denselben Typen, die ihn verhaftet haben. Er hat den Tatsachen oft ins Auge geblickt. In all den Jahren hat er sämtliche Möglichkeiten in Betracht gezogen und ist immer wieder zu dieser traurigen Gewissheit zurückgekehrt: Es gab überhaupt keinen Grund, sie in Frieden zu lassen. Er hätte sie auch nicht in Ruhe gelassen. Mit solchen Dingen kennt er sich aus, er ist bei der Polizei: Man muss den Leuten sagen, was sie hören wollen. Sie haben ihm versprochen, sie nicht zu fassen, aber das war bloß ein hinterhältiger Trick. Jeder Mensch weiß, dass derartige Zusagen nicht eingehalten werden, die Aussichten nicht rosig sind, es allein darum geht, die Verhörten weichzuklopfen, und letztlich muss er sich eingestehen: Genau darum handelte es sich bei dem Versprechen, dass man Lena kein Haar krümmen würde, um eine Art, ihn weichzuklopfen. Na klar, haben sie gesagt. Sie haben gelächelt. Sie haben ihm weisgemacht, dass alles so laufen würde, wie er es wollte, und deswegen hat er geredet. Eine Minute später haben sie bestimmt Lenas Festnahme veranlasst. Er hätte das Gleiche getan. Er hat sich da die ganze Zeit selbst in die Tasche gelogen. Er hat niemanden gerettet. Er hat seine Freunde ans Messer geliefert, Punkt. Sie haben ihn irgendwie drangekriegt, wie alle, die stundenlang verhört worden sind. Sie haben nicht auf die Schwachstellen der Leute gezielt, sondern auf die Hoffnung, die in ihnen steckte. Damals hatte Sparak noch eine Hoffnung, sie hieß Lena. Das haben sie kapiert, der Rest war einfach. Er denkt zurück an die Zelle, und Ekel überkommt ihn. Sein ganzer Körper zieht sich zusammen. Er möchte am liebsten sofort zuschlagen. Er weiß, dass ihm das guttun wird, dass er es braucht: mit voller Kraft zuschlagen, gnadenlos.

37

ALTE RECHNUNGEN

»Auf die Knie!«

»Hat dich Kanaka geschickt?«

»Auf die Knie, sage ich.«

Er zieht ihm mit dem Griff der Pistole, die er ihm sofort vorgehalten hat, als Skyros die Wohnungstür öffnete, eins über. Der Typ hat überhaupt keinen Verdacht geschöpft. Er hat wohl gedacht, Sparak möchte ihm eine Nachricht seines neuen Arbeitgebers überbringen. Von dem Hieb überrumpelt, fällt er auf die Knie und hält sich mit beiden Händen den Kopf. Ihm bleibt vor Schmerz die Luft weg, Blut rinnt über seinen Schädel.

»Was willst du?«, fragt er, darauf bedacht, mit dem Angreifer ein Gespräch aufzubauen und ihn so zu beruhigen.

»Nichts. Nichts, was du mir geben kannst. Ich bin nur gekommen, um zu nehmen.«

»Du bringst mich um, oder? Etwa weil du Pamuk und Cuprack rächen willst, die du nicht mal gekannt hast?«

»Nein«, gibt Sparak zurück, entsichert seine Waffe und richtet sie auf Skyros. »Es ist Zeit zu bezahlen, Skyros. Für Athen und meine Jugend, für all die, die du verpfiffen hast.«

Offenbar überrascht von Sparaks Worten, hebt Skyros den Kopf.

»Hat Barsok dir das erzählt? Er benutzt dich bloß, merkst du das nicht? Das spielt ihm in die Karten, wenn du mich ausschaltest ...«

Sparak lässt sich Zeit, bevor er mit dumpfer, langsamer Stimme sagt:

»Erinnerst du dich noch an Herakles Mourikos? Oder an Georgios Perifomi? An Artemis Partouros? Erinnerst du dich an Yannis Eufrenio? An Maria Agopoulos?« Und er zählt seine ganzen damaligen Freunde auf. Seine Freunde, die er nie mehr wiedergesehen hat. Mit jedem Namen wächst sein Zorn. Seine Hand ist entschlossen, er atmet ruhig. Es ist, als würde er noch einmal sämtliche Anklagepunkte durchgehen, bevor er kaltblütig und souverän das Urteil vollstreckt. Skyros spürt, dass er nicht herumzueiern braucht. Er sieht Sparak schließlich mit verändertem Gesichtsausdruck in die Augen, entschieden, nicht um Gnade zu flehen, nicht zu versuchen, einen Kompromiss auszuhandeln, sondern Sparak frontal mit der Wirklichkeit zu konfrontieren.

»Willst du die Wahrheit hören, Sparak?«, legt er los. »Nein. Ich kann mich nicht erinnern. An die Menschen, deren Namen du aufsagst. Ich habe sie alle vergessen. Es waren schlicht zu viele. Ich habe eine solche Menge von

Leuten hochgehen lassen, dass sie irgendwann nur noch Namen auf irgendwelchen Listen waren. Ich habe deswegen keine schlaflosen Nächte gehabt. Sie haben mich nicht im Traum verfolgt. Verstehst du, Sparak? Jetzt bist du wahrscheinlich enttäuscht. Hast du dir vorgestellt, dass mich ein schlechtes Gewissen plagt? Keine Spur. Du dagegen ... Du wirst abdrücken ... Und dann? Das kann ich dir flüstern. Dann machst du nachts kein Auge mehr zu. Und warum? Weil du die Welt auslöschst, von der wir beide ein Teil sind, indem du mich erschießt. Es gibt nicht mehr viele von uns, Sparak. Griechenland, wem sagt das heutzutage noch irgendwas? Wenn du mich abknallst, ist es wieder einer weniger, der weiß, dass dieses Land je existiert hat. Und irgendwann bist du ganz allein mit deinen Erinnerungen und fragst dich, wie es weitergehen soll ... Du wirst dir unzählige Fragen stellen, die dich nachts um den Schlaf bringen und dir tagsüber keine Ruhe lassen, Fragen, auf die ich vielleicht eine Antwort habe, weil auch ich diese Geschichte miterlebt habe, ob es dir nun passt oder nicht. Wir haben nicht auf derselben Seite gestanden, aber ich habe Antworten auf alles, was dir auf der Seele brennt, also überleg dir gut, was du dir selbst antust, Sparak, du solltest vielleicht ...«

Ein Schuss kracht, Skyros' Rede bleibt unvollendet, sein Schädel zerschellt in Sekundenbruchteilen.

Er hat getötet.

Er wundert sich über die Stille im Raum. Er ist ganz entspannt. Er betrachtet die Leiche zu seinen Füßen. Dieser Fall hat ihn zum Mörder gemacht … An dem Tag, an dem er Pamuk tot in der Steppe liegen gesehen hat, hatte er geglaubt, dass er ausziehen würde, um die Wahrheit herauszufinden, doch er hat sich getäuscht: Er ist auf dem langen Weg zum Verbrecher geworden. Er hat Blut mit Blut vergolten. Er hat die Welt nicht verbessert. Er hat getan, was andere auch tun: Er hat getötet. Und er ist überrascht, dass seine Hände nicht zittern, sein Gehirn nicht von tausend Gedanken und Gefühlen heimgesucht wird, er kühlen und klaren Kopf bewahrt. Die Sache tut ihm nicht leid. Er schaut den Toten an, der in der schicken Wohnung am Boden liegt. Diesen plumpen Körper, der nun erkaltet, der für immer schweigen, kein Verlangen mehr wecken und niemandem mehr Angst einflößen wird, und er denkt, dass alles auf diesen Punkt hinausgelaufen ist. Das blutige Ende hat sich angekündigt, seit der G. O. der Zentrale ihn mit Salia zusammengebracht hat. In einer Anwandlung von Tollkühnheit schießt er erneut. Auf dass das Blut fließt, wie es immer geflossen ist, im Gemetzel oder zum Opfer. Das Blut in Skyros' Adern kommt von weit her, wie sein eigenes, und verbindet sie mit einem Land, das es nicht mehr gibt. Er drückt wieder ab. Zum dritten Mal. Als wollte er das Leben herausfordern, das sich einen Scherz mit ihm erlaubt hat, wie um sich zu versichern, dass er keine Angst mehr hat, nicht mehr hofft, sich vor irgendetwas schützen zu können, weil er sich längst beschmutzt hat. Er drückt ab, um das Schicksal zu beleidigen, das Salia geschunden und ihn verspottet hat, als es ihm weismachte, dass zwischen ihnen etwas im Entstehen war, und dann alles zerstörte. Er drückt ab, um zu zeigen, dass er sich bis zu seinem letzten Atemzug an Griechenland erinnern und nichts vergeben wird, dass er die Gewalt im Grunde liebt, weil sie das Einzige ist, was von dem jungen Mann, der auf den Straßen von Athen zerbrochen ist, noch übrig ist. Er drückt ab, um zu zeigen, dass er bis zu seinem Tod Grieche bleiben wird.

38

AKTE 5

Es gibt Formen der Anerkennung, die wie Feuer auf der
Haut brennen. Er hätte sich denken können, dass Barsok
kein sonderlich netter Kerl ist, sich nicht erkenntlich zeigen würde dafür, dass Sparak ihm einen Nagel aus dem
Fleisch gezogen hat, oder zumindest hätte er ahnen können, dass sich Barsoks Dank merkwürdig oder schmerz-
haft anfühlen würde. Dass ein Mann wie Barsok nicht
gern großzügig ist.

Als Sparak nach Hause kommt, findet er auf dem Wohn-
zimmertisch einen Briefumschlag vor, den Barsok hinter-
legt hat und auf dem geschrieben steht: »Ich bin Ihnen
noch das Ende der Geschichte schuldig ...« Da gibt es
ihm schon einen Stich. Er öffnet das Kuvert und holt die
Akte heraus. Eine dünne Mappe aus Karton, die ein aus
zwei zusammengehefteten Blättern bestehendes Archiv-
dokument enthält. Er spürt, dass er nach dem Lesen leiden wird und das Papier lieber nicht in die Hand nehmen
sollte, aber er tut es trotzdem. Das Material zieht ihn
förmlich an. Er überfliegt es erst schnell mit den Augen,

grob den Gegenstand erfassend. Es handelt sich um ein Polizeidokument von GoldTex aus der Zeit der Besetzung Griechenlands. Er liest genauer. Lena Farakis. Ihr Name steht ganz oben. Er hält nach einer Überschrift, einer Betreffzeile Ausschau. Und stößt auf den Begriff: Inhaftierung. Die Buchstaben verschwimmen vor seinen Augen. Sein Kopf wird heiß. Er fürchtet sich instinktiv davor, auf das Datum zu blicken. Sie wurde bereits einige Tage vor ihm festgenommen. Kann nicht sein. Er guckt noch einmal. Doch da steht in der eigentümlichen Behördensprache: Inhaftiert. In Verwahrung genommen. Verhört. Auf freien Fuß gesetzt. Sie war schon im Gefängnis, als sie ihn gefasst haben. Er zittert. Ruft sich seine Peiniger ins Gedächtnis. »Kennst du Lena Farakis?« Das Lächeln dazu. Er erinnert sich an den Deal, den sie ihm vorgeschlagen haben: Sie würden Lena kein Haar krümmen, wenn er Namen nannte. Er hat gesungen, aber nur, um Lena zu beschützen. An dem Gedanken hat er sich festgehalten. Dass sie den Mühlen von GoldTex entkommen war, dieses Geschenk an sie war der Ausgleich für seine Fehler, seine Abscheulichkeit, seine Kapitulation. Doch das nun vor ihm liegende Dokument behauptet, dass alles anders war. Dass sie sie schon vorher gekriegt hatten. Die Vernehmungsbeamten haben sich hinterher bestimmt scheckig gelacht. Als sie die Szene nachstellten und ihn imitierten, wie er sich lächerlich gemacht hatte: »Versprechen Sie mir, dass Lena nicht zu Schaden kommen wird.« Sie haben sich sicher den Bauch gehalten und sind vielleicht sogar zu ihr in die Zelle hinübergegangen, um ihr die Geschichte zu erzählen und noch lauter zu lachen. Er hat für Lenas Freiheit Namen preisgegeben, aber das Ganze war ein Spiel mit gezinkten Karten. Bilder fluten seinen Kopf, er kann nichts mehr dagegen unternehmen: Lena im zerfetzten Kleid und mit geschwollenem Gesicht, Lena, die vor Angst schlottert und auf dem Stuhl, an den sie gefesselt ist, in die Hose macht. Er sieht den Blechtisch vor sich, auf dem sie sie nach dem Verhör womöglich zu mehreren vergewaltigt haben. Das war in den Hangars von Piräus damals so üblich. Und Lena hatte lieber sterben wollen als das zu erleben.

Er dreht das Blatt um und betrachtet die zweite Seite. Dieses Formular erkennt er auf den ersten Blick. Das gleiche wie in Skyros' Akte. Und in seiner eigenen. Ein Papier, das von jedem angelegt wird, der bei GoldTex anfängt. Lena Farakis. Rekrutiert in Griechenland. Aufgenommen aufgrund erbrachter Leistungen als Aushilfskraft. Und gleich nach dem Namen steht eine Nummer: 50. Er legt die beiden Blätter auf das Tischchen und sitzt sprachlos auf seiner Couch. Nummer 50. Er hatte die ganze Zeit geglaubt, er sei der Erste gewesen, der den Verrat begangen hat. Seine Akte hatte bestätigt, dass er als Nummer 51 von Skyros angeheuert worden war. Und er hatte angenommen, dass die Zählung bei eins beginnt. Doch wie sich jetzt herausstellt, geht es bei null los. Es hat in der Reihe jemanden vor ihm gegeben, und zwar Lena. Die Frage liegt nahe: Hat sie ihn ans Messer geliefert? »Du wirst dir unzählige Fragen stellen ...« Skyros hat recht gehabt, da sind die Fragen. Sie drängen sich auf. Er kann sie weder vom Tisch wischen noch verstummen lassen. Und sie vermehren sich unendlich. Hat sie ihn ans Messer geliefert? Heißt das, sie lebt? Ist sie vielleicht wie er nach Magnapolis gekommen und hat eine Stelle bei der Polizei in Zone 2 angetreten? Ist sie denselben Weg des Verrats gegangen, hat sie allem entsagt, woran sie einmal geglaubt haben? Weiß sie, dass er am Leben ist? Hat sie nach ihm gesucht? Er ahnt, dass diese Fragen ihn nun nicht mehr loslassen werden. In seinem Kopf hallt Skyros' Stimme wider. »Weil du die Welt auslöschst, von der wir beide ein Teil sind, indem du mich erschießt …« Das hat gestimmt. Skyros hat sicherlich gewusst, ob Lena Farakis noch lebt und wenn ja, was aus ihr geworden ist. Ob sie jetzt eine arme Entwurzelte ist, die ihre Erinnerungen an Griechenland beschwört, oder ob sie bei GoldTex wild entschlossen Karriere gemacht hat und vielleicht sogar mit den ganz Mächtigen Umgang hat … Lena Farakis … In seinem Schädel pocht und pulsiert es. Sie war seine große Liebe. Er hat ihr Bild vor Augen, sie steht in ihrem schwarzen Trägerkleid auf dem Varvakios-Markt. Sie lacht wie eine Sonne und schreit mit ihrer rauen Stimme seinen Namen, einfach aus Freude, diesen Namen auszurufen. Er erinnert sich an ihre glücklichen Nachmittage der Liebe in Psyri, an denen sie bei offenem Fenster im Bett lagen, und fragt sich, ob das alles wirklich geschehen ist. Nummer 50. Er betrachtet ein letztes Mal die Akte, die Barsok ihm hat zukommen lassen, steht dann auf und verlässt die Wohnung. Er wird sie nicht suchen. Ihm fehlt die Kraft dazu. Es ist zu spät. Die Neuigkeit gibt ihm keinerlei Auftrieb, sie bringt das Fass vielmehr zum Überlaufen und beschleunigt seinen Untergang, ihm ist, als würde die Welt ihn in den Abgrund stoßen und ihm lächelnd hinterhersehen.

39

GIB, WAS DIR
AUF DER SEELE LIEGT

»Sir, um diese Uhrzeit sind keine Besuche mehr möglich.«

»Ich bin kein Besuch.«

»Ich darf Sie nicht reinlassen.«

»Ich bin hier, um sie abzuholen. Ich habe sämtliche Unterlagen dabei. Vollmacht. Medizinische Vormundschaft. Sie können sich das gerne anschauen. Herr Kanaka, der gewählte Vorsitzende des Gesundheitsausschusses, hat das unterzeichnet. Ich fahre hoch, nehme sie mit und komme wieder runter. Hat alles seine Ordnung. Ich unterschreibe so viele Entlassungspapiere, wie Sie wollen. Ich gehe nicht ohne sie. Machen Sie auf!«

Sein Blick hat etwas Beängstigendes an sich. Die Stationsschwester überlegt und gibt schließlich nach. Die Türen öffnen sich: die zur Eingangshalle, die Fahrstuhl- und dann die Zimmertür. Er verschafft sich Zutritt.

Sie ist wach. Sie sitzt auf der Bettkante, als würde sie schon sehr lange so ausharren. Sie lächelt ihn an – anscheinend erkennt sie ihn wieder. Er reicht ihr die Hand, und sie steht beherzt auf, als könnte sie es kaum noch erwarten, ihr Krankenzimmer zu verlassen. Er ist perplex.

Zu Hause angekommen, räumt er die Sachen zur Seite, die auf dem Boden liegen, und setzt sie auf die Couch. Salia sagt nichts. Sie starrt ihn eindringlich an. Als versuchte sie, seine Gesten zu interpretieren und so seine Absichten zu durchschauen. Er erkundigt sich, ob sie etwas trinken möchte. Sie nickt. Es geht ihr offensichtlich besser. Ihre Augen wirken wieder ein wenig lebhafter. Sie macht sich durch Gebärden verständlich. Nur ihr Sprachzentrum ist nach den Angriffen weiterhin gestört. Es wird noch einige Zeit dauern, bis sie sich erholt. Aber es geht bergauf. Haben die Ärzte gemeint. Ihre Lippen zucken. »Es brennt … es brennt … Blut, Pisse …«, murmelt sie leise vor sich hin. Es gelingt ihr immer besser, den Wortschwall, der sich aus ihrem Mund ergießt, zu kontrollieren. Bald werden es nur noch gelegentlich ein paar Brocken sein. »Dreck … spritzt … Schweine …« Sie wird wieder arbeiten können. Ihr Körper kämpft wild entschlossen dafür. Zem ist froh. Wenn er sie anschaut, hat er das Gefühl, dass zumindest etwas gerettet ist.

Er geht in die Küche und holt Getränke aus dem Kühlschrank. Als er wiederkommt, ist sie auf einmal weg. Sie ist auf dem Balkon. Die Tür steht offen. Milde Luft strömt ins Zimmer. Er tritt hinaus und gesellt sich zu ihr. Sie schreckt nicht zusammen, als er an ihrer Seite auftaucht. Sie beobachtet die Straße, das Kommen und Gehen der Leute. Links erkennt man ein Stückchen vom Square of Fire. Er sieht sie an. Sie bewegt wie immer die Lippen, aber sie wirkt irgendwie entspannter. Sie dreht ihm den Kopf zu und sagt konzentriert: »Gib … gib … alles … was … dir … auf der Seele … liegt.« Die Rue des Myrtes unter ihnen ist in ein schönes Dämmerungslicht getaucht, das die Konturen weichzeichnet. »Gib …« Er schaut sie an, und ihr Blick saugt ihn auf. Er wird von einem anderen Menschen wahrgenommen. Zum ersten Mal, seitdem er Griechenland verlassen hat, sieht ihn jemand. Das verändert alles. Er braucht nicht mehr die Toten, Schatten und Vergessenen zu zählen, braucht nicht mehr Zeuge einer versunkenen Welt zu sein. Salia ist da und schaut ihn an. Plötzlich erscheint vieles möglich. Dass er seine Erschöpfung überwindet, die Vergangenheit abschüttelt, die auf ihm lastet und ihn von der Welt entfremdet. Zart und behutsam legt er seine Stirn an ihre. Er umarmt sie nicht. Küsst sie nicht. Sie versprechen einander nicht die große Liebe, doch sie sind sich gewiss, den Schmerz des anderen lindern zu können. Salias Lippen sind jetzt stumm, das heißt, dass kein Dreckfluss sie durchströmt und sie es für einen Moment geschafft hat, ihn zu stoppen. Er weiß, dass er jemanden gefunden hat, dem er alles anvertrauen kann, von Seele zu Seele, und er tut es. Er schüttet seine tausend Erinnerungen aus, und sie nimmt sie in sich auf. »Gib alles, was dir auf der Seele liegt.« Er kann so nicht mehr weitermachen. Zu lange war er Torwächter der Vergangenheit. Das muss aufhören. Er öffnet sein Inneres. Es geht auf sie über. Er gibt Griechenland und seine weiten Nachthimmel, die Stille des Meeres, das an ruhigen Stränden an Stuhlbeine schwappt. Er teilt den Rummel der Demonstrationen, die Wut, die ihn erfüllt und um ihn herum getobt hat, den Aufruhr, den er geliebt hat, als wäre es das Einzige, was die Welt am Laufen hält. Er gibt Lena und die Gefährten, die er verraten hat, und sie nimmt es in sich auf. In diesen Augenblicken, in denen das Getöse in ihr schweigt, absorbiert sie alles: Ankunft in den Slums von Magnapolis nach den Schweren Unruhen, unzählige kleine, mickrige Diebstahldelikte, blutüberströmte Leichen, Leute, die einen schmerzlichen Verlust beweinen, das Blut von Pamuk und Ira. All die Morde, die es immer geben wird, weil der Mensch von seiner Gier getrieben wird. All die Leben, die an ihm vorübergezogen sind und jetzt nichts mehr bedeuten. Er vertraut ihr seinen Verrat an, seine Schuldgefühle, seine heimlichen Qualen, die Stätten seiner Kindheit, den Hügel von Argos, den Wind am Kap Sounion, die Farben, die sie nie sehen wird, den klaren, von mächtigen Winden gefegten Himmel. Den furchtbaren Moment, in dem die Avenue VIII zusammengebrochen ist und in Sekundenschnelle das Dasein vieler Menschen ausgelöscht hat, von denen man nie mehr etwas erfahren wird. Er gibt all das und den gesamten Rest. Er will sich der Dinge entledigen, die ihn bedrücken. Und sie nimmt sie auf, weil der Müllstrom in ihr stockt und sie sich wieder um andere Belange kümmern kann. Von Seele zu Seele. Sie nimmt sie hin, schließt die Augen und lässt den neuen Mahlstrom aus Bildern, Geräuschen und Gefühlen in sich rauschen. Als er kurz darauf die Wohnung verlässt, die Treppe hinuntergeht, Richtung Square of Fire läuft und in der Menge verschwindet, ist er sich gewiss, dass sie da ist und ihn vom Balkon aus bis zum Schluss beobachten wird, und das tröstet ihn. Jetzt kann es enden.

40

ITHAKA

Er streift durch die Gassen von RedQ. Er ist bereit. Er kann es kaum erwarten. Ihm ist ganz unbeschwert zumute, denn sein Kopf ist frei von Erinnerungen an das, was er früher hier in der Gegend getrieben hat. Ein solches Gefühl der Leichtigkeit hat er lange nicht mehr gehabt.

Als er die Tür zum Dreamshop aufstößt, empfängt Miki ihn mit dem üblichen:

»Ist ein Weilchen her, dass Sie das letzte Mal vorbeigeschaut haben.«

Da Sparak nicht darauf eingeht, erkundigt er sich:

»Was darf ich Ihnen anbieten?«

»Das Übliche«, entgegnet Sparak gleichmütig.

»Inspector, Sie sind ein unverbesserlicher Nostalgiker ...« bemerkt Miki triumphierend, als würde dadurch, dass er nun hinter dieses Geheimnis gekommen ist, eine freundschaftliche Nähe zwischen ihnen entstehen. Er legt zwei Pillen Okios auf den Tresen. Zem überlegt kurz und zieht dann ein Bündel Geldscheine heraus:

»Pack noch ein bisschen was drauf, Miki.«

Der Chef macht ein verdutztes Gesicht. Er betrachtet das Geld, überschlägt, wie viel es ungefähr ist, und holt weitere Pillen hervor.

»Sechs ... sieben ... acht ... Wie viele brauchst du?«

»Zehn«, gibt Zem knapp Auskunft.

»Wird bestimmt ein netter Abend unter Freunden«, meint Miki und lacht. »Langsam kapiert ihr, was man mit diesen kleinen Wunderpillen alles anstellen kann«, ruft er mit einem schmierigen Augenzwinkern aus, das etwas von Umkleidekabinenkumpanei hat.

Sparak begibt sich in den Raum, wirft zwei Okios ein, streckt sich aus und bringt die Sender an seinen Schläfen an. Er spürt sofort, dass etwas anders ist: Diesmal wird keine Störung auftreten. Seine Erinnerungen, Ängste und Wunden sind nicht im Bild. Das Erlebnis wird so intensiv wie am Anfang sein. Bevor sein Körper völlig erschlafft, öffnet er das Tütchen, das Miki ihm gegeben hat, und schluckt die anderen acht Tabletten. Die Welt um ihn herum löst sich auf. Athen erscheint wie am ersten Tag. Alles ist ruhig. Hier muss es enden. In dieser Stadt, deren Anblick sich ihm bietet und durch die er nun wieder spaziert. In einer Zeit, bevor Griechenland zugrunde gegangen ist, bevor er seine Freunde verraten hat, bevor so viele zerbrochene Schicksale sein Leben bestimmt haben. Er ist zu Hause und er weiß, dass er jetzt nach einer langen Irrfahrt, auf der er in die Sphäre der Gewalt geraten ist, sterben kann. Er ist endlich zurück.

INHALT

1. Letzte Bilder vom Hafen 9

2. Der Schwur 15

3. Die Transitinsel 29

4. Braver Hund 33

5. Gazynskis Verrat 47

6. Checkpoint 51

7. Und die Toten werden einen Namen haben 63

8. Barsok 73

9. Die Seherin 83

10. Die Schweren Unruhen 91

11. Trugbild 99

12. Das Implantat 111

13. So schmeckt Griechenland 117

14. Hauptkontrahent 125

15. Die Auseinandersetzung 129

16. Kanaka 135

17. LOve Day 147

18. Die Leiche auf dem Seznec-Hochhaus 159

19. Spuren eines armseligen Lebens 167

20. Beleidigungen 175

21. Der Zyklon   181

22. Abnehmendes Licht   191

23. Helden   203

24. RealTest   209

25. Die Kuppel   223

26. Der alte Tobo   227

27. Eine Stadt, eine Zone   235

28. Skyros   245

29. Square of Fire   255

30. Folter   259

31. Freigabe   267

32. Bis zum bitteren Ende   275

33. Panotis   281

34. Das Geständnis   289

35. Delphi, der letzte Widerhall der Welt   299

36. Eine schreckliche Tortur   303

37. Alte Rechnungen   313

38. Akte 5   319

39. Gib, was dir auf der Seele liegt   325

40. Ithaka   331